5-98
von
Katrin

*Märchen aus Skandinavien.* Skandinavien ist geographisch gesehen kein fest umrissener Begriff, aber zu den skandinavischen Kernländern zählen mit Sicherheit Norwegen, Schweden und Dänemark. So viele Unterschiede es zwischen diesen Nationen auch geben mag, in ihrer geschichtlichen und kulturellen Entwicklung waren sie auf vielfältige Weise miteinander verbunden.
Reich und alt ist das Märchenerbe der skandinavischen Völker. Beim Spinnen, Wollekämmen, Flachsschwingen, Tanz und sogar bei der Leichenwache versammelte sich das ganze Dorf, und die alten Geschichten und Märchen, von Generation zu Generation vererbt, gingen von Mund zu Mund, vor allem in den unwirtlichen Zeiten des Winters. Viele dieser Märchen sind düster und unheimlich, aber es gibt auch eine große Zahl von fröhlich-derben Schwankmärchen.

Die echtesten norwegischen Märchen sind Geister- und Trollmärchen; Trollmärchen sind auch typisch für Schweden. Hier fällt zudem die große Zahl von Pfarrer-Schwänken auf. Etwas anders in ihrer Art sind die dänischen Märchen; hier meint man bereits die Stimme der Grimms zu hören. Die Märchen sind wirklichkeitsfroh und werden oft erzählt mit einer realistischen Schilderung des ländlich-bäuerlichen Alltags und des Gutshoflebens.

*Erich Ackermann*, Jahrgang 1947, studierte klassische Philologie und Romanistik an der Universität Saarbrücken. Er arbeitet im Saarland als Oberstudienrat. In der Reihe *Märchen der Welt* im Fischer Taschenbuch Verlag hat er bereits mehrere Bände herausgegeben, u. a. ›Märchen der Antike‹ (Bd. 2891), ›Märchen von Riesen‹ (Bd. 11674), ›Märchen von Zwergen‹ (Bd. 12472) sowie ›Gruselmärchen‹ (Bd. 12571).

# Märchen aus Skandinavien

Herausgegeben und mit einem Nachwort
von Erich Ackermann

Fischer
Taschenbuch
Verlag

Originalausgabe
Veröffentlicht im Fischer Taschenbuch Verlag GmbH,
Frankfurt am Main, September 1996


Umschlaggestaltung: Thomas & Thomas Design, Heidesheim
Satz: Fotosatz Otto Gutfreund, Darmstadt
Druck und Bindung: Clausen & Bosse, Leck
Printed in Germany
ISBN 3-596-13150-2

*Gedruckt auf chlor- und säurefreiem Papier*

# Inhalt

*Märchen aus Norwegen*



*Märchen aus Schweden*

*Märchen aus Dänemark*

# Märchen aus Norwegen

# Per Gynt

In alten Zeiten lebte in Quam ein Schütze, der hieß Per Gynt. Er lag beständig droben im Gebirge und schoß dort Bären und Elche, denn damals gab es noch mehr Wälder auf den Bergen, und in ihnen hielten sich derartige Untiere auf. In einem Jahre nun, spät im Herbst, nachdem das Vieh schon längst von den Bergweiden herabgetrieben war, wollte Per Gynt wieder einmal hinauf ins Gebirge. Mit Ausnahme von drei Sennerinnen hatten schon alle Hirtenleute das Gebirge verlassen. Als Per Gynt die Hövringalm erreichte, wo er in einer Sennhütte übernachten wollte, war es schon so dunkel, daß er die Hand nicht vor den Augen sehen konnte. Da fingen die Hunde plötzlich so fürchterlich zu bellen an, daß es Per Gynt ganz unheimlich zumute wurde. Plötzlich stieß sein Fuß an etwas an, und als er es befühlte, war es kalt und groß und schlüpfrig. Da er aber nicht vom Wege abgekommen zu sein glaubte, konnte er sich gar nicht erklären, was das sein könnte; aber es kam ihm gar nicht geheuer vor.

»Wer ist denn das?« fragte Per Gynt, denn er fühlte, daß es sich bewegte.

»Ei, ich bin der Böig*, der Krumme«, lautete die Antwort. Damit war aber Per Gynt so klug wie vorher. Er ging nun daran entlang, »denn schließlich muß ich doch daran vorbeikommen«, dachte er.

Im Weitergehen stieß er plötzlich wieder mit dem Fuß an

* Ein gespenstisches Ungeheuer des Nordens, das sich dem Wanderer als ein unsichtbares, kaltes, schleimiges Etwas um die Füße legt.

etwas, und als er es anfühlte, war es wieder kalt und groß und schlüpfrig.

»Wer ist das?« fragte Per Gynt.

»Ich bin der Krumme«, lautete aufs neue die Antwort.

»Ei, ob du gerade oder krumm bist, du sollst mich doch weiterlassen«, sagte Per Gynt, denn er merkte, daß er im Kreise herumging und der Krumme sich um die Sennhütte herumgeschlängelt hatte. Bei diesen Worten schob sich der Krumme ein wenig auf die Seite, so daß Per Gynt an die Sennhütte hingelangen konnte. Als er hineinkam, war es da drinnen nicht heller als draußen; er stolperte und tastete an den Wänden umher, denn er wollte seine Flinte abstellen und seine Jagdtasche ablegen. Aber während er so suchend umhertappte, fühlte er wieder das Kalte, Große und Schlüpfrige.

»Wer ist denn das nun?« rief Per Gynt.

»Ach, ich bin der große Krumme«, lautete die Antwort. Und wohin er auch faßte und wohin er den Fuß setzte, überall fühlte Per Gynt den Ring, den der Krumme um ihn gezogen hatte.

»Hier ist nicht gut sein«, dachte Per Gynt, »weil dieser Krumme ebensogut hier drinnen als draußen ist; aber ich werde diesem Ruhestörer bald ein Ende machen.« Er nahm seine Flinte, ging wieder hinaus und tastete an dem Krummen entlang, bis er den Kopf fand.

»Wer bist du denn eigentlich?« fragte er.

»Ach, ich bin der große Krumme von Etnedal«, sagte der große Troll. Da machte Per Gynt kurzen Prozeß und schoß ihm drei Kugeln mitten durch den Kopf.

»Schieß noch einmal!« rief der Krumme. Aber Per Gynt wußte es besser, denn wenn er noch einmal geschossen hätte, wäre die Kugel auf ihn selbst zurückgeprallt. Als dies getan war, faßten Per Gynt und die Hunde fest zu und zogen den großen Troll aus der Sennhütte hinaus, damit sie es sich in der Hütte bequem machen könnten. Währenddessen lachte und höhnte es von allen Bergen ringsum.

»Per Gynt zog viel, aber die Hunde zogen mehr!« ertönte es.

Am Morgen wollte Per Gynt hinaus auf die Jagd. Als er tief in die Berge hineinkam, sah er ein Mädchen, das Schafe und Ziegen über einen Berggipfel trieb. Als er aber den Gipfel erreicht hatte, war das Mädchen mit seiner Herde verschwunden, und Per Gynt sah nichts als ein großes Rudel Bären.

»Ich habe doch noch nie Bären in Rudeln beisammen gesehen«, dachte Per Gynt. Als er aber näher kam, waren bis auf einen einzigen alle verschwunden. Da klang es von einem Berge dicht neben ihm:

»Nimm in acht den Eber dein,
Per Gynt steht draußen
Mit dem Stutzen sein!«

»Ach, dann widerfährt Per Gynt ein Unglück, nicht aber meinem Eber, denn er hat sich heute nicht gewaschen«, klang es aus dem Berge. Schnell wusch sich Per Gynt die Hände mit seinem Wasser und schoß den Bären tot. In den Bergen erhob sich ein schallendes Gelächter.

»Du hättest auf deinen Eber achtgeben sollen«, rief die eine Stimme.

»Ich habe nicht daran gedacht, daß er die Waschschüssel zwischen den Beinen hat«, erwiderte die andere.

Per Gynt zog dem Bären die Haut ab und vergrub den Körper im Geröll; aber den Kopf und das Fell nahm er mit. Auf dem Rückweg traf er mit einem Bergfuchs zusammen.

»Sieh mein Lämmchen, wie fett du bist!« rief es von einem Hügel her. »Seht nur, wie hoch Per Gynt den Stutzen trägt!« tönte es von einem andern Hügel, als Per Gynt die Flinte zum Schießen an die Wange legte und den Fuchs erschoß. Er zog auch diesem den Balg ab und nahm ihn mit; und als er an der Sennhütte ankam, nagelte er die Köpfe mit aufgesperrten Rachen außen an die Wand. Darauf machte er Feuer und stellte einen Suppentopf darüber; aber es rauchte so fürchterlich, daß Per Gynt kaum die Augen offenhalten konnte, und er mußte deshalb eine in der Wand befindliche Luke öffnen. Da kam gleich ein Troll herbei und steckte seine Nase durch die Luke herein, die Nase aber war so lang, daß sie bis an den Schornstein reichte.

»Da kannst du einmal ein ordentliches Riechhorn sehen«, sagte er.

»Und du kannst Suppe versuchen«, sagte Per Gynt und goß ihm den ganzen Topf Suppe über die Nase. Der Troll stürzte davon und jammerte laut; aber ringsum von allen Höhen lachte und spottete und ertönte es: »Suppenrüssel, Suppenrüssel!«

Hierauf war eine Weile alles still; doch dauerte es nicht lange, da erhob sich draußen wieder Lärm und Getöse. Per Gynt sah hinaus, und da erblickte er einen mit Bären bespannten Wagen; der große Troll wurde aufgeladen, und dann ging es hinauf ins Gebirge mit ihm. Während Per Gynt dem Wagen noch nachsah, wurde plötzlich ein Eimer Wasser durch den Schornstein herabgegossen; das Feuer erlosch, und Per Gynt saß im Dunkeln. Da begann es in allen Ecken zu lachen und zu spotten, und eine Stimme sagte:

»Jetzt wird es Per Gynt gerade so gehen wie den Sennerinnen in der Val-Hütte.«

Per Gynt zündete das Feuer wieder an, rief seine Hunde herbei, verschloß die Sennhütte und ging weiter nach Norden bis zu der Val-Hütte, in der die drei Sennerinnen waren.

Als er eine Strecke zurückgelegt hatte, sah er ein Feuer lodern, als wenn die ganze Val-Hütte in hellen Flammen stünde, und in demselben Augenblick stieß er auf ein Rudel Wölfe, von denen er die einen niederschoß und die anderen erschlug. Als er die Val-Hütte erreicht hatte, war es da stockfinster und von einer Feuersbrunst keine Spur zu entdecken, aber es waren vier fremde Männer in der Hütte, die die Sennerinnen belästigten; das waren vier Bergtrolle, die hießen Gust i Väre, Tron Valfjeldet, Tjöstöl Aabakken und Rolf Eldförpungen.* Gust i Väre stand vor der Tür und sollte Wache halten, während die andern bei den Sennerinnen drinnen waren und zudringlich werden wollten. Per Gynt schoß auf Gust i Väre, verfehlte ihn aber, und da lief Gust i Väre davon. Als dann Per Gynt in die Stube hineinkam, waren die Sennerinnen in großer Not; zwei von ihnen waren ganz außer sich vor Schrecken und flehten zu Gott um Hilfe und Rettung, die dritte aber, die man die tolle Kari nannte, hatte keine Angst. Sie sagte, sie sollten nur kommen, sie hätte wirklich Lust zu sehen, ob solche Kerle auch Schneid hätten. Als aber die Trolle merkten, daß Per Gynt im Zimmer war, fingen sie zu jammern an und sagten zu Eldförpungen, er solle Feuer anmachen. In demselben Augenblick fielen die Hunde über Tjöstöl Aabakken her und warfen ihn kopfüber auf den Herd, daß Asche und Funken umherstoben.

»Hast du meine Schlangen gesehen, Per Gynt?« fragte Tron Valfjeldet – so nannte er die Wölfe.

»Ja, und nun sollst du denselben Weg gehen wie deine Wölfe!« rief Per Gynt und erschoß ihn. Dann schlug er Tjöstöl Aabakken mit dem Flintenkolben tot; aber Eldförpungen war durch den Schornstein entflohen. Nachdem Per Gynt dieses getan hatte, begleitete er die Sennerinnen nach ihrem Dorfe, denn sie wagten nun nicht länger in der Hütte zu bleiben.

* Die Namen der vier Trolle deuten auf die vier Elemente: Väre = Luft; Fjeld = Berg, Erde; Aa = Bach, Wasser; Eld = Feuer.

Als nun die Weihnachtszeit herankam, war Per Gynt wieder unterwegs. Er hatte von einem Hof auf Dovre gehört, wo sich am Christabend so viele Trolle einfinden sollten, daß die Bewohner flüchten und auf anderen Höfen Unterkunft suchen müßten; dieses Gehöft wollte Per Gynt auffsuchen, denn es gelüstete ihn, diese Trolle zu sehen. Er zog zerrissene Kleider an, nahm einen zahmen weißen Bären, der ihm zu eigen gehörte, sowie einen Pfriemen, etwas Pech und Draht mit. Als er den Hof erreicht hatte, ging er ins Haus hinein und bat um Obdach.

»Gott steh uns bei!« sagte der Mann. »Wir können dir kein Obdach geben, wir müssen selbst den Hof verlassen, denn an jedem Heiligen Abend wimmelt es hier von Trollen.«

Aber Per Gynt meinte, er werde das Haus schon von den Trollen säubern. So wurde ihm erlaubt dazubleiben, und er bekam eine Schweinehaut noch obendrein. Darauf legte sich der Bär hinter den Schornstein, Per holte Pech, Pfriemen und Draht hervor und machte sich daran, aus der ganzen Schweinehaut einen einzigen großen Schuh zu machen. Als Schnürband zog er einen dicken Strick hindurch, so daß er den Schuh rundherum zuschnüren konnte, und überdies hatte er noch zwei Stöcke bereit. Kaum war er fertig, da kamen die Trolle auch schon mit Fiedeln und Spielleuten dahergezogen, und die einen tanzten, die andern aßen von dem Weihnachtsessen, das auf dem Tische stand, einige brieten Speck, andere brieten Frösche und Kröten und ähnliches ekelhaftes Zeug – dieses Weihnachtsessen hatten sie selbst mitgebracht. Inzwischen bemerkten einige den von Per Gynt verfertigten Schuh. Da er für einen großen Fuß bestimmt zu sein schien, wollten die Trolle ihn anprobieren, und als jeder von ihnen einen Fuß hineingestellt hatte, zog Per Gynt den Schuh zu, zwängte einen Stock hinein und schnürte ihn so stark zu, daß alle miteinander in dem Schuh festsaßen.

Aber jetzt streckte der Bär die Nase vor und schnupperte nach dem Braten hin.
»Möchtest du Kuchen haben, mein weißes Kätzchen?« fragte einer der Trolle und warf dem Bären einen noch brennend heißen gebratenen Frosch in den Rachen.
»Kratze und schlage, Meister Petz!« rief Per Gynt. Da wurde der Bär so zornig, daß er auf die Trolle losfuhr und nach allen Seiten Hiebe austeilte und sie kratzte. Und Per Gynt schlug mit dem andern Stock in den Haufen hinein, wie wenn er allen den Schädel einschlagen wollte. Da mußten die Trolle die Flucht ergreifen; Per Gynt aber blieb da und schmauste die ganze Weihnachtszeit über von dem Weihnachtsessen, und nun hörte man viele Jahre lang nichts mehr von den Trollen. Der Hofbauer aber hatte eine weiße Stute; da gab ihm Per den Rat, von dieser Stute Füllen aufzuziehen, diese dann in den Bergen herumstreifen und sich da vermehren zu lassen.
Nach vielen Jahren war die Weihnachtszeit wieder einmal vor der Tür. Der Hofbauer war im Walde und fällte Holz zum Feste. Da kam ein Troll herbei und rief ihm zu: »Hast du deine große weiße Katze noch?«
»Ja, sie liegt daheim hinter dem Ofen«, sagte der Mann, »und sie hat sieben Junge bekommen, die noch viel größer und besser sind als sie selbst.«
»Dann kommen wir nie wieder zu dir!« rief der Troll.

# Peter und Paul und Esben Aschenbrödel

Es war einmal ein Mann, der hatte drei Söhne, die hießen Peter und Paul und Esben Aschenbrödel; aber weiter als die drei Söhne hatte er auch nichts in der Welt, ja, er war so arm, daß er nicht einmal einen Knopf an seinem Rock hatte, und darum sagte er oft und alle Tage zu den Burschen, sie sollten fort in die Welt und sich ihr Brot verdienen, denn zu Hause bei ihm müßten sie sich doch am Ende nur tothungern. Nun sollst du mal hören, wie zuletzt die Burschen auf Trab kamen; das ging nämlich so zu:

Nicht weit davon, wo der Mann wohnte, lag ein Königsschloß, und gerade vor den Fenstern des Königs stand eine Eiche, die war so groß und so dick, daß sie alles Licht wegnahm, so daß die Sonne nicht ins Zimmer scheinen konnte. Darum hatte der König demjenigen, der die Eiche umhauen könnte, viel Geld versprochen; aber dazu taugte keiner; denn sobald einer nur einen Span von dem Stamm abhaute, wuchs gleich wieder noch einmal soviel daran. Ferner wollte der König einen Brunnen gegraben haben, der sollte das ganze Jahr hindurch Wasser halten; denn alle Großen in seinem Reich hatten Brunnen, nur er hatte keinen, und das, deuchte dem König, wäre doch unrecht. Wer ihm nun einen solchen Brunnen graben konnte, der das ganze Jahr hindurch Wasser hielt, dem hatte er Geld und auch noch viele andere Dinge versprochen; aber keiner konnte es zustande bringen, denn das Schloß lag oben auf einem Berg, und kaum hatte man einige Zoll tief in die Erde gegraben, so kam man auf den harten Felsboden. Da sich aber der König einmal in den Kopf gesetzt hatte, daß die Sache zustande gebracht werden sollte, so ließ er zuletzt weit und breit bekanntmachen in seinem ganzen Land, daß der, welcher die große Eiche vor dem Schloß umhauen und einen Brunnen graben könnte, der das ganze Jahr hindurch Wasser hielt, die Prinzessin und das halbe Reich haben sollte.

Nun kann man sich wohl denken, daß viele kamen, um ihr Glück zu versuchen; aber was sie auch hauen und sägen und hacken und graben mochten, es half alles nichts: Die Eiche wurde bei jedem Hieb nur noch dicker, und der Felsboden wurde nicht weicher. Endlich wollten die drei Brüder auch fort und ihr Glück versuchen, und damit war der Vater zufrieden; denn bekämen sie auch nicht die Prinzessin und das halbe Reich, dachte er, so könnten sie doch wohl bei irgendeinem braven Mann in Dienst kommen, und mehr wünschte er nicht; und als darum die Brüder davon anfingen, daß sie zu dem Königsschloß wollten, sagte der Vater auch gleich ja, und darauf machten Peter und Paul und Esben Aschenbrödel sich auf den Weg.

Als sie ein Ende gegangen waren, kamen sie an einem mit Tannen bewachsenen Berg vorbei, und oben da haute und haute es.

»Das wundert mich, daß es da oben auf dem Berg so haut«, sagte Esben Aschenbrödel.

»Du bist immer gleich bei der Hand mit deinem Verwundern«, sagten Peter und Paul; »ist das sonderbar, daß ein Holzhauer da auf dem Berg haut?«

»Ja, ich möchte aber doch wissen, was es ist«, sagte Esben Aschenbrödel und ging hinauf.

»Wenn du ein solcher Narr bist, so sieh zu, dann wirst du's erfahren!« riefen die Brüder ihm nach; aber Esben bekümmerte sich nicht darum, sondern ging gerade nach dem Ort hin, wo er es hauen hörte, und da sah er nun eine Axt, welche ganz allein dastand und an einer Tanne haute.

»Was stehst du hier ganz allein und haust?« fragte Esben Aschenbrödel.

»Ach, nun hab ich hier gestanden und gehaut manch lieben Tag und hab nur auf dich gewartet«, sagte die Axt.
»Gut, nun bin ich hier«, sagte Esben, trennte die Axt vom Stiel und steckte sie in seinen Schnappsack. Als er nun wieder zu seinen Brüdern kam, machten sie sich über ihn lustig und fragten: »Na, was war denn das für Schönes, was du da oben sahst?«
»Oh, es war bloß eine Axt«, sagte Esben.
Als sie nun ein Ende weitergegangen waren, kamen sie wieder zu einem Berg, und oben da hörten sie es hacken und graben.
»Das wundert mich«, sagte Esben, »ich möchte doch wohl wissen, was es ist, das da so hackt und gräbt.«
»Du bist immer gleich bei der Hand mit deinem Verwundern«, sagten Peter und Paul, »hast du denn nie die Vögel auf den Bäumen hacken und picken hören?«
»Ja, aber ich hätte doch Lust zu sehen, was es ist«, sagte Esben und bekümmerte sich nicht darum, daß die andern ihn wieder auslachten, sondern ging geradezu auf den Berg. Dort oben sah er nun eine Steinhacke, die stand da ganz allein und hackte und grub.
»Guten Tag!« sagte Esben Aschenbrödel. »Was stehst du hier ganz allein und hackst und gräbst?«
»Ach, nun hab ich hier gestanden und gehackt und gegraben manch lieben Tag und habe nur auf dich gewartet«, sagte die Hacke.
»Gut, nun bin ich hier«, sagte Esben, schlug die Hacke vom Stiel herunter, steckte sie in seinen Schnappsack und damit ging er wieder fort.
»Das war wohl was Schönes, was du da oben sahst«, sagten Peter und Paul zu ihm, als er sie wieder eingeholt hatte.
»Oh, es war nur eine Steinhacke«, sagte Esben Aschenbrödel.
Nun gingen sie ein gutes Ende weiter, bis sie endlich zu

einem Bach kamen, und da nun alle drei durstig waren von der Reise, legten sie sich nieder, um zu trinken. »Mich wundert nur dieser Bach«, sagte Aschenbrödel, »ich möchte doch wohl wissen, wo das Wasser herkommt.«
»Uns wundert nur, daß du nicht recht im Kopf bist!« sagten Peter und Paul; »bist du aber noch nicht verrückt, so wirst du es wohl vor lauter Verwunderung bald werden. Hast du denn noch nie gehört, daß das Wasser aus der Erde quillt?«
»Ja, aber ich hätte doch Lust zu sehen, wo es herkommt«, sagte Esben Aschenbrödel, und damit ging er an dem Bach entlang und bekümmerte sich nicht darum, daß seine Brüder hinter ihm herriefen und ihn auslachten.
Als er nun ein weites Stück gegangen war, wurde der Bach schmäler und immer schmäler, und endlich sah er eine große Walnuß liegen, aus der sickerte das Wasser heraus.
»Guten Tag«, sagte Esben. »Was liegst du hier so allein und sickerst?«
»Ach, nun hab ich hier gelegen und gesickert manch lieben Tag und habe nur auf dich gewartet«, sagte die Walnuß.
»Gut, nun bin ich hier«, sagte Esben, nahm einen Flausch Moos und stopfte ihn in das Loch, so daß das Wasser nicht heraus konnte, und dann steckte er die Walnuß in seinen Schnappsack und ging wieder zurück zu seinen Brüdern.
»Nun hast du wohl gesehen, wo das Wasser herkommt; das sah wohl hübsch aus, kann ich mir denken«, sagten Peter und Paul.
»Oh, es war bloß ein Loch, wo es herausfloß«, sagte Esben Aschenbrödel, und die Brüder lachten und machten sich über ihn lustig; aber Esben bekümmerte sich nicht darum, sondern sagte bloß: »Ich hatte nun einmal meine Lust daran, es zu sehen.«
Als sie nun noch etwas weitergegangen waren, kamen sie zu dem Königsschloß. Aber da nun so viele Leute gehört

hatten, daß sie die Prinzessin und das halbe Reich gewinnen könnten, wenn sie es zustande brächten, die große Eiche umzuhauen und einen Brunnen im Schloßhof zu graben, der immer Wasser hielt, so waren schon so viele gekommen, die ihr Glück versucht hatten, daß die Eiche noch einmal so groß und dick geworden war als vorher. Darum hatte der König nun die Strafe ausgesetzt, daß, wenn künftig einer sein Glück versuchen wollte und die Eiche nicht umhauen könnte, ihm beide Ohren abgeschnitten werden sollten, und danach sollte er auf eine Insel hinausgebracht werden, die mitten im Meer lag.

Aber die beiden Brüder ließen sich dadurch nicht abschrecken, sie meinten, sie wollten die Eiche schon umhauen, und Peter, welcher der älteste war, sollte zuerst den Versuch machen. Aber es ging ihm nicht besser als all den anderen, die vor ihm ihr Glück versucht hatten; denn für jeden Span, den er abhieb, wuchs gleich noch einmal soviel wieder nach. Da nahmen die Leute des Königs ihn beim Schlafittchen und brachten ihn hinaus auf die Insel, nachdem sie ihm vorher beide Ohren abgeschnitten hatten. Nun wollte sich Paul daranmachen; aber dem ging's um nichts besser. Als er zwei bis drei Hiebe getan hatte und die Leute sahen, daß die Eiche nur noch größer wurde, nahmen sie ihn ebenfalls beim Kragen und brachten ihn hinaus auf die Insel; ihm aber schnitten sie die Ohren noch dichter beim Kopf ab, weil er von seinem Bruder habe lernen können, vorsichtiger zu sein.

Nun wollte sich Esben Aschenbrödel daranmachen. »Möchtest du gern aussehen wie ein gezeichnetes Schaf, so wollen wir dir lieber die Ohren gleich abschneiden, dann sparst du die Mühe«, sagte der König und war gewaltig böse auf ihn wegen seiner Brüder. »Ich hätte doch Lust, erst mein Glück zu versuchen«, sagte Esben, und das durften sie ihm denn nicht verwehren. Er nahm nun seine Axt aus dem Schnappsack, steckte sie wieder auf den Stiel und sprach dann: »Hau selber!« und sogleich fing die Axt an zu hauen, daß nur die Späne so flogen, und da dauerte es nicht lange, so war die Eiche herunter. Wie das getan war, nahm Esben seine Hacke hervor, steckte sie wieder an den Stiel und sprach dann: »Grabe und hacke selbst!« und sogleich fing die Hacke an zu graben und zu hacken, daß Erde und Steine herumflogen, und da kann man sich denn wohl denken, daß der Brunnen tief genug werden mußte. Als Esben ihn so tief und so groß hatte, wie er ihn haben wollte, nahm er seine Walnuß und legte sie unten auf den Boden, dann zog er das Moos wieder aus dem Loch und sprach: »Fang nun an zu sickern!« Da fing die Walnuß an zu sickern, daß nur das Wasser so strömte, und da dauerte es nicht lange, so war der Brunnen bis an den Rand voll. So hatte nun Esben Aschenbrödel die Eiche umgehauen, die vor den Fenstern des Königs das Licht nahm, und einen Brunnen im Schloßhof gegraben, der beständig Wasser hielt; und da bekam er die Prinzessin und das halbe Reich, so wie der König es versprochen hatte. Gut war es, daß Peter und Paul ihre Ohren verloren hatten, denn sonst hätten sie es immer und alle Tage hören müssen, daß Esben Aschenbrödel sich doch nicht so schlecht gewundert hatte.

# Die Mühle, die auf dem Meeresgrund mahlt

In alten Zeiten gab es einmal zwei Brüder: der eine war reich und der andere arm. Als nun der Weihnachtsabend herankam, hatte der arme keinen Bissen zu essen im Hause, weder Fleisch noch Brot; er ging deshalb zu seinem Bruder und bat ihn im Namen Gottes um eine Kleinigkeit zu Weihnachten. Es war wohl nicht das erste Mal, daß ihm der Bruder hatte etwas geben müssen; aber er war immer etwas geizig und daher nicht sonderlich erfreut über den Besuch. »Willst du tun, was ich dir sage, dann sollst du einen ganzen Schinken bekommen«, sagte er. Ja, das wolle er gerne, sagte der arme Bruder und bedankte sich.

»Da hast du ihn, fahr nun zur Hölle damit«, sagte der Reiche und warf ihm den Schinken hin.

»Was ich versprochen habe, muß ich halten«, sagte der andere; er nahm den Schinken und machte sich auf den Weg. Dann wanderte er den ganzen Tag hindurch, bis er in der Dämmerung an ein Haus kam, aus dem es hell herausschimmerte. »Hier ist es gewiß«, dachte der Mann mit dem Schinken. Im Holzschuppen stand ein alter Mann mit einem langen weißen Bart, der zum Weihnachtsabend Holz kleinmachte.

»Guten Abend«, sagte der Mann mit dem Schinken.

»Guten Abend, wohin willst du noch so spät?« fragte der Alte.

»Ich sollte eigentlich in die Hölle, aber ich weiß nicht, ob ich auf dem rechten Weg dahin bin«, antwortete der Arme.

»Doch, du bist ganz recht gegangen, dies hier ist die Hölle«, sagte der alte Mann. »Wenn du aber nun hineinkommst, werden sie dir alle deinen Schinken abkaufen wollen, denn Schweinefleisch ist ein seltenes Gericht in der Hölle; aber du sollst ihn nicht für Geld verkaufen, sondern die alte Handmühle verlangen, die hinter der Tür steht. Wenn du dann wieder herauskommst, will ich dir zeigen, wie man die Mühle behandeln muß; die ist nämlich zu allerlei nütze«, sagte er.

Der Mann mit dem Schinken dankte für die gute Auskunft und klopfte bei dem Teufel an. Als er hineinkam, ging es, wie der alte Mann gesagt hatte; alle Teufel, die großen und die kleinen, wimmelten um ihn herum wie Ameisen, und der eine überbot immer den anderen, um den Schinken zu bekommen.

»Ich hatte freilich die Absicht, ihn mit meinem Weibe zum Christabend zu verzehren«, sagte der Mann; »da ihr jedoch so erpicht darauf seid, will ich ihn euch lassen. Aber wenn ich ihn verkaufen soll, so will ich die alte Handmühle dafür, die hinter der Tür steht.«

Der Teufel wollte die Mühle nicht gerne hergeben; er feilschte und handelte mit dem Manne, dieser aber blieb bei seiner Bedingung, und so mußte der Teufel mit der Mühle herausrücken. Als dann der Mann wieder auf den Hof herauskam, fragte er den alten Holzfäller, wie er nun die Mühle gebrauchen müsse, und als der es ihm gezeigt hatte, bedankte er sich und machte sich schnellstens auf den Heimweg. Aber sosehr er sich auch beeilte, so kam er doch erst nach Hause, als es eben in der Christnacht zwölf Uhr schlug.

»Aber wo in aller Welt bist du denn geblieben?« fragte die Frau. »Hier habe ich nun Stunde um Stunde gesessen und gewartet und habe nicht einmal zwei Stecken, die ich kreuzweise unter den Topf mit der Weihnachtssuppe hätte legen können.«

»Ach, ich konnte nicht früher kommen, denn ich hatte noch allerlei zu besorgen, und einen weiten Weg hatte ich auch. Aber jetzt sollst du mal sehen«, sagte der Mann. Er stellte die Mühle auf den Tisch und befahl ihr zu mahlen. Zuerst Lichter, dann ein Tischtuch, dann Essen und Bier und sonst allerlei Gutes zum Weihnachtsschmaus; und wie er der Mühle befahl, so mahlte diese. Seine Frau bekreuzte sich einmal ums andere und wollte wissen, wo er die Mühle herhabe, aber der Mann wollte nicht mit der Sprache heraus.

»Es ist ganz einerlei, wo ich sie herhabe. Du siehst, daß die Mühle gut ist und daß das Mahlwasser nicht einfriert«, sagte der Mann. Und so mahlte er Essen und Trinken und alle guten Sachen für die ganze Weihnachtszeit, und am dritten Tage lud er seine Freunde zu sich ein, denn er wollte ihnen ein Gastmahl geben.

Als der reiche Bruder sah, was alles zum Festmahl bereitstand, ärgerte er sich grün und gelb, weil er seinem Bruder durchaus nichts gönnte.

»Am Weihnachtsabend war er noch so bettelarm, daß er zu mir kam und mich um Gottes willen um eine Kleinigkeit bat, und jetzt hält er ein Fest, wie wenn er Graf oder König wäre«, sagte er. »Aber wo zum Satan hast du denn den Reichtum gefunden?« fragte er den Bruder.

»Hinter der Tür«, sagte der, dem die Mühle gehörte, denn er hatte keine Lust, dem Bruder Rechenschaft darüber abzulegen. Aber später am Abend, als er etwas im Kopfe hatte, konnte er sich nicht länger zurückhalten, und nun rückte er mit der Mühle heraus. »Da siehst du die Gans, die mir die goldenen Eier legt«, sagte er und ließ die Mühle bald dies, bald jenes mahlen.

Als der reiche Bruder dies sah, wollte er ihm die Mühle durchaus abkaufen, und schließlich willigte der Bruder auch ein, sie ihm zu lassen; aber dreihundert Taler müsse er ihm dafür geben, und außerdem bedingte er sich noch aus, daß er die Mühle bis zur Heuernte behalten dürfe. »Denn wenn ich sie noch so lange behalte, kann sie mir für viele Jahre Essen gemahlen haben«, dachte er.

Wie man sich wohl denken kann, wurde während dieser Zeit die Mühle nicht rostig, und als die Heuernte herankam, erhielt sie der Bruder, aber der andere hatte sich wohl gehütet, ihm zu zeigen, wie man sie behandeln mußte. Abends brachte der Reiche die Mühle nach Hause, und am nächsten Morgen befahl er seiner Frau, mit den Mähern aufs Feld hinauszugehen und das Heu hinter ihnen auszubreiten; er werde selbst für das Mittagessen sorgen, sagte er. Als nun die Mittagszeit herankam, stellte er die Mühle auf den Küchentisch. »Mahle Hering und Milchsuppe; aber schnell und viel!« sagte der Mann.

Da fing die Mühle zu mahlen an, Hering und Milchsuppe, erst alle Schüsseln und Töpfe voll, dann immer weiter, daß der ganze Küchenboden davon überschwemmt wurde. Der Mann drehte und schraubte an der Mühle, um sie abzustellen; aber wie er auch daran herumhantierte, die Mühle blieb nicht stehen, und zuletzt war die Milchsuppe in der Küche schon so hoch, daß der Mann in Gefahr war zu ertrinken. Da riß er die Stubentür auf; aber schon nach kurzer Zeit hatte die Mühle auch die Stube voll gemahlen, und nur mit knapper Not konnte der Mann in der Flut von lauter Milchsuppe noch die Türklinke finden. Als er nun die Tür aufgemacht hatte, stürzte er eiligst hinaus ins Freie, und die Flut von Hering und Milchsuppe hinter ihm her, so daß sie sich über den ganzen Hof und die Felder hinwälzte.

Indessen meinte die Frau, die das Heu auf dem Feld ausbreitete, es dauere doch gar zu lange, bis das Mittagessen fertig sei. »Wir wollen jetzt nur nach Hause gehen, wenn uns der Herr auch nicht ruft«, sagte sie zu den Mähern. »Er wird wohl die Milchsuppe nicht allein zustande bringen, und ich muß ihm helfen.« Sie zogen also langsam heimwärts; aber als sie den Hügel hinter sich hatten, wogte ihnen Hering und Milchsuppe und Brot, alles durcheinander, entgegen, und der Mann lief immer davor her. »Wollte Gott, daß jeder von euch hundert Bäuche hätte!« rief er. »Aber nehmt euch in acht, daß ihr nicht in dem Mittagessen ertrinkt.« Damit jagte er, wie vom Teufel besessen, an ihnen vorbei und hinüber zu seinem Bruder. Den bat er, um Gottes willen doch die Mühle wieder zu nehmen, und zwar augenblicklich. »Denn wenn sie noch eine einzige Stunde mahlt, dann ertrinkt das ganze Dorf in Hering und Milchsuppe«, rief er.

Der Bruder aber wollte die Mühle nicht wieder nehmen, wenn ihm der andere nicht noch dreihundert Taler dazu bezahlte, und es blieb dem Reichen nichts übrig, er mußte mit dem Gelde herausrücken. Jetzt hatte der Arme sowohl Geld als auch die Mühle, und es dauerte nicht lange, da hatte er sich ein Haus gebaut, noch viel schöner als das, in dem der Bruder wohnte. Mit der Mühle mahlte er so viel Gold zusammen, daß er die Wände ganz mit Goldplatten bekleiden konnte, und das Haus lag dicht am Meeresstrand, da konnte man es vom Meere aus schon von weitem blinken und glänzen sehen. Alle, die vorbeifuhren, hielten an, um den reichen Mann in dem goldenen Haus zu besuchen und die wunderbare Mühle zu sehen, denn sie wurde weit und breit berühmt, und es gab niemanden, der nicht davon reden gehört hätte.

Schließlich kam auch einmal ein Schiffer an, der die Mühle sehen wollte, und als er sie sah, fragte er, ob sie auch Salz mahlen könnte. »O ja, Salz kann sie auch mahlen«, sagte der Mann, dem sie gehörte; und als der Schiffer das hörte, wollte er die Mühle mit Gewalt haben, mochte sie kosten, was sie wolle. »Denn«, dachte er, »wenn ich sie hätte, brauchte ich nicht mehr über so gefährliche Meere nach Salz zu fahren.«

Anfangs wollte der Mann sie durchaus nicht hergeben;

aber der Schiffer ließ nicht nach mit Bitten und Betteln, und schließlich erhielt er denn auch die Mühle für viele, viele tausend Taler.

Als der Schiffer die Mühle aufgeladen hatte, hielt er sich nicht lange auf, denn er hatte Angst, der Mann könnte wieder anderen Sinnes werden; zu fragen, wie man die Mühle behandeln müsse, dazu nahm er sich gar nicht Zeit, er brachte sie so schnell wie möglich in sein Schiff und stieß ab.

Als er eine Strecke weit aufs Meer hinausgefahren war, holte er die Mühle hervor. »Mahle Salz, aber schnell und viel!« befahl er. Nun ja, die Mühle begann, Salz zu mahlen, daß es nur so sprühte. Als das Schiff voll war, wollte der Schiffer die Mühle abstellen; aber wie er auch drehte und schraubte, die Mühle mahlte immer weiter, der Salzhaufen wurde immer größer, und schließlich sank das Schiff. Da steht nun die Mühle auf dem Meeresgrund und mahlt noch bis auf den heutigen Tag, und daher kommt es, daß das Meerwasser so salzig ist.

# Von Aschenbrödel, welcher die silbernen Enten, die Bettdecke und die goldne Harfe des Trollen stahl

Es war einmal ein armer Mann, der hatte drei Söhne. Als er starb, wollten die beiden ältesten in die Welt reisen, um ihr Glück zu versuchen; aber den jüngsten wollten sie gar nicht mithaben. »Du da«, sagten sie, »taugst zu nichts anderem, als in der Asche zu wühlen!«

»So muß ich denn allein gehen«, sagte Aschenbrödel.

Die beiden gingen und kamen zu einem Königsschloß; da erhielten sie Dienste, der eine beim Stallmeister und der andere beim Gärtner. Aschenbrödel ging auch fort und nahm einen großen Backtrog mit, das war das einzige, was die Eltern hinterlassen hatten, wonach aber die anderen beiden nicht fragten; der Trog war zwar schwer zu tragen, aber Aschenbrödel wollte ihn doch nicht stehenlassen. Als er eine Zeitlang gewandert war, kam er ebenfalls zu dem Königsschloß, und dort bat er um einen Dienst. Sie antworteten ihm aber, daß sie ihn nicht brauchen könnten; da er indes so flehentlich bat, sollte er zuletzt die Erlaubnis haben, in der Küche zu sein und der Köchin Holz und Wasser zu tragen. Er war fleißig und flink, und es dauerte nicht lange, so hielten alle viel von ihm; aber die beiden anderen waren faul, und darum bekamen sie oft Schläge und wenig Lohn und wurden nun neidisch auf Aschenbrödel, da sie sahen, daß es ihm besserging.

Dem Königsschloß gerade gegenüber, an der anderen Seite eines Wassers, wohnte ein Troll, der hatte sieben silberne Enten, die auf dem Wasser schwammen, so daß man sie von dem Schloß aus sehen konnte; die hatte sich der König oft gewünscht, und deshalb sagten die zwei Brüder zu dem Stallmeister: »Wenn unser Bruder wollte, so hat er sich gerühmt, dem König die sieben silbernen Enten verschaffen zu können.« Man kann sich wohl denken, es dauerte nicht lange, so sagte der Stallmeister es dem König. Dieser sagte darauf zu Aschenbrödel: »Deine Brüder sagen, du könntest mir die silbernen Enten verschaffen, und nun verlange ich es von dir.«

»Das habe ich weder gedacht noch gesagt«, antwortete der Bursche.

»Du hast es gesagt«, sprach der König, »und darum sollst du sie mir schaffen.«

»Je nun«, sagte der Bursche, »wenn's denn nicht anders sein kann, so gib mir nur eine Metze Rocken und eine Metze Weizen; dann will ich's versuchen.«

Das bekam er denn auch und schüttete es in den Backtrog, den er von zu Hause mitgenommen hatte, und damit ruderte er über das Wasser. Als er auf die andere Seite gekommen war, ging er am Ufer auf und ab und streute und streute, und endlich gelang es ihm, die Enten in den Trog zu locken, und nun ruderte er, was er nur konnte, wieder zurück.

Als er auf die Mitte des Wassers gekommen war, kam der Troll an und ward ihn gewahr. »Bist du mit meinen sieben silbernen Enten davongereist, du?« fragte er.

»Ja–a!« sagte der Bursche.

»Kommst du noch öfter, du?« fragte der Troll.

»Kann wohl sein«, sagte der Bursche.

Als nun Aschenbrödel mit den sieben silbernen Enten zurück zu dem König kam, wurde er noch beliebter im Schloß, und der König selbst sagte, es wäre gut gemacht. Aber darüber wurden seine Brüder noch aufgebrachter und noch neidischer auf ihn und verfielen nun darauf, zum Stallmeister zu sagen, jetzt hätte ihr Bruder sich auch gerühmt, dem König die Bettdecke des Trollen mit den silbernen und goldnen Rauten verschaffen zu können, wenn er bloß wolle; und der Stallmeister war auch diesmal nicht faul, es dem König zu berichten. Der König sagte darauf zu dem Burschen, daß seine Brüder gesagt hätten, er habe sich gerühmt, ihm die Bettdecke des Trollen mit den silbernen und goldnen Rauten verschaffen zu können, und nun solle er es auch, oder sonst solle er das Leben verlieren. Aschenbrödel antwortete, das hätte er weder gedacht noch gesagt; da es aber nichts half, bat er um drei Tage Bedenkzeit.

Als die nun um waren, ruderte Aschenbrödel wieder hinüber in dem Backtrog und ging am Ufer auf und ab und lauerte. Endlich sah er, daß sie im Berge die Bettdecke heraushängten, um sie auszulüften; und als sie wieder in den Berg zurückgegangen waren, erschnappte Aschenbrödel die Decke und ruderte damit zurück, so schnell er nur konnte. Als er auf die Mitte gekommen war, kam der Troll an und ward ihn gewahr. »Bist du es, der mir meine sieben silbernen Enten genommen hat?« rief der Troll.

»Ja–a!« sagte der Bursche.

»Hast du nun auch meine silberne Bettdecke mit den silbernen und goldnen Rauten genommen?«

»Ja–a!« sagte der Bursche.

»Kommst du noch öfter, du?«

»Kann wohl sein«, sagte der Bursche.

Als er nun zurückkam mit der goldnen und silbernen Decke, hielten alle noch mehr von ihm denn zuvor, und er ward Bedienter beim König selbst. Darüber wurden die anderen beiden noch mehr erbittert, und um sich zu rächen, sagten sie zum Stallmeister: »Nun hat unser Bruder sich auch gerühmt, dem König die goldne Harfe verschaffen zu können, die der Troll hat, und die von der Beschaffenheit ist, daß jeder, wenn er auch noch so traurig ist, froh wird, wenn er darauf spielen hört.« Ja, der Stallmeister, der erzählte es gleich wieder dem König, und dieser sagte zu dem Burschen: »Hast du es gesagt, so sollst du es auch.

Kannst du es, so sollst du die Prinzessin und das halbe Reich haben; kannst du es aber nicht, so sollst du das Leben verlieren.«

»Ich habe es weder gedacht noch gesagt«, antwortete der Bursche, »aber ist es wohl kein andrer Rat, ich muß es versuchen; doch sechs Tage will ich Bedenkzeit haben.«

Ja, die sollte er haben; aber als sie um waren, mußte er sich aufmachen. Er nahm nun einen Lattenspiker, einen Birkenpflock und einen Lichtstumpf in der Tasche mit, ruderte wieder über das Wasser und ging dort am Ufer auf und ab und lauerte. Als der Troll herauskam und ihn gewahr ward, fragte er: »Bist du es, der mir meine sieben silbernen Enten genommen hat?«

»Ja–a!« antwortete der Bursche.

»Du bist es, der mir auch meine Decke mit den goldnen und silbernen Rauten genommen hat?« fragte der Troll.

»Ja–a!« sagte der Bursche.

Da ergriff ihn der Troll und nahm ihn mit sich in den Berg.

»Nun, meine Tochter«, sagte er, »nun hab ich ihn, der mir meine silbernen Enten und meine Bettdecke mit den silbernen und goldnen Rauten gestohlen hat; setz ihn jetzt in den Maststall, dann wollen wir ihn schlachten und unsre Freunde bitten.«

Dazu war die Tochter sogleich bereit, und sie setzte ihn in den Maststall, und da blieb er nun acht Tage lang und bekam das beste Essen und Trinken, das er sich wünschen konnte und soviel er nur wollte.

»Geh nun hin«, sagte der Troll zu seiner Tochter, als die acht Tage um waren, »und schneide ihn in den kleinen Finger, dann werden wir sehen, ob er schon fett ist.« Die Tochter ging sogleich hin.

»Halt mal deinen kleinen Finger her!« sagte sie; aber Aschenbrödel steckte den Lattenspiker heraus, und in den schnitt sie. »Ach nein, er ist noch hart wie Eisen«, sagte die

Trolltochter, als sie wieder zu ihrem Vater kam, »noch können wir ihn nicht schlachten.«
Nach acht Tagen ging es wieder ebenso, nur daß Aschenbrödel jetzt den Birkenpflock heraussteckte. »Ein wenig besser ist er«, sagte die Tochter, als sie wieder zu dem Trollen kam, »aber noch war er hart zu kauen wie Holz.« Acht Tage danach sagte der Troll wieder, die Tochter solle hingehen und zusehen, ob er jetzt nicht fett genug wäre. »Halt mal deinen kleinen Finger her!« sagte die Tochter, als sie zum Maststall gekommen war. Nun hielt Aschenbrödel den Lichtstumpf hin. »Jetzt geht's an«, sagte sie. »Haha!« sagte der Troll, »so reise ich fort, um Gäste zu bitten; mittlerweile sollst du ihn schlachten und die eine Hälfte braten und die andre Hälfte kochen.«
Als der Troll nun gereist war, fing die Tochter an, ein großes langes Messer zu schleifen.
»Sollst du mich damit schlachten?« fragte der Bursche.
»Ja, du«, sagte die Trolltochter.
»Aber es ist nicht scharf«, sagte der Bursche, »ich muß es dir nur schleifen, damit du mich desto leichter ums Leben bringen kannst.«
Sie gab ihm nun das Messer, und er fing an zu schleifen und zu wetzen.
»Laß es mich jetzt an deiner Haarflechte probieren«, sagte der Bursche, »ich glaube, es wird nun gut sein.«
Das erlaubte sie ihm denn auch; aber als Aschenbrödel die Haarflechte ergriff, bog er ihr den Kopf zurück und schnitt ihr den Hals ab – und kochte dann die eine Hälfte und briet die andere und trug es auf den Tisch. Darauf zog er die Kleider der Trolldirne an und setzte sich in die Ecke hin.
Als der Troll mit den Gästen nach Hause kam, bat er die Tochter – denn er glaubte, daß sie es wäre –, sie möchte doch auch kommen und mitessen. »Nein«, antwortete der Bursche, »ich will kein Essen haben, ich bin so betrübt.«

»Du weißt ja Rat dafür«, sagte der Troll, »nimm die goldne Harfe und spiele darauf.«
»Ja, wo ist die nun?« sagte der Bursche wieder.
»Du weiß es ja wohl, du hast sie ja zuletzt gebraucht; dort hängt sie ja über der Tür«, sagte der Troll.
Der Bursche ließ sich das nicht zweimal sagen; er nahm die Harfe und ging damit aus und ein und spielte; aber wie er so im besten Spielen war, schob er plötzlich den Backtrog hinaus ins Wasser und ruderte damit fort, daß es nur so sauste. Nach einer Weile deuchte es dem Trollen, die Tochter bliebe gar zu lange draußen, und er ging hin, sich nach ihr umzusehen; da sah er aber den Burschen in dem Trog weit weg auf dem Wasser.
»Bist du es, der mir meine sieben silbernen Enten genommen hat?« rief der Troll.
»Ja!« sagte der Bursche.
»Du bist es, der mir auch meine Decke mit den silbernen und goldnen Rauten genommen hat?«
»Ja!« sagte der Bursche.
»Hast du mir nun auch meine goldne Harfe genommen, du?« schrie der Troll.
»Ja, das hab ich«, sagte der Bursche.
»Hab ich dich denn nicht gleichwohl verzehrt?«
»Nein, das war deine Tochter, die du verzehrtest«, antwortete der Bursche.
Als der Troll das hörte, ward er so arg, daß er barst. Da ruderte Aschenbrödel zurück und nahm einen ganzen Haufen Gold und Silber mit, soviel der Trog nur tragen konnte, und als er nun damit zurückkehrte und auch die goldne Harfe mitbrachte, bekam er die Prinzessin und das halbe Reich, so wie der König es ihm versprochen hatte. Seinen Brüdern aber tat er immer wohl; denn er glaubte, sie hätten nur sein Bestes gewollt mit dem, was sie gesagt hatten.

# Von dem Burschen, der zum Nordwind ging und sein Mehl zurückverlangte

Es war einmal eine alte Frau, die hatte einen Sohn, und da sie sehr schwach und elend war, sollte der Sohn für sie ins Vorratshaus gehen und Mehl zum Mittagessen holen. Als dieser nun mit dem Mehl die Stufen von dem Vorratshaus heruntergehen wollte, kam der Nordwind dahergesaust, entriß ihm das Mehl und jagte damit durch die Luft davon. Der Jung ging wieder zurück in die Vorratskammer und holte neues Mehl; als er aber wieder auf der Treppe stand, kam der Nordwind von neuem dahergesaust und entriß ihm das Mehl. Das dritte Mal ging es genau ebenso. Aber jetzt wurde der Junge zornig; er fand es sehr unrecht vom Nordwind, daß er so wütend daherbrauste, und er beschloß deshalb, den Wind aufzusuchen und sein Mehl zurückzuverlangen.

Er machte sich also auf den Weg und wanderte lange, bis er endlich zum Nordwind kam.

»Guten Tag!« sagte der Junge.

»Guten Tag!« sagte auch der Nordwind mit einer sehr rauhen Stimme. »Was willst du?«

»Ach«, sagte der Junge, »ich wollte dich nur recht schön bitten, mir mein Mehl wiederzugeben, das du mir auf der Vorratskammertreppe entrissen hast. Wir sind sehr arm, und wenn du uns noch das bißchen nimmst, was wir haben, dann müssen wir verhungern.«

»Ich habe kein Mehl«, sagte der Nordwind. »Da du aber so arm bist, will ich dir ein Tuch geben, das dir alles, was du dir nur wünschen kannst, herbeischafft. Du brauchst dann nichts weiter zu sagen als: ›Tischtuch mein, deck dich fein!‹, dann wirst du schon sehen, was geschieht.«

Der Junge war hochbeglückt über das Tuch. Aber der Weg war weit, und er konnte an demselben Tag nicht mehr nach Hause gelangen; deshalb kehrte er in einem Gasthause an der Straße ein, und als die Leute dort zu Nacht essen wollten, legte der Junge sein Tuch auf einen Tisch, der in einem Winkel stand, und sagte: »Tischtuch mein, deck dich fein!«

Kaum hatte er dies gesagt, so hatte sich das Tuch schon gedeckt. Allen Anwesenden gefiel dies ausgezeichnet; am allerbesten gefiel es aber doch der Wirtsfrau. »Wenn man dieses Tuch hätte«, dachte sie, »brauchte man sich nicht mehr mit Kochen und Backen, mit Decken und Abdekken, mit dem Auf- und Abtragen abzuplagen.«

Als es nun Nacht war und alles im Hause in tiefem Schlafe lag, nahm sie dem Burschen das Tuch weg und legte ein anderes an dessen Stelle, das zwar dem von dem Nordwind geschenkten vollkommen ähnlich war, aber nicht einmal mit einer Hafergrütze aufwarten konnte.

Als der Junge am Morgen erwachte, nahm er sein Tuch, ging mit ihm fort und kam an diesem Tag auch glücklich bei seiner Mutter an.

»Mutter«, sagte er, »ich bin beim Nordwind gewesen; der war sehr freundlich und schenkte mir dieses Tuch hier. Ich brauche nichts weiter zu sagen als: ›Tischtuch mein, deck dich fein!‹, dann bekomme ich das herrlichste Essen, das ich mir nur wünschen kann.«

»Das wäre freilich sehr schön«, sagte die Mutter. »Aber ehe ich es sehe, glaube ich es nicht.« Der Junge zog schnell einen Tisch heran, legte sein Tuch darauf und sagte: »Tischtuch mein, deck dich fein!« Aber das Tuch deckte sich auch nicht mit dem kleinsten Stückchen Brot.

»Da bleibt mir nichts übrig, als noch einmal zum Nordwind zu gehen«, sagte der Junge. Er machte sich auch so-

gleich auf den Weg, und am Nachmittag erreichte er den Ort, wo der Nordwind wohnte.
»Guten Abend!« sagte der Bursche.
»Guten Abend!« sagte auch der Nordwind. »Was willst du?«
»Ich möchte gerne eine Entschädigung für das Mehl, das du mir genommen hast«, sagte der Bursche, »denn dein Tuch taugte nicht viel.«
»Ich habe kein Mehl«, sagte der Nordwind. »Aber hier hast du einen Bock, der macht lauter goldene Dukaten, sobald du nur sagst: ›Böcklein hold, mach mir Gold!‹«
Das gefiel dem Burschen gar wohl. Er hatte aber so einen weiten Weg nach Hause, daß er an demselben Tag nicht mehr hingelangen konnte, und so kehrte er wieder bei dem Gastwirt an der Straße ein. Ehe er etwas bestellte, probierte er den Bock, denn er wollte sehen, ob es mit dem, was der Nordwind gesagt hatte, auch seine Richtigkeit hätte. Jawohl, es verhielt sich genauso, wie der Nordwind gesagt hatte! Als aber der Gastwirt den Bock und das Geld sah, dachte er: »Das ist einmal ein feiner Bock!« Und als der Junge eingeschlafen war, holte der Wirt einen andern Bock herbei, der keine goldenen Dukaten machen konnte, und stellte ihn hin.
Am nächsten Morgen zog der Bursche weiter, und als er zu seiner Mutter heimkam, sagte er: »Der Nordwind ist doch ein guter Mann; jetzt hat er mir einen Bock geschenkt, der goldene Dukaten machen kann, sobald ich zu ihm sage: ›Böcklein hold, mach mir Gold!‹«
»Ach, das ist nur so ein dummes Geschwätz!« sagte die Mutter. »Ehe ich es sehe, glaube ich es nicht.«
»Böcklein hold, mach mir Gold!« rief der Bursche. Aber das, was der Bock machte, war kein Gold.
Da ging der Bursche zum dritten Mal zum Nordwind und sagte, der Bock tauge gar nichts, und er wolle Entschädigung für sein Mehl.

»Jetzt kann ich dir nichts anderes mehr geben als den alten Stock, der dort in der Ecke steht«, sagte der Nordwind. »Wenn du zu dem sagst: ›Stock, schlag drauf!‹, dann schlägt er so lange zu, bis du sagst: ›Stock, hör auf!‹«
Da der Weg gar so weit war, übernachtete der Junge auch dieses Mal wieder in dem Wirtshaus an der Straße. Da er sich aber denken konnte, wie es mit dem Tuch und dem Bock gegangen war, legte er sich gleich auf die Bank und tat, als ob er schliefe. Der Gastwirt, der sich wohl denken konnte, daß der Stock auch etwas Besonderes sei, suchte einen anderen, ähnlichen Stock hervor, und als er hörte, daß der Junge schnarchte, wollte er seinen Stock an Stelle von des Jungen Stock legen; aber in dem Augenblick, wo er den Stock ergreifen wollte, rief der Junge: »Stock, schlag drauf!«, und da hieb der Stock auf den Gastwirt los, daß dieser über Bänke und Tische sprang und schrie: »Ach, ach, bring den Stock zur Ruhe, sonst schlägt er mich noch tot! Ich will dir auch dein Tuch und deinen Bock wiedergeben!« Endlich, als der Junge meinte, jetzt habe der Gastwirt genug Schläge bekommen, sagte er: »Stock, hör auf!«
Dann steckte er das Tuch in die Tasche, nahm den Stock in die Hand, band dem Bock einen Strick um die Hörner und zog mit allem nach Hause. Da hatte er eine Entschädigung für das Mehl!

# Der Bursche, der sich in einen Löwen, einen Falken und eine Ameise verwandelte

Es war einmal ein Mann, der hatte einen einzigen Sohn; aber er lebte in Armut und Elend, und als er auf dem Sterbebett lag, sagte er zu seinem Sohn, daß er nichts besitze als ein Schwert, einen Rock aus grobem Leinen und ein paar Brotkrumen; das sei seine ganze Erbschaft. Als der Vater tot war, wollte der Bursche in die Welt hinaus ziehen und sein Glück versuchen; er band sich also das Schwert um und steckte die Brotkrumen ein, denn sie wohnten tief im Walde, weit entfernt von anderen Menschen. Auf seinem Wege mußte er über einen hohen Berg, und als er so hoch hinaufgekommen war, daß er über die Hochebene hinschauen konnte, sah er einen Löwen, einen Falken und eine Ameise, die sich um ein totes Pferd stritten. Der Junge erschrak, als er den Löwen sah; dieser aber rief ihm zu, er solle herbeikommen, den Streit zwischen ihnen schlichten und das Pferd so verteilen, daß jedes erhalte, was ihm von Rechts wegen zukomme.

Der Bursche nahm sein Schwert und verteilte das Pferd, so gut er konnte; dem Löwen gab er den besten und den größten Teil, der Falke bekam von den Eingeweiden und andere kleine Stücke, die Ameise aber den Kopf, Nachdem dies getan war, sagte er: »Ich meine, nun sei es richtig geteilt: Der Löwe muß den größten Teil haben, denn er ist der größte und stärkste, der Falke das beste, denn er ist so vornehm und ein Feinschmecker, die Ameise aber die Hirnschale, denn sie kriecht in Winkel und Ekken.«

Mit dieser Teilung waren alle drei wohl zufrieden, und sie

fragten, was er dafür haben wolle, daß er so gut zwischen ihnen geteilt hätte.
»Wenn ich euch einen Gefallen getan habe und ihr zufrieden seid, dann bin ich auch wohl zufrieden«, sagte er. »Bezahlung verlange ich keine dafür.«
Ja, aber etwas solle er doch annehmen, sagten sie. »Und wenn du nichts anderes willst«, sagte der Löwe, »dann seien dir drei Wünsche gewährt.«
Aber der Bursche wußte nicht, was er sich wünschen solle. Da sagte der Löwe, ob er sich denn nicht wünschen wolle, daß er sich in einen Löwen verwandeln könne, und die beiden andern fragten auch, ob er sich nicht in einen Falken und eine Ameise verwandeln möchte. Ja, das schien dem Burschen recht gut und angenehm, und so wünschte er sich das.
Rasch warf er das Schwert und das Tuch weg, verwandelte sich in einen Falken und flog davon. Er flog immer weiter, bis er über ein großes Wasser kam; aber als er weit draußen war, wurde er so müde, und die Flügel taten ihm so weh, daß er nicht mehr weiterfliegen konnte. Da sah er einen steilen, hohen Felsen mitten aus dem Wasser aufragen; auf diesem ließ er sich nieder, um auszuruhen. Nachdem er sich ausgeruht hatte, verwandelte er sich wieder in einen kleinen Falken und flog weiter, bis er am Königsschloß anlangte. Da ließ er sich auf einem Baum vor den Fenstern der Königstochter nieder. Als diese den Vogel sah, hätte sie den gar zu gerne gehabt. Sie lockte ihn heran, und als der Falke zu ihr hereingeflogen war, stand sie schon bereit, und hui! – schlug die Königstochter das Fenster zu, nahm den Vogel und setzte ihn in einen Käfig.
In der Nacht verwandelte sich der Bursche in eine Ameise und kroch aus dem Käfig heraus; nun nahm er seine natürliche Gestalt an, ging hin und setzte sich zur Königstochter. Diese erschrak sehr und schrie so laut, daß der König erwachte. Er kam herein und fragte, was es denn gebe.

»Es ist jemand hier!« rief die Prinzessin voller Angst. Aber in einem Nu war der Bursche wieder eine Ameise, kroch in den Käfig zurück und verwandelte sich in einen Falken. Der König konnte nichts entdecken, wovor man sich hätte fürchten müssen; er sagte daher zu der Königstochter, sie sei gewiß nur von einem Alpdrücken geplagt worden. Aber kaum war der König zur Tür hinaus, als sich dasselbe wiederholte. Der Bursche kroch als Ameise zum Käfig hinaus, verwandelte sich in seine natürliche Gestalt und setzte sich zu der Prinzessin. Da schrie diese wiederum laut; der König drehte sich um und fragte, was es denn wieder gebe.
»Es ist jemand hier!« rief die Prinzessin. Aber der Bursche schlüpfte wieder in den Käfig hinein und saß als Falke drinnen. Der König leuchtete überall umher, und als er nichts sah, wurde er ärgerlich, weil er um seine Nachtruhe kam. Er meinte, das sei lauter dummes Zeug, und sagte zur Prinzessin: »Wenn du noch ein einziges Mal schreist, dann sollst du sehen, daß dein Vater der König ist.«
Aber der König war kaum zur Tür hinaus, als der Bursche schon wieder bei der Prinzessin war. Diesmal schrie sie nicht, obgleich sie vor lauter Angst nicht wußte, was sie tun sollte.
Nun fragte der Bursche, wovor sie sich denn so sehr fürchte?
»Ach, ich bin einem Berggeist versprochen worden«, sagte sie, und dann erzählte sie: das erste Mal, wenn sie sich unter freiem Himmel befände, dürfe er kommen und sie holen. Als nun der Bursche gekommen sei, habe sie geglaubt, es sei der Berggeist. An jedem Donnerstagmorgen komme ein Bote von dem Berggeist; der Bote aber sei ein Drache, dem der König jedesmal neun gemästete Schweine geben müsse; deshalb habe auch der König ausrufen lassen, wer ihn von dem Drachen befreie, der solle die Königstochter und das halbe Reich bekommen.

Der Bursche sagte, das wolle er tun; und am nächsten Morgen ging die Königstochter zum König hinein und sagte, es sei einer da, der ihn von dem Drachen und dem Schweinetribut befreien wolle. Als der König dies hörte, wurde er froh, denn der Drache hatte schon so viele Schweine gefressen, daß im ganzen Königreich bald keine mehr aufzutreiben waren. Nun war es aber gerade ein Donnerstag, und so begab sich der Bursche gleich dahin, wo der Drache die Schweine in Empfang zu nehmen pflegte; der Aufseher im Königsschloß zeigte ihm den Weg.
Jawohl, der Drache kam daher, und er hatte neun Köpfe und war so wild und zornig, weil er sein Schweinefutter noch nicht hatte, daß er Feuer und Flammen spie und auf den Burschen losfuhr, als wollte er ihn lebendig verschlingen. Aber hast du nicht gesehen! Da verwandelte sich der Bursche in einen Löwen und kämpfte mit dem Drachen und riß ihm einen Kopf nach dem anderen herunter. Aber der Drache war auch stark und spie Feuer und Geifer aus. Doch schließlich hatte er nur noch einen einzigen Kopf, der war der zäheste von allen; zuletzt aber riß ihm der Bursche den auch noch ab, und dann war es aus mit dem Drachen. Nun ging der Bursche zum König; da war große Freude im ganzen Königsschloß, und der Bursche sollte die Königstocher bekommen.
Aber als sie sich eben einmal im Garten ergingen, kam der Berggeist selbst dahergestürmt; er raubte die Königstochter und entfloh mit ihr durch die Lüfte. Der Bursche wollte sofort hinter ihnen her; aber der König bat ihn, doch das nicht zu tun, denn jetzt, wo ihm die Tochter genommen sei, habe er niemanden mehr als ihn. Aber da half weder Bitten noch Befehl, der Bursche verwandelte sich in einen Falken, und fort war er. Als er aber die beiden nirgends entdecken konnte, fiel ihm plötzlich jener merkwürdig steile Felsenberg ein, auf dem er ausgeruht hatte,

als er zum erstenmal geflogen war. Er flog hin, ließ sich da nieder, verwandelte sich in eine Ameise und kroch durch eine Spalte in den Berg hinein. Als er eine Weile da drinnen umhergekrochen war, kam er an eine verschlossene Tür. Aber er wußte sich zu helfen; er kroch durch das Schlüsselloch hinein; da saß eine fremde Prinzessin und lauste einen Berggeist mit drei Köpfen.

»Hier bin ich schon am rechten Platz«, dachte der Bursche, denn er hatte gehört, daß der König vorher schon zwei Töchter verloren habe, die die Trolle geholt hätten. »Vielleicht finde ich die anderen auch noch«, sagte er zu sich und kroch auch an einer zweiten Tür durchs Schlüsselloch. Da saß eine zweite fremde Prinzessin, die einen Berggeist lauste, und der hatte sechs Köpfe. Und noch einmal kroch er durch ein Schlüsselloch, da saß die jüngste Prinzessin und lauste einen Berggeist mit neun Köpfen. Jetzt kroch er ihr am Bein hinauf und biß sie; da erriet sie, daß es der Bursche sei, der mit ihr sprechen wolle, und sie fragte den Berggeist, ob sie nicht ein wenig hinausgehen dürfe. Als sie hinauskam, war der Bursche wieder in seiner rechten Gestalt, und er sagte zu der Prinzessin, sie solle den Berggeist fragen, ob sie nicht wieder von hier weg und zu ihrem Vater heimkehren könne. Hierauf verwandelte er sich aufs neue in eine Ameise und setzte sich auf ihren Fuß; sie aber ging hinein und machte sich wieder daran, den Berggeist zu lausen.

Nachdem sie dies eine Weile getan hatte, versank sie in Gedanken. »Du vergißt mich zu lausen; woran denkst du?« fragte der Troll.

»Ach, ich denke darüber nach, ob ich nie wieder von hier wegkommen und in meines Vaters Schloß zurückkehren kann«, sagte die Königstochter.

»Nein, niemals«, sagte der Berggeist. »Es sei denn, daß jemand das Sandkorn fände, das unter der neunten Zunge des neunten Kopfes von jenem Drachen liegt, dem dein

Vater den Tribut bezahlt hat. Aber das findet niemand. Denn sobald dieses Sandkorn über diesen Berg kommt, bersten alle Trolle, der Berg verwandelt sich in ein goldenes Schloß und das Wasser in fruchtbare Felder.«
Als der Bursche das hörte, kroch er durch alle Schlüssellöcher und durch die Spalte im Berg wieder hinaus, verwandelte sich rasch in einen Falken und flog dahin, wo der Drache lag. Da suchte er, bis er unter der neunten Zunge des neunten Kopfes das Sandkorn fand, mit dem er davonflog. Aber als er das Wasser erreicht hatte, war er so müde, ach so müde, daß er sich heruntersinken lassen und auf einen Stein am Ufer setzen mußte. Während er da ausruhte, schlummerte er einen Augenblick ein; indessen aber fiel ihm das Sandkorn aus dem Schnabel zwischen den Ufersand. Nun mußte er drei Tage lang suchen, bis er es wiederfand. Aber als er es gefunden hatte, flog er eilig nach dem steilen Felsenberg und ließ das Sandkorn durch die Felsenspalte hineinfallen. Da barsten alle Trolle, der Berg zersprang, und nun stand ein vergoldetes Schloß da, das war das schönste Schloß von der ganzen Welt, und aus dem großen Wasser wurden die herrlichsten Äcker und die schönsten Wiesen, die man sehen konnte. Dann begaben sich alle nach dem Königsschloß, und dort war eitel Freude und Herrlichkeit. Der Bursche und die junge Königstochter durften einander heiraten, die Hochzeit wurde gehalten, und im ganzen Königreich wurde sieben volle Wochen gejubelt und geschmaust. Und wenn es ihnen nicht gutging, so wünsche ich, daß es dir noch bessergehen möge.

# Die Puppe im Gras

Es war einmal ein König, der hatte zwölf Söhne. Als diese groß waren, sagte er zu ihnen, sie sollten fortreisen in die Welt und sich jeder eine Frau suchen, aber sie sollte spinnen und weben und ein Hemd in einem Tag fertignähen können, sonst wollte er sie nicht zur Schwiegertochter haben. Jedem von ihnen gab er ein Pferd und eine ganz neue Rüstung; und darauf reisten die Söhne fort in die Welt, um sich eine Frau zu suchen.

Als sie aber eine Strecke Weges gereist waren, sagten sie, Aschenbrödel wollten sie nicht mit haben; denn der tauge doch zu nichts. Aschenbrödel mußte nun zurückbleiben und wußte gar nicht, wie er's anfangen sollte. Da war er sehr niedergeschlagen, stieg von seinem Pferd herunter und setzte sich ins Gras und weinte. Als er aber eine Weile gesessen hatte, bewegte sich der eine Grasbüschel, und es kam daraus eine kleine weiße Gestalt hervor; und als sie näher kam, sah Aschenbrödel, daß es ein niedliches kleines Mädchen war, aber ganz, ganz klein. Diese trat auf ihn zu und fragte ihn, ob er nicht die Puppe im Gras besuchen wolle. Ja, das wollte Aschenbrödel gern und ging mit ihr.

Als er hinunterkam, saß die Puppe im Gras auf einem Stuhl und war so schön und so geputzt; sie fragte Aschenbrödel, wo er hin wolle und in welchem Geschäft er reise.

Er erzählte ihr nun, daß sie ihrer zwölf Brüder wären und daß der König, ihr Vater, jedem von ihnen ein Pferd und eine Rüstung gegeben und zu ihnen gesagt hätte, sie sollten in die Welt reisen und sich eine Frau suchen, die solle spinnen und weben und ein Hemd in einem Tag fertignähen können. »Wenn du nun das kannst und meine Frau werden willst«, sagte Aschenbrödel, »dann will ich nicht weiterreisen.« Ja, das wollte sie gern und machte sich sogleich an die Arbeit, fing an zu spinnen und zu weben und nähte das Hemd in einem Tag fertig; aber es ward so klein, so klein, nicht länger als – so lang.

Damit reiste Aschenbrödel nach Hause. Als er aber das Hemd hervornahm, um es seinem Vater zu zeigen, war er ganz beschämt, weil es so klein war. Der König aber sagte, es machte nichts, er solle das kleine Mädchen heiraten; und darauf reiste Aschenbrödel froh und vergnügt zurück, um seine kleine Braut abzuholen. Wie er nun bei der Puppe im Gras ankam, wollte er sie zu sich auf sein Pferd nehmen; aber das wollte sie nicht, sondern sagte, sie wolle in einem silbernen Löffel fahren mit zwei kleinen Schimmeln davor.

So reisten sie nun fort, er auf seinem Pferd und sie in dem silbernen Löffel; die beiden Schimmel aber, die sie zogen, waren zwei kleine weiße Mäuse. Aschenbrödel hielt sich immer auf der anderen Seite des Weges, damit sein Pferd nicht auf seine Braut treten sollte, denn sie war so klein. Als sie eine Strecke des Weges gereist waren, kamen sie zu einem großen Wasser; da ward Aschenbrödels Pferd scheu, sprang hinüber auf die andere Seite des Weges und schlug den Löffel um, so daß die Puppe im Gras ins Wasser fiel. Da ward Aschenbrödel sehr betrübt und wußte gar nicht, wie er sie erretten sollte. Es dauerte aber nicht lange, so tauchte ein Meermann mit ihr auf, und nun war sie so groß geworden wie jedes andere erwachsene Frauenzimmer, und noch weit schöner als zuvor. Da nahm Aschenbrödel sie vor sich auf sein Pferd und ritt mit ihr nach Hause.

Als er dort ankam, waren auch schon seine anderen Brüder, jeder mit seiner Braut, eingetroffen; aber die waren so häßlich und so böse, daß sie sich schon unterwegs mit ihren Brautmännern gezaust hatten. Auf dem Kopf trugen sie Hüte, die waren mit Teer und Ruß bestrichen, das war ihnen ins Gesicht herabgetröpfelt, so daß sie davon noch weit häßlicher und abscheulicher aussahen. Als nun die Brüder dagegen Aschenbrödels Braut erblickten, wurden sie alle neidisch auf ihn. Der König aber freute sich so sehr über die beiden, daß er alle anderen davonjagte. Darauf hielt Aschenbrödel mit der Puppe im Gras Hochzeit und lebte mit ihr vergnügt und zufrieden eine lange, lange Zeit; und wenn sie nicht gestorben sind, so leben sie noch heute.

# Aschenbrödel, der mit dem Troll um die Wette aß

Es war einmal ein Bauer, der hatte drei Söhne. Es ging ihm aber sehr kümmerlich; dazu war er alt und schwach, und die Söhne hatten keine rechte Lust zum Arbeiten. Zu dem Hof gehörte ein großer, schöner Wald, und der Vater wollte, die Söhne sollten ordentlich Holz fällen, damit sie einen Teil ihrer Schulden abbezahlen könnten.

Nach vielem Überreden brachte der Vater die Söhne auch auf die Beine, und der Älteste sollte sich zuerst ans Holzfällen machen. Als er in den Wald gekommen war und eben dabei war, eine alte, bärtige Tanne zu fällen, tauchte plötzlich ein ungeheurer Troll vor ihm auf.

»Wenn du in meinem Wald Holz fällst, bring ich dich um«, sagte der Troll.

Als der Bursche das hörte, warf er die Axt weg und lief, so schnell ihn seine Beine tragen konnten, wieder nach Hause. Ganz atemlos langte er daheim an und erzählte, was ihm begegnet war. Aber der Vater sagte, er sei ein Hasenfuß. »Als ich noch jung war, haben mich die Trolle nie am Holzfällen gehindert«, sagte er.

Am nächsten Tag begab sich der zweite Sohn in den Wald und da ging es genau ebenso. Kaum hatte er ein paar Schläge getan, als der Troll erschien und sagte: »Wenn du in meinem Wald Holz fällst, bring ich dich um.« Der Bursche wagte den Troll kaum anzusehen; er warf nur die Axt weg und lief davon, gerade wie sein Burder. Als er daheim anlangte, meinte der Vater wieder, als er noch jung gewesen sei, habe er sich nie von den Trollen aus dem Wald verscheuchen lassen.

Am dritten Tag wollte der Nestkegel, der Aschenbrödel, sich auf den Weg machen. »Ja, du wirst das wohl zustande bringen, du, der nie vors Haus hinausgekommen ist!« riefen die Brüder. Aschenbrödel antwortete nichts darauf, sondern bat nur um einen ordentlichen Ranzen voll Mundvorrat. Die Mutter hatte zwar kein Fleisch im Haus, aber sie hängte den Kessel übers Feuer und kochte etwas für ihn; das steckte er in seinen Schnappsack und machte sich dann auf den Weg.

Als er in den Wald gekommen war und eine kleine Weile Holz gefällt hatte, kam wieder der Troll herbei und sagte: »Wenn du in meinem Wald Holz fällst, bring ich dich um.« Der Bursche aber, nicht faul, lief sogleich nach seinem Schnappsack, nahm einen weichen Käse heraus und preßte ihn in der Hand zusammen, daß der Saft herausspritzte.

»Wenn du nicht schweigst«, rief Aschenbrödel, »dann drücke ich dich so, daß das Wasser aus dir herausspritzt, wie aus diesem weißen Stein hier!«

»Ach nein, nein, verschone mich!« bat der Troll. »Ich will dir auch Holz fällen helfen.«

»Ja, wenn es so gemeint ist, will ich dir nichts tun«, sagte der Bursche. Und der Troll hieb nun drauf los, daß sie an diesem Tage viele Klafter Holz fällten.

Als es Abend wurde, sagte der Troll: »Nun kannst du mit mir nach Hause kommen, denn es ist näher zu mir als zu dir.« Der Bursche hatte nichts dagegen, und so gingen sie in die Wohnung des Trolls. Nun wollte dieser Feuer auf dem Herd anmachen, und der Bursche sollte Wasser in den Grützenkessel tragen; draußen standen zwei eiserne Kessel, die waren aber so groß und schwer, daß sie der Bursche nicht einmal aufheben konnte. Da sagte der Bursche: »Mit diesen kleinen Handeimern fange ich gar nicht erst an, da hole ich lieber gleich den ganzen Brunnen herbei.«

»Nein, nein, mein Freund«, erwiderte der Troll, »ich kann

meinen Brunnen nicht entbehren. Mach du lieber Feuer an, dann will ich das Wasser herbeitragen.«
Als der Troll mit dem Wasser zurückkam, kochten sie einen großen Kessel voll Grütze. »Hör nun, wenn es dir recht ist, wollen wir um die Wette essen!« sagte Aschenbrödel.
»Ja, ja, das wollen wir!« antwortete der Troll; denn er dachte, hierin werde er es sehr gut mit dem Burschen aufnehmen können.
Sie setzten sich also zu Tisch; aber der Bursche nahm heimlich seinen Schnappsack, band sich ihn, ohne daß der Troll es wahrnahm, vorne um den Leib, und nun schüttete er mehr in den Schnappsack hinein, als er aß. Nachdem der Sack voll war, zog er sein Taschenmesser heraus und ritzte sich ein Loch in den Bauch; es war aber der Schnappsack, in den er hineinschnitt. Der Troll sah ihm zu, sagte aber nichts. Nachdem sie eine gute Weile gegessen hatten, legte der Troll den Löffel weg.
»Nein, jetzt kann ich nicht mehr«, sagte er.
»Du mußt weiter essen«, versetzte der Bursche, »ich bin erst halb satt. Mach es wie ich, schneide dir auch ein Loch in den Bauch, dann kannst du so viel essen, wie du willst.«
»Ja, aber das tut wohl schrecklich weh«, sagte der Troll.
»Oh, es ist nicht der Rede wert«, entgegnete der Bursche.
Der Troll nahm sein Messer und tat, wie ihm der Bursche gesagt hatte, und da wird wohl jedermann verstehen, daß er sein Leben einbüßte. Der Bursche aber nahm nun alles Gold und Silber, das er in dem Berge vorfand, und ging damit nach Hause. Ja, nun konnten sie leicht einen Teil ihrer Schulden abtragen.

# Die drei Prinzessinnen aus Witenland

Es war einmal ein Fischer, der wohnte nicht weit vom Schloß und fischte für des Königs Tisch. Eines Tages, als er wieder auf den Fang ausgegangen war, konnte er nicht *einen* Fisch bekommen; er mochte es anfangen, wie er wollte, und noch so viel fischen und angeln, so hing doch nie eine Gräte am Haken. Als es aber schon spät am Tage war, tauchte ein Kopf aus dem Wasser hervor und sprach: »Willst du mir das geben, was deine Frau unter dem Gürtel trägt, so sollst du Fische genug haben.« Der Mann sagte gleich ja, denn er wußte nicht, daß seine Frau schwanger war. Danach bekam er aber auch Fische den Tag, soviel er nur wollte.
Als er am Abend nach Hause kam und erzählte, wie er all die Fische bekommen hatte, fing die Frau an zu jammern und zu weinen, und sagte, Gott möge ihr gnädig sein wegen des Versprechens, das der Mann getan hätte, denn sie trüge ein Kind unter dem Gürtel. Man sprach bald auf dem Schloß davon, daß die Frau des Fischers immer so betrübt sei; und als der König das hörte und die Ursache erfuhr, versprach er dem Fischer, er wolle das Kind zu sich nehmen und es zu retten suchen.
Die Zeit verstrich, und als die Frau gebären sollte, brachte sie einen Knaben zur Welt, den nahm der König zu sich und erzog ihn wie seinen eigenen Sohn. Als der Knabe nun herangewachsen war, bat er den König eines Tages, seinen Vater auf den Fischfang begleiten zu dürfen, er hätte so große Lust zu fischen, sagte er. Der König wollte anfangs nicht, aber weil der Bursche so anhaltend bat, erlaubte er es ihm endlich. Der Sohn begleitete nun seinen Vater auf

den Fischfang, und alles ging den Tag über gut, bis am Abend, da sie wieder ans Land kamen. Da ward der Bursche gewahr, daß er sein Taschentuch im Boot vergessen hatte, und er wollte hingehen und es sich holen.
Kaum aber war er ins Boot gekommen, so sauste dieses mit ihm fort, daß nur das Wasser so schäumte, und wie sehr der Bursche auch rudern und arbeiten mochte, so half ihm doch alles nichts; das Boot sauste fort, bis es weit weg an ein weißes Sandufer trieb. Da ging der Bursche an Land, und wie er eine Strecke gegangen war, begegnete ihm ein alter Mann mit einem weißen Bart; den fragte der Bursche: »Wie heißt dieses Land?«
*»Witenland«*, antwortete der Mann; darauf fragte er den Burschen, wo er her wäre und wo er hin wolle. Als dieser es ihm gesagt hatte, sprach der Mann: »Wenn du diesen Strand entlanggehst, so kommst du zu drei Prinzessinnen, welche in die Erde gesenkt stehen, so daß nur der Kopf hervorragt. Sobald sie dich erblicken, wird die erste, welche die älteste ist, wohl rufen und dich bitten, ihr zu Hilfe zu kommen, und ebenso wird es mit der zweiten geschehen; aber zu keiner von diesen beiden sollst du hingehen; beeile dich nur, an ihnen vorüberzukommen, und tu, als ob du sie gar nicht bemerktest, aber zu der dritten sollst du hingehen und tun, um was sie dich bittet; denn es wird dein Glück sein.«
Als der Bursche nun zu der ersten von den Prinzessinnen kam, rief diese und bat ihn so flehentlich, er möchte doch zu ihr kommen; aber er ging an ihr vorüber, als ob er sie ganz und gar nicht bemerkte, ebenso auch an der zweiten, aber zu der dritten ging er hin. »Willst du tun, was ich dir sage, so sollst du haben, welche von uns dreien du willst«, sagte die Prinzessin. Ja, das wollte der Bursche gern, und nun erzählte sie ihm, daß sie hier von drei Trollen versenkt worden wären; früher aber hätten sie auf dem Schloß gewohnt, das er dort drüben im Walde sehen könne.

»Nun mußt du«, sagte sie, »in das Schloß gehen und dich von den Trollen eine Nacht für jede von uns peitschen lassen; kannst du das aushalten, so errettest du uns.«
Ja, antwortete der Bursche, er wollt's versuchen.
»Wenn du in das Schloß gehst«, sagte die Prinzessin weiter, »so stehen da zwei Löwen in der Pforte, aber gehe nur mitten zwischen ihnen hindurch, so tun sie dir nichts. Gehe dann geradeaus in ein kleines Zimmer, und da lege dich nieder. Dann kommt der Troll an und schlägt dich; aber wenn er dich genug geschlagen hat, so wasche dich nur mit dem Wasser aus der Flasche, die dort an der Wand hängt, dann wirst du sogleich wieder gesund, und danach nimm das Schwert, das neben der Flasche hängt, und töte damit den Troll.«
Ja, der Bursche tat, wie die Prinzessin ihm gesagt hatte: Er ging mitten zwischen den Löwen hindurch, als ob er sie gar nicht beachte, schritt dann geradeaus in die kleine Kammer, und da legte er sich nieder. Die erste Nacht kam ein Troll mit drei Köpfen und drei Ruten und peitschte den Burschen gottsjämmerlich; aber dieser hielt alles ruhig aus, bis der Troll fertig war; da nahm der Bursche die Flasche und wusch sich damit die Wunden, ergriff dann das Schwert und haute dem Troll den Kopf ab. Als er nun am anderen Morgen zu den Prinzessinnen kam, standen diese bis an den Gürtel über der Erde.
Die zweite Nacht ging es ebenso; aber der Troll, welcher jetzt kam, hatte sechs Köpfe und sechs Ruten und peitschte ihn noch weit ärger als der vorige. Als aber der Bursche am Morgen zu den Prinzessinnen kam, standen diese nur noch bis ans Schienbein in der Erde.
In der dritten Nacht kam ein Troll, der hatte neun Köpfe und neun Ruten und schlug und peitschte den Burschen so lange, bis dieser zuletzt ohne Bewußtsein umfiel. Da nahm ihn der Troll und warf ihn gegen die Wand, aber bei der Gelegenheit fiel die Flasche herunter und bespritzte den

Burschen über und über, so daß er augenblicklich wieder gesund ward. Er nun nicht faul, ergriff das Schwert und hieb damit dem Troll den Kopf ab; und als er darauf am Morgen zu den Prinzessinnen kam, standen diese mit dem ganzen Leibe über der Erde. Nun heiratete er die jüngste von ihnen und wurde darauf König und lebte glücklich und zufrieden mit ihr eine lange Zeit.

Da bekam er einmal so große Lust, wieder nach Hause zu reisen und seine Eltern zu besuchen. Das gefiel aber der Königin, seiner Gemahlin, gar nicht; weil er aber nun durchaus fort wollte und mußte, sagte sie ihm: »Eins mußt du mir jedoch versprechen, daß du nämlich bloß das tun willst, um was dein Vater dich bittet, aber nicht das, um was deine Mutter dich bittet«, und das versprach er ihr denn auch. Darauf gab sie ihm einen Ring, der hatte die Eigenschaft, daß der, welcher ihn am Finger trug, zwei Wünsche tun konnte. Er wünschte sich nun nach Hause, und als die Eltern ihn sahen, konnten sie sich nicht genug darüber verwundern, wie stattlich und prächtig er aussah.

Als er nun einige Tage zu Hause gewesen war, wollte seine Mutter, er sollte aufs Schloß gehen und dem König zeigen, was für ein Mann aus ihm geworden sei. Der Vater aber sagte: »Nein, das soll er nicht; denn alsdann können wir nicht länger die Freude haben, ihn bei uns zu sehen.« Aber es half nichts; die Mutter bat und quälte ihn so lange, bis er endlich ging. Als er nun aufs Schloß kam, war er weit stattlicher an Kleidern und in allem als der andre König; das war diesem nun gar nicht recht, und er sagte daher: »Ja, aber nun sollst du meine Gemahlin sehen; ich glaube nicht, daß deine so schön ist wie meine.«

»Gott gäbe, sie stände hier, so solltest du es sehen!« sagte der junge König, und sogleich stand sie da; aber sie war sehr betrübt und sagte: »Warum hast du mir nicht gehorcht und nur auf das gehört, was dein Vater dir sagte?

Nun muß ich wieder fort, und du hast keine Wünsche mehr.« Darauf knüpfte sie ihm einen Ring ins Haar, worauf ihr Name stand, und wünschte sich wieder nach Hause.

Da ward der junge König sehr betrübt und dachte an nichts anderes, als wie er nur wieder zu seiner Gemahlin kommen sollte. »Ich muß sehen, ob ich nicht irgendwo erfahren kann, wo Witenland liegt«, dachte er und begab sich auf den Weg. Als er ein Ende gegangen war, begegnete ihm einer, der war Herr über alle Tiere im Walde, und sie kamen zu ihm, wenn er nur in sein Horn blies; den fragte der König nach Witenland. »Ich weiß nicht, wo es liegt«, sagte der Mann, »aber ich will meine Tiere fragen.« Darauf blies er sie herbei und fragte, ob nicht einer von ihnen wüßte, wo Witenland läge; aber das wußte keiner.

Da gab der Mann ihm ein Paar Schneeschuhe. »Wenn du sie anhast«, sagte er, »kommst du zu meinem Bruder, der über hundert Meilen weit von hier wohnt; der ist Herr über alle Vögel in der Luft, du kannst ihn fragen. Wenn du aber dort angekommen bist, so kehre die Schuhe nur um, so daß die Spitze nach hier wendet, dann gehen sie von selbst wieder nach Hause.« Als der König nun an Ort und Stelle gekommen war, kehrte er die Schneeschuhe um, wie der Herr über die Tiere ihm gesagt hatte, und darauf gingen sie von selbst wieder nach Hause.

Er fragte nun wieder nach Witenland, und der Mann blies alle Vögel herbei und fragte sie, ob nicht einer von ihnen wüßte, wo Witenland läge. Nein, das wußte wieder keiner. Lange nach den anderen Vögeln kam auch noch ein alter Adler, der zehn Jahre lang in der Fremde gewesen war, aber der wußte es auch nicht. »Nun«, sagte der Mann, »dann will ich dir ein Paar Schneeschuhe leihen; wenn du die anhast, kommst du zu meinem Bruder, der hundert Meilen weit von hier wohnt; er ist Herr über alle Fische im Meer, du mußt den fragen; vergiß aber nicht, die Schuhe

wieder umzukehren, wenn du dort angekommen bist.« Der König dankte dem Mann und legte die Schuhe an. Als er nun zu dem gekommen war, der Herr über alle Fische im Meer war, kehrte er die Schuhe wieder um, worauf diese ebenso wie die anderen wieder nach Hause gingen.
Der König fragte nun wieder nach Witenland. Da blies der Mann alle Fische herbei; aber auch von ihnen wußte keiner Bescheid. Endlich kam ein alter, alter Hecht; der Mann hatte viel Mühe, ihn herbeizublasen, und als er ihn nach Witenland fragte, antwortete der Hecht: »Ja, da bin ich gut bekannt; denn ich bin da zehn Jahre lang Koch gewesen. Morgen soll ich wieder dahin; denn die Königin, die ihren Gemahl verloren hat, macht morgen wieder Hochzeit.«
»Wenn es sich so verhält, so will ich dir einen guten Rat geben«, sagte der Mann. »Hier draußen auf einem Erlenmoor stehen drei Brüder, die haben da schon hundert Jahre gestanden und sich um einen Hut, einen Mantel und ein Paar Stiefel gebalgt. Wenn einer die drei Dinge hat, so kann er sich unsichtbar machen und sich so weit weg wünschen als er will. Du kannst sagen, du wolltest die Sachen probieren und nachher zwischen ihnen das Urteil sprechen.« Der König dankte dem Mann und tat, wie er ihm gesagt hatte. »Was steht ihr hier beständig und balgt euch?« sagte er, als er zu den drei Brüdern gekommen war. »Laßt mich die Dinge probieren, dann will ich das Urteil zwischen euch sprechen.« Ja, das wollten sie gern. Als er aber den Hut, den Mantel und die Stiefel bekommen hatte, sagte er: »Wenn wir uns das nächste Mal wiedersehen, sollt ihr das Urteil erfahren«, und damit wünschte er sich fort.
Als er durch die Luft fuhr, traf er mit dem Nordwind zusammen. »Wo willst du hin?« fragte ihn der Nordwind. »Nach Witenland«, sagte der König und erzählte ihm, was ihm begegnet war. »Ja, du fährst wohl etwas schneller als ich«, sagte der Nordwind, »ich muß nun in jeden Winkel

und wehen und pusten. Wenn du aber an Ort und Stelle kommst, so stelle dich nur auf die Treppe neben der Tür hin; dann werde ich gesaust kommen, als wollte ich das ganze Schloß umwehen. Wenn dann der Prinz, der deine Gemahlin haben soll, herauskommt und sehen will, was es gibt, so faß ihn nur beim Kragen und wirf ihn hinaus; dann will ich schon zusehen, wie ich ihn fortschaffe.«

Ja, der König tat, wie ihm der Nordwind gesagt hatte: Er stellte sich auf die Treppe hin, und als der Nordwind gesaust und gebraust kam und einen Griff ins Schloßdach tat, so daß es bebte und krachte, ging der Prinz hinaus und wollte sehen, was es gab. Aber in demselben Augenblick ergriff der König ihn beim Kragen und warf ihn hinaus. Da nahm ihn der Nordwind und fuhr mit ihm davon. Als der König so mit guter Manier den Prinzen losgeworden war, ging er ins Schloß. Anfangs erkannte die Königin ihn nicht, weil er durch das lange Wandern und seinen heftigen Kummer so bleich und mager geworden war. Als er ihr aber den Ring zeigte, ward sie herzlich froh; und nun wurde mit großem Jubel erst die rechte Hochzeit gefeiert.

# Aase, das kleine Gänsemädchen

Es war einmal ein König, der hatte so viele Gänse, daß er eine besondere Hirtin dafür halten mußte; sie hieß Aase, und man nannte sie nur Aase, das Gänsemädchen. Nun aber kam ein Königssohn von England, der auf die Brautschau auszog, in das Land, und da setzte sich Aase ihm in den Weg.

»Was sitzt du hier, kleine Aase?« fragte der Königssohn.

»Ich sitze hier, stopfe Loch um Loch und setze Lappen auf Lappen, denn ich erwarte heute den Königssohn aus England.«

»Den kannst du nicht bekommen«, sagte der Prinz.

»Wenn ich ihn haben soll, dann bekomme ich ihn auch«, sagte die kleine Aase.

Nun wurden Maler nach allen Ländern und Reichen ausgesandt, die sollten die schönsten Prinzessinnen malen, und dann wollte der Königssohn sich eine als Gattin auswählen. Eine von ihnen gefiel ihm ausgezeichnet; er reiste also dorthin und freite um sie, und als sie ihm ihr Jawort gegeben hatte, war er überaus froh und vergnügt.

Nun hatte der Prinz einen Stein; wenn er den vor sein Bett legte, sagte der ihm alles, was er wissen wollte. Als nun die Prinzessin ankam, sagte Aase, das Gänsemädchen, zu ihr, wenn sie schon früher einen Geliebten gehabt oder vor dem Prinzen irgend etwas zu verheimlichen habe, dürfe sie nicht über den Stein wegschreiten, der vor des Prinzen Bett liege. »Denn der sagt ihm alles von dir«, sagte Aase.

Als die Prinzessin dies hörte, wurde ihr angst und bange, und sie bat die kleine Aase, sich doch am Abend an ihrer

Statt zu dem Prinzen ins Bett zu legen; wenn der Prinz dann schlafe, wollten sie wechseln, so daß er die Rechte bei sich habe, wenn er am Morgen erwache. Gesagt, getan; als dann das Gänsemädchen ins Zimmer hereinkam, über den Stein wegschritt und der Prinz fragte: »Wer ist es, der in mein Bett steigt?« sagte der Stein: »Eine Jungfrau rein und keusch«, und darauf legten sie sich schlafen. In der Nacht aber kam die Prinzessin und legte sich an Aases Stelle. Aber am Morgen, als sie aufstanden, fragte der Prinz den Stein wieder: »Wer ist es, der aus meinem Bett steigt?« Da sagte der Stein: »Eine, die schon dreimal einen Geliebten gehabt hat.« Als der Prinz dies hörte, wollte er natürlich nichts mehr von ihr wissen, sondern schickte sie wieder nach Hause und nahm sich eine andere Braut.

Als nun der Prinz diese Braut besuchen wollte, setzte sich das kleine Gänsemädchen Aase ihm wieder in den Weg.

»Was sitzt du hier, kleine Aase?« fragte der Prinz.

»Ich sitze hier, stopfe Loch um Loch und setze Lappen auf Lappen, denn ich erwarte heute den Königssohn von England«, sagte Aase.

»Ach, den kannst du nicht bekommen«, sagte der Königssohn.

»Doch, und wenn ich ihn haben soll, dann bekomme ich ihn auch«, sagte die kleine Aase.

Mit dieser Prinzessin ging es ebenso wie bei der ersten, nur mit dem Unterschied, daß der Stein, als ihn der Prinz am Morgen befragte, zur Antwort gab, sie habe schon sechsmal einen Geliebten gehabt. Da wollte der Prinz auch von ihr nichts mehr wissen, sondern jagte sie aus dem Hause. Aber er dachte, er wolle es doch noch einmal versuchen, ob es ihm nicht doch gelinge, eine reine und keusche Jungfrau zu finden. Er suchte nun weit und breit in vielen Ländern, bis er eine fand, die ihm gut gefiel. Aber als er zu ihr gehen wollte, setzte sich die kleine Gänsemagd Aase ihm wieder in den Weg.

»Was sitzt du hier, kleine Aase?« fragte der Prinz.
»Ich sitze hier, stopfe Loch um Loch und setze Lappen auf Lappen, denn ich erwarte heute den Königssohn von England«, antwortete Aase.
»Den kannst du nicht bekommen«, sagte der Prinz.
»O doch, und wenn ich ihn haben soll, dann bekomme ich ihn auch«, sagte die kleine Aase.
Als nun die Prinzessin kam, sagte das Gänsemädchen Aase ganz dasselbe zu ihr, was sie zu den andern gesagt hatte: wenn sie schon einen Liebsten gehabt oder sonst etwas vor dem Prinzen zu verheimlichen habe, dürfe sie nicht auf den Stein treten, der vor des Prinzen Bett liege. »Denn der sagt ihm alles von dir«, sagte Aase.
Als die Prinzessin das hörte, erschrak sie sehr, aber sie war ebenso verschlagen wie die beiden anderen und bat Aase, sich am Abend statt ihrer zu dem Prinzen ins Bett zu legen, und wenn der Prinz eingeschlafen sei, wollten sie dann den Platz wechseln, so daß der Prinz am Morgen beim Aufwachen die Rechte bei sich habe. Gesagt, getan. Als nun die kleine Aase auf den Stein trat, fragte der Prinz:
»Wer ist es, der in mein Bett steigt?« Da antwortete der Stein:
»Eine Jungfrau, rein und keusch«, und darauf legten sie sich schlafen.
In dieser Nacht aber steckte der Prinz einen Ring an Aases Finger, der war so eng, daß sie ihn nicht wieder herunterziehen konnte, denn der Prinz merkte allmählich, daß nicht alles mit rechten Dingen zuging; deshalb wollte er ein Zeichen haben, an dem er die Rechte wiedererkennen könnte. Als der Prinz eingeschlafen war, kam die Prinzessin, jagte Aase in den Gänsestall und legte sich selbst an ihre Stelle. Aber am Morgen, als sie aufstehen wollten und der Prinz wieder fragte: »Wer ist es, der aus meinem Bett steigt?« antwortete der Stein: »Eine, die neun gehabt hat.«
Als aber der Prinz das hörte, wurde er so zornig, daß er die

Prinzessin auf der Stelle davonjagte. Dann fragte er den Stein, wie es sich denn mit den Prinzessinnen verhalte, die über ihn weggeschritten seien, er verstehe es ganz und gar nicht.

Nun erzählte der Stein, wie sich die Sache verhielt, daß die Prinzessinnen ihn angeführt hätten und das kleine Gänsemädchen Aase an ihrer Stelle gelegen habe. Der Prinz wollte es nicht glauben, er ging deshalb hinaus aufs Feld, wo Aase die Gänse hütete, denn er wollte sehen, ob sie den Ring hätte. »Wenn sie ihn hat«, dachte er, »dann wäre es wohl am besten, ich machte sie gleich zur Königin.«

Als er zu ihr aufs Feld hinauskam, sah er gleich, daß sie einen Finger mit einem Lappen verbunden hatte; und so fragte er, warum sie das getan habe. »Ich habe mich in den Finger geschnitten«, sagte das kleine Gänsemädchen Aase. Der Prinz wollte nun durchaus den Finger sehen; aber als Aase ihn zurückziehen wollte, ging der Lappen ab, und nun erkannte der Prinz sogleich seinen Ring. Er nahm Aase mit aufs Schloß, gab ihr schöne Kleider und köstliche Geschmeide, und dann wurde Hochzeit gefeiert. So bekam Aase, das kleine Gänsemädchen, doch den Königssohn aus England, und zwar nur, weil es bestimmt gewesen war, daß sie ihn haben sollte.

# Der weiße Bär König Valemon

Es war einmal ein König, der hatte zwei Töchter, die waren sehr häßlich und bösartig, aber die dritte war so freundlich und hold wie der helle Tag, und der König und alle Leute waren ihr von Herzen gut. Da geschah es, daß diese Tochter einmal von einem goldenen Kranz träumte, der so schön war, daß sie vermeinte, nicht mehr ohne ihn leben zu können. Da sie ihn aber nicht bekommen konnte, wurde sie ganz schwermütig und wollte vor lauter Kummer mit keinem Menschen mehr sprechen. Als nun der König erfuhr, daß sie sich so sehr um den goldenen Kranz grämte, ließ er den Kranz, den die Königstochter im Traum gesehen hatte, genau aufzeichnen und dann an die Goldschmiede in allen Landen einen Aufruf ergehen, ob einer von ihnen einen solchen Kranz herzustellen vermöchte. Die Goldschmiede arbeiteten Tag und Nacht; aber von allen den verfertigten Kränzen warf die Königstochter die einen weg, und die anderen wollte sie gar nicht einmal ansehen.

Da geschah es eines Tages, daß sie im Wald spazierenging, und da sah sie einen weißen Bären, der hielt den Kranz, von dem sie geträumt hatte, zwischen den Tatzen und spielte damit. Nun wollte die Prinzessin den Kranz kaufen. Nein, erwiderte der Bär, für Geld sei er ihm nicht feil, sondern nur, wenn er die Königstochter selbst bekomme. – Nun ja, das Leben habe ohne den Kranz keinen Wert mehr für sie, sagte die Prinzessin. Es sei ihr einerlei, wohin sie komme und wer sie bekomme, wenn sie nur den Kranz haben dürfe. Darauf kamen die beiden überein, daß er sie in drei Tagen holen solle, und dieser Tag war ein Donnerstag.

Als die Königstochter mit dem Kranz heimkam, freuten sich alle sehr darüber, weil sie sahen, daß auch die Prinzessin wieder vergnügt war, und der König meinte, mit einem weißen Bären fertig zu werden, das könne doch wohl nicht so sehr schwer sein; und am dritten Tage wurde die gesamte Kriegsmacht aufgeboten und rings um das Schloß aufgestellt, den Bären in Empfang zu nehmen. Als aber der weiße Bär ankam, konnte ihn niemand überwinden, denn keine Waffe konnte ihm etwas anhaben; er schlug nur nach rechts und links aus und streckte die Soldaten haufenweise zu Boden. Schließlich wurde es dem König doch zu bunt, und er schickte die älteste Tochter hinaus; der Bär nahm sie auf den Rücken und eilte mit ihr davon.

Als sie eine große Strecke zurückgelegt hatten, begann der weiße Bär zu sprechen.

»Hast du je weicher gesessen und je klarer gesehen?« fragte er.

»Ja, auf dem Schoß meiner Mutter habe ich weicher gesessen und in dem Schloß meines Vaters habe ich klarer gesehen«, antwortete sie.

»Dann bist du nicht die rechte«, sagte der weiße Bär und jagte sie wieder nach Hause.

Am nächsten Donnerstag kam der Bär wieder, und da ging es ganz so zu wie das erste Mal. Die Kriegsmacht wurde aufgeboten und sollte dem weißen Bären entgegentreten. Aber weder Eisen noch Stahl konnten ihm etwas anhaben; und dann schlug er die Soldaten wie Grashalme nieder, daß der König ihn bitten mußte, doch aufzuhören. Nun schickte er seine zweite Tochter hinaus; die nahm der Bär auf den Rücken und trottete mit ihr davon. Nachdem sie eine große Strecke zurückgelegt hatten, begann der weiße Bär zu sprechen.

»Hast du je klarer gesehen und hast du je weicher gesessen?« fragte er.
»Ja«, antwortete sie. »In meines Vaters Schloß habe ich klarer gesehen und auf dem Schoß meiner Mutter habe ich weicher gesessen.«
»Dann bist du nicht die rechte«, sagte der Bär und jagte sie wieder nach Hause.
Am dritten Donnerstag kam er abermals. Da schlug er noch härter drein als die beiden ersten Male, der König aber wollte nicht seine ganze Kriegsmacht erschlagen lassen, und so gab er ihm denn in Gottes Namen seine dritte Tochter hin. Der Bär nahm sie auf den Rücken und trottete mit ihr davon. Es ging weiter und immer weiter, tief in den Wald hinein, und schließlich fragte der Bär auch diese Königstochter wie die beiden anderen, ob sie je weicher gesessen und ob sie je klarer gesehen hätte.
»Nein, niemals«, antwortete sie.
»Ja, du bist die rechte«, sagte er.
Schließlich erreichten sie ein Schloß, das war so prächtig, daß das Schloß ihres Vaters im Vergleich dazu nur eine ganz ärmliche Hütte war. Da sollte die Prinzessin wohnen und es sich wohl sein lassen, und sie sollte nichts anderes zu tun haben, als gut achtzugeben, daß das Feuer auf dem Herd nicht verlösche. Der Bär war am Tage fort, aber bei Nacht war er bei ihr, und da war er ein Mensch. Drei Jahre lang ging alles ausgezeichnet gut. Sie bekam jedes Jahr ein Kind; aber das nahm der Bär gleich weg und brachte es fort, sobald es zur Welt gekommen war. Da wurde die Königstochter immer trauriger, und sie flehte ihn an, sie doch wieder zu ihren Eltern zurückkehren zu lassen. Ja, dem stehe nichts im Wege, meinte der Bär, aber vorher müsse sie ihm etwas versprechen. Sie dürfe das, was der Vater zu ihr sage, wohl befolgen, aber nicht das, was die Mutter sie heiße, sagte er.
Die Königstochter kam also nach Hause, und als die El-

tern allein mit ihr waren und sie erzählte, wie es ihr gehe, wollte die Mutter ihr ein Licht mitgeben, damit sie sehen könne, wie ihr Mann aussehe. Aber der Vater sagte, nein, das solle sie nicht tun. »Es bringt dir nur Schaden und keinen Nutzen«, sagte er. Aber wie es nun auch zugegangen sein mochte: Als die Königstochter abreiste, hatte sie das Lichtstümpfchen bei sich; und kaum war der Bär, der nachts ein Mensch war, eingeschlafen, da zündete sie die Kerze an und beleuchtete ihn: Er war so schön, daß sie sich nicht satt sehen konnte; aber während sie das Licht über ihn hielt, fiel ein heißer Talgtropfen auf seine Hand, und er erwachte.

»Ach, was hast du getan!« rief er. »Nun hast du uns beide unglücklich gemacht. Nur noch einen einzigen Monat hättest du aushalten müssen, dann wäre ich erlöst gewesen, denn ein Trollweib hat mich verhext, daß ich bei Tag ein weißer Bär sein muß. Aber nun ist es aus zwischen uns, jetzt muß ich hin zu ihr und sie heiraten.«

Die Königstochter bat und flehte; aber er mußte fort und durfte nicht bleiben. Da fragte sie ihn, ob sie ihn nicht wenigstens begleiten dürfe. Ach nein, das gehe nicht an, sagte er; aber als er in seiner Bärenhaut forttrottete, faßte sie nach seinen Zotteln, schwang sich auf seinen Rücken und klammerte sich fest an ihn. Nun ging es über Berg und Tal, über Stock und Stein, daß ihr die Kleider vom Leibe gerissen wurden und sie schließlich so todmüde war, daß sie das Bärenfell losließ und das Bewußtsein verlor. Als sie erwachte, fand sie sich in einem großen Wald; sie wanderte fort, weiter und weiter, und wußte nicht, wo sie war. Schließlich gelangte sie an eine Hütte, in der zwei Leute waren, eine alte Frau und ein hübsches kleines Mädchen. Die Königstochter fragte die beiden, ob sie nichts von dem weißen Bären König Valemon gesehen hätten.

»O ja, heute morgen in aller Frühe ist er hier vorbeige-

kommen; aber er lief so schnell, daß du ihn sicher nicht erreichen kannst«, sagten sie.
Das kleine Mädchen hüpfte umher und spielte mit einer goldenen Schere, die so beschaffen war, daß seidene und samtene Stoffe um sie her flogen, sobald sie mit der Schere durch die Luft schnitt. Wo diese Schere war, da war nie Mangel an Kleidern.
»Aber die Frau, die auf so weiten und schlechten Wegen wandern muß«, sagte das kleine Mädchen, »hätte die Schere viel nötiger als ich, um sich Kleider durch sie zu verschaffen.« Und dann fragte das kleine Mädchen die Königstochter, ob es ihr nicht die Schere schenken dürfe. Doch, sagte die Königstochter, sie nehme sie gerne an.
Hierauf wanderte die Königstochter den ganzen Tag und die ganze Nacht hindurch immer weiter durch den Wald, der gar kein Ende nehmen wollte, und am nächsten Morgen gelangte sie wieder an eine Hütte. In dieser fand sie auch zwei Leute, eine alte Frau und ein kleines Mädchen.
»Guten Tag«, sagte die Königstochter. »Habt ihr den weißen Bären König Valemon nicht gesehen?«
»Bist du vielleicht die Königstochter, die ihn hätte heiraten sollen?« fragte die Frau; und als die Königstochter es bejahte, fuhr sie fort: »Ja, gestern kam er hier vorbei, aber er lief so schnell, daß du ihn nie und nimmer einholen wirst.«
Das kleine Mädchen lief in der Stube umher und spielte mit einer Flasche. Diese Flasche war aber derart, daß sie alles einschenkte, was man nur haben wollte; und wer sie hatte, mußte nie Durst leiden.
»Aber die arme Frau, die auf schlechten Wegen so weit wandern muß, wird wohl sehr durstig werden und allerlei Schweres erdulden müssen, und sie wird diese Flasche besser brauchen können als ich«, sagte das kleine Mädchen; und dann fragte es die Königstochter, ob es ihr nicht

die Flasche schenken dürfe. O ja, das dürfe es, sagte die Königstochter.
Sie bekam also die Flasche, bedankte sich dafür und wanderte den ganzen Tag und die Nacht hindurch immer in demselben Wald weiter. Am dritten Morgen kam sie wieder an eine Hütte, in der auch eine alte Frau mit einem kleinen Mädchen war.
»Guten Tag«, sagte die Königstochter.
»Guten Tag«, sagte auch die alte Frau.
»Habt ihr den weißen Bären König Valemon nicht gesehen?« fragte sie.
»Vielleicht bist du das Mädchen, das ihn hätte heiraten sollen?« fragte die Frau; und nachdem die Königstochter das bejaht hatte, fuhr die Alte fort: »Ja, er kam gestern abend hier vorüber, aber er lief so schnell, daß du ihn nie und nimmer einholen kannst«, sagte sie.
Das kleine Mädchen spielte auf dem Boden mit einem Tuch, das war derart, daß man nur zu ihm zu sagen brauchte: »Tüchlein mein, deck dich fein!«, dann war es sofort geschehen; und wo dieses Tuch war, fehlte es nie an köstlichen Speisen.
»Aber diese arme Frau, die auf so schlechten Wegen so weit wandern muß«, sagte das kleine Mädchen, »muß vielleicht hungern und viel anderes Ungemach erdulden, sie wird deshalb das Tuch besser brauchen können«; und dann fragte es die Königstochter, ob es ihr nicht das Tuch schenken dürfe. Doch, das dürfe es wohl, antwortete diese.
Die Königstochter nahm das Tuch, bedankte sich schön und wanderte dann immer weiter und weiter, immer durch den großen, dunklen Wald, den ganzen Tag und die ganze Nacht hindurch, und am Morgen kam sie vor eine Felswand, die war so hoch und breit, daß sie gar nicht bis ans Ende sehen konnte. Davor aber war wieder eine Hütte, und als die Königstochter eintrat, waren ihre ersten Worte:

»Guten Tag, wißt ihr nicht, ob der weiße Bär König Valemon diesen Weg genommen hat?«
»Guten Tag«, sagte die Frau. »Du bist vielleicht das Mädchen, das er hatte heiraten wollen?« fragte sie; und als die Königstochter es bejaht hatte, fuhr sie fort: »Ja, vor drei Tagen ist er hier vorbeigekommen und über den Berg hinüber weitergezogen, aber ohne Flügel kann niemand hinübergelangen.«
In dieser Hütte waren viele kleine Kinder, die alle der Mutter am Rock hingen und um etwas zu essen bettelten. Die Frau setzte einen mit kleinen, runden Kieseln gefüllten Suppentopf aufs Feuer. Die Königstochter fragte, was sie denn damit wolle. Ach, sie seien so arm, sagte die Frau, daß sie weder Essen noch Kleider hätten, und es tue ihr so weh, wenn sie die Kinder um Brot betteln höre; aber wenn sie den Topf mit den Kieselsteinen aufs Feuer setze und sage: »Jetzt sind die Kartoffeln bald fertig«, so sei es, wie wenn der Hunger etwas betäubt würde, und die Kinder geduldeten sich eine Weile. Natürlich dauerte es nun nicht lange, bis die Königstochter ihr Tuch und ihre Flasche hervorgeholt hatte, und als die Kinder gesättigt und zufrieden waren, schnitt sie ihnen mit ihrer goldenen Schere Kleider aus der Luft.
»Nun«, sagte die Frau, »da du so herzensgut gegen mich und meine Kinder gewesen bist, wäre es nicht recht, wenn wir nicht auch täten, was in unseren Kräften steht, um dir über den Berg hinüberzuhelfen. Du mußt dich hier gedulden, bis mein Mann heimkommt; er soll dir für Hände und Füße Klauen schmieden, und dann mußt du versuchen, damit über den Berg hinüberzuklettern.«
Als der Schmied heimkam, machte er sich sogleich an die Arbeit, und am nächsten Morgen waren die Klauen fertig. Die Königstochter hatte keine Zeit, sich noch länger aufzuhalten, sondern bedankte sich schön; sie schlug die Krallen in den Berg und kroch und kletterte mit den stäh-

lernen Krallen den ganzen Tag und die ganze Nacht hindurch an der Felswand hinauf; aber dann war sie so müde, ach so müde, daß ihr war, als könne sie keine Hand mehr aufheben, sondern müßte, nachdem sie endlich oben angekommen war, den Berg wieder hinunterfallen. Jetzt befand sie sich auf einer großen, weiten Ebene mit großen, weiten Äckern und Wiesen; die Königstochter hätte gar nicht geglaubt, daß es so große geben könnte.

Ganz in der Nähe war ein Schloß, in dem wimmelte es von jeder Art von Handwerkern, gerade wie es in einem Ameisenhaufen von Ameisen wimmelt.

»Was gibt es denn hier?« fragte die Königstochter.

Nun ja, hier wohne das Trollweib, das den weißen Bären König Valemon verzaubert hätte, und in drei Tagen wolle es Hochzeit mit ihm machen. Die Königstochter fragte, ob sie nicht mit dem Trollweib sprechen könne. Nein, was sie denn denke, das sei ganz unmöglich! Nun ging die Königstochter vor dem Schloß unter das Fenster und begann mit der goldenen Schere in die Luft zu schneiden, so daß samtene und seidene Kleider um sie herflogen wie Schneeflocken bei Stöberwetter. Als das Trollweib dies sah, wollte es die Schere kaufen. »Denn soviel auch die Schneider nähen, es verschlägt nichts«, sagte es. »Es sind zu viele da, die gekleidet sein wollen.«

»Nein, für Geld ist mir die Schere nicht feil«, sagte die Königstochter; »aber wenn ich eine Nacht bei Eurem Liebsten schlafen darf, dann will ich sie Euch geben.«

Ja, das dürfe sie gerne, sagte das Trollweib; aber es selbst wolle ihn einschläfern und aufwecken. Nachdem sich dann der weiße Bär König Valemon niedergelegt hatte, gab das Trollweib ihm einen Schlaftrunk, so daß er nicht zu wecken war, sosehr auch die Königstochter rief und weinte.

Am nächsten Tag stellte sich die Königstochter wieder vor die Fenster des Schlosses, und nun schenkte sie aus der

Flasche ein. Wie ein Bach quoll Bier und Wein aus der Flasche heraus, und die Flasche wurde nie leer. Als das Trollweib dies sah, wollte es die Flasche kaufen. »Denn so viel meine Leute auch brauen und brennen, es nützt alles nichts, es sind zu viele da, die trinken wollen«, sagte es.
»Nein, für Geld ist sie mir nicht feil«, sagte die Königstochter; »aber wenn Ihr mich heute nacht bei Eurem Liebsten schlafen laßt, dann will ich sie Euch geben.«
Jawohl, das dürfe sie gerne, antwortete das Trollweib, aber es selbst wolle ihn einschläfern und wieder aufwecken. Nachdem dann der weiße Bär König Valemon sich niedergelegt hatte, gab ihm das Trollweib wieder einen Schlaftrunk, so daß es ganz ebenso ging wie in der vergangenen Nacht; er konnte nicht aufgeweckt werden, sosehr auch die Königstochter rief und weinte.
Aber in dieser Nacht war in dem nächsten Zimmer ein Handwerker noch sehr spät bei seiner Arbeit. Er hörte das Weinen nebenan und erriet, wie alles zusammenhing; und am nächsten Tag sagte er zu dem Prinzen, die Königstochter, die ihn hätte retten sollen, müsse angekommen sein.
An diesem Tag ging es mit dem Tuch genauso wie mit der Schere und mit der Flasche; um die Mittagszeit ging die Königstochter vors Schloß hinaus, zog das Tuch heraus und sagte: »Tüchlein mein, deck dich fein!«, und gleich stand so viel zu essen vor ihr, daß es für hundert Mann ausgereicht hätte; aber die Königstochter setzte sich ganz allein an die Mahlzeit. Als nun das Trollweib das Tuch sah, wollte sie es kaufen. »Denn wenn auch noch so viel gekocht und gebraten wird«, sagte es, »es verschlägt alles nichts, es sind zu viele da, die satt werden wollen.«
»Nein, für Geld ist mir das Tuch nicht feil«, sagte die Königstochter. »Aber wenn ich heute nacht bei Eurem Liebsten schlafen darf, dann will ich es Euch geben.«
Ja, das dürfe sie gerne, sagte das Trollweib, aber es selbst wolle ihn einschläfern und ihn auch selbst wieder aufwek-

ken. Als der Prinz sich niedergelegt hatte, kam sie mit dem Schlaftrunk; aber diesmal hütete er sich wohl, ihn zu trinken. Das Trollweib traute ihm auch nur halb, denn sie nahm eine Stopfnadel und stach ihn tief in den Arm, um zu sehen, ob er wirklich schlafe; aber so weh es ihm auch tat, er rührte sich nicht, und nun durfte die Königstochter zu ihm hineingehen.

Ja, nun war alles recht und gut, und wenn sie das Trollweib auf irgendeine Weise loswerden konnten, war der Prinz gerettet. Er ließ nun die Zimmerleute kommen und an der Brücke, die der Hochzeitszug passieren mußte, einen Schwebebalken machen, denn es war dort Sitte, daß die Braut allen anderen vorausritt. Als nun die Braut auf der Brücke war, drehte sich der Schwebebalken mitsamt der Braut und all den Trollweibern, die ihre Brautjungfern waren, herum; aber König Valemon und die Königstochter und alle Hochzeitsgäste fuhren ins Schloß zurück. Dort packten sie von dem Gold und Silber des Trollweibs so viel zusammen, wie sie mitnehmen konnten, und reisten dann in König Valemons Land, wo die richtige Hochzeit stattfinden sollte. Aber auf dem Weg ging König Valemon in die drei Hütten hinein und nahm die drei kleinen Mädchen mit; und nun erfuhr die Königstochter, warum er sie damals weggenommen hatte, nämlich, damit sie später ihrer Mutter helfen könnten. Und dann wurde auf der Hochzeit tüchtig geschmaust und getrunken.

# Der Pfarrer und der Küster

Es war einmal ein Pfarrer, der war eine rechte Kratzbürste; sobald er sah, daß ihm jemand auf der Landstraße entgegenfuhr, rief er schon von weitem: »Aus dem Weg! Aus dem Weg! Hier kommt der Herr Pfarrer!«
Als er nun wieder einmal so daherfuhr, kam ihm der König entgegen. »Aus dem Weg! Aus dem Weg!« schrie er schon von weitem. Aber der König fuhr ruhig weiter wie vorher, so daß diesmal der Pfarrer ausweichen mußte. Als nun der König an dem Pfarrer vorüberfuhr, sagte er zu ihm: »Du hast morgen auf dem Schloß vor mir zu erscheinen, und wenn du dann drei Fragen, die ich dir vorlegen werde, nicht beantworten kannst, soll dir um deines Hochmutes willen Talar und Pfarrerskrause abgenommen werden.«
Das klang anders, als was der Pfarrer zu hören gewohnt war. Schreien und befehlen und sich fürchterlich brüsten, das konnte er, aber Fragen beantworten, das war nicht seine Sache. Er ging deshalb zu seinem Küster, von dem man sagte, ihm würde der Pfarrersrock besser anstehen als dem Pfarrherrn. Zu diesem Küster sagte der Pfarrer, er habe nicht die Absicht, ins Schloß zu gehen. »Denn ein Narr kann mehr fragen, als zehn Weise beantworten können«, sagte er, und dann überredete er den Küster, an seiner Statt hinzufahren.
Der Küster fuhr auch wirklich in des Pfarrers Kirchenrock nach dem Schloß. Der König empfing ihn draußen auf dem Söller, mit Krone und Zepter und so prächtig angetan, daß er nur so glänzte und gleißte.

»Nun, bist du da?« fragte der König.
O ja, er war da, das war tatsächlich wahr!
»Sage mir nun zum ersten, wie weit es von Osten nach Westen ist?« frage der König.
»Eine einzige Tagesreise«, antwortete der Küster.
»Wieso?« fragte der König.
»Nun ja, die Sonne geht im Osten auf und im Westen unter, und das vollbringt sie ganz gemächlich an einem Tag«, antwortete der Küster.
»Ja, jawohl«, sagte der König. »Aber nun sage mir, wieviel ich deiner Meinung nach, so wie ich hier vor dir stehe, wert bin?«
»Der Herr Christus wurde auf dreißig Silberlinge geschätzt, also darf ich den Herrn König wohl nicht höher als auf neunundzwanzig anschlagen«, sagte der Küster.
»Nun ja«, sagte der König. »Aber da du in allem so wohl bewandert bist, so sage mir, was ich jetzt eben denke.«
»Ei, Ihr denkt wohl, der hier vor Euch stehe, sei der Pfarrer; aber zu meiner Schande muß ich gestehen, daß Ihr Euch täuscht, denn ich bin der Küster«, sagte er.
»Ei, so geh heim und sei der Pfarrer! Der Pfarrer aber sei fortan der Küster an deiner Statt«, sagte der König. Und so geschah es.

# Von den Burschen, die die Trolle im Hedalwalde trafen

In einer Hütte droben in Vaage im Gudbrandtal wohnten einstmals ein paar arme Leute. Die hatten viele Kinder, und zwei von den Söhnen, ein paar halbwüchsige Burschen, mußten beständig in der ganzen Umgegend betteln gehen. Sie waren deshalb mit allen Wegen und Stegen wohlbekannt und wußten auch den Richtweg nach Hedal.

Eines Tages wollten sie auch dahin gehen; da sie aber gehört hatten, daß sich einige Falkenjäger bei Mäla eine Hütte gebaut hätten, wollten sie diese aufsuchen, um die Vögel zu sehen und zugleich zu erfahren, auf welche Weise man sie finge; und so schlugen sie den Weg über das Langmoor ein. Es war aber schon so spät in der Jahreszeit, daß die Sennerinnen alle schon von der Alm herabgezogen waren, und deshalb fanden sie weder ein Obdach noch etwas zu essen. So mußten sie auf dem Wege nach Hedal weitergehen; dieser Weg ist aber nur ein kaum sichtbarer Viehpfad, und als die Dunkelheit hereinbrach, verloren sie den Pfad, fanden auch die Vogelhütte nicht, und ehe sie sich's versahen, waren sie mitten im dichten, wilden Wald. Als die Jungen merkten, daß sie nicht mehr weiterkonnten, hieben sie mit dem Handbeil, das sie bei sich hatten, Zweige von den Tannen, zündeten sich ein Feuer an und bauten sich eine Hütte aus den Zweigen; dann rissen sie Heidekraut und Moos aus und machten sich ein Lager. Als sie eine Weile geruht hatten, hörten sie, daß einer schnaubte und laut mit der Nase schnüffelte. Die Jungen horchten und lauschten, ob diese Töne wohl von Tieren oder von Waldtrollen herrührten. Aber dann wurde das

Geschnüffel noch lauter, und eine Stimme sagte: »Ich wittre Christenblut!«
Hierauf hörten sie so schwere Schritte, daß die Erde erbebte, und nun wußten die Jungen, daß Trolle unterwegs waren.
»Gott steh uns bei, was sollen wir tun?« sagte der jüngere von den beiden zu seinem Bruder.
»Bleib nur dort unter der Fichte stehen und mache dich bereit, sobald du die Trolle näherkommen siehst, die Säcke an dich zu reißen und davonzulaufen, ich aber will das Beil nehmen«, sagte der andere.
In demselben Augenblick sahen sie die Trolle daherkommen, und diese waren so gewaltig groß, daß ihre Köpfe bis zu den Baumwipfeln reichten; es waren ihrer drei, aber sie hatten zusammen nur ein Auge, das sie abwechselnd gebrauchten; jeder hatte ein Loch in der Stirn, in dieses legten sie das Auge hinein und richteten es mit der Hand; der, welcher vorausging, mußte es immer haben, die anderen zwei gingen hinterdrein und hielten sich an dem ersten fest.
»Lauf, lauf!« rief der ältere der beiden Jungen. »Aber entflieh nicht gar zu weit, ehe du siehst, wie es geht; da die Trolle das Auge so hoch droben haben, fällt es ihnen schwer, mich zu sehen, wenn ich von hinten auf sie losgehe.«
Nun, der Bruder lief davon, und die Trolle liefen hinter ihm her. Indessen aber griff sie der ältere Junge von hinten an und hieb den letzten der Trolle ins Fußgelenk. Der Troll stieß einen gräßlichen Schrei aus, worüber der erste Troll so erschrak, daß er zusammenfuhr und das Auge fallen ließ. Der Junge war schnell bei der Hand und hob es auf. Es war größer als zwei gegeneinandergestülpte Obertassen und so glänzend hell, daß der Junge, als er hindurchschaute, alles so deutlich sah wie am hellen, lichten Tage, obgleich ringsum stockfinstere Nacht war.

Als die Trolle merkten, daß ihnen der Junge das Auge genommen und einen von ihnen verwundet hatte, drohten sie, ihm alles nur erdenklich Böse anzutun, wenn er ihnen nicht sofort das Auge zurückgäbe.

»Ich fürchte mich weder vor Trollen noch vor Drohungen«, sagte der Junge. »Jetzt habe ich allein drei Augen, und ihr habt keines, und überdies müssen zwei von euch noch den dritten tragen.«

»Wenn wir unser Auge nicht augenblicklich wiederbekommen, verwandeln wir dich in einen Stein!« schrien die Trolle. Aber der Junge dachte, das werde nicht so schnell gehen; er sagte, er fürchte sich weder vor ihrer Prahlerei noch vor ihrer Zauberei, und wenn sie ihn nicht in Ruhe ließen, würde er alle drei verwunden, daß sie wie Gewürm am Boden kriechen müßten.

Als die Trolle dies hörten, wurde ihnen angst und bange, und nun bequemten sie sich, ihn durch gute Worte herumzubringen. Sie baten gar schön, er möge ihnen doch ihr Auge wiedergeben, er solle dann auch Gold und Silber und alles, was er nur haben wolle, von ihnen bekommen. Nun, das gefiel dem Jungen sehr wohl, aber er wollte das Gold und Silber doch erst haben, und so sagte er, wenn einer von den Trollen heimgehen und so viel Gold und Silber holen wolle, daß er und sein Bruder ihre Säcke damit füllen könnten, und wenn sie überdies noch zwei stählerne Flitzbögen bekämen, dann wolle er den Trollen ihr Auge wiedergeben, aber bis dahin würde er es behalten.

Die Trolle wurden sehr aufgebracht und sagten, es könne keiner von ihnen zu der Wohnung gehen, wenn er nicht das Auge hätte, mit dem er sehen könnte. Dann aber fing einer der Trolle an, in den Wald hinein zu schreien, um die Frau herbeizurufen, denn alle drei zusammen hatten auch eine Frau. Nach einer Weile ertönte eine Antwort von einer weit, weit entfernten Bergkuppe herüber. Da riefen ihr die Trolle zu, sie solle zwei stählerne Flitzbögen und zwei Eimer voll Gold und Silber herbeibringen. Und nun dauerte es natürlich nicht lange, bis die Frau da war. Als diese erfuhr, was sich zugetragen hatte, wollte sie ebenfalls mit Zauberei drohen. Aber die Trolle hatten Angst und sagten, sie solle sich nur vor der kleinen Wespe in acht nehmen, sonst sei sie nicht sicher, daß sie nicht auch um ihr Auge käme. Da warf sie dem Jungen die Eimer voll Gold und Silber sowie die beiden Flitzbögen vor die Füße und kehrte mit den Trollen heim in den Berg; und seit jener Zeit hat man nie wieder gehört, daß die Trolle im Hedalwalde Christenblut gewittert hätten.

# Der Bursche, der beim König diente

Es war einmal ein Bursche, der bei einem König diente. Derselbe hatte dem König schon so viele Dienste geleistet, daß dieser ihm schließlich seine Tochter zur Frau versprach. Als aber die Hochzeit stattfinden sollte, reute es den König doch und er sagte zu dem Burschen:
»Du bekommst meine Tochter nicht früher, als bis du vom Grunde des Meeres einen goldenen Becher heraufgeholt hast, den ich verloren habe!«
Der Bursche wußte nichts Besseres zu tun, als zur Giedda-gäts-Alten zu gehen und dieselbe um Rat zu fragen.
»Wer klopft an meine Tür?« fragte das Zauberweib.
»Ich bin es!« sagte der Bursche; er wußte, daß sie ihn an der Stimme erkannte.
»Was für ein Anliegen hast du?« fragte die Alte.
»Ich soll den goldenen Becher des Königs vom Meeresgrund heraufholen. Kannst du mir keinen Rat geben?«
»Geh hinaus aufs Feld«, sagte die Alte, »und trenne alles, was zusammenhängt!«
Der Bursche ging von dannen, und es dauerte nicht lange, so sah er zwei Lummen, die mit dem Schnabel zusammenhingen und nicht voneinander loskommen konnten. Da trennte sie der Bursche voneinander.
»Wohin willst du gehen?« fragten die Lummen.
»Ich soll einen goldenen Becher, den der König verloren hat, vom Meeresgrund heraufholen und weiß mir nicht zu helfen«, sagte der Bursche.
»Da du gut gegen uns gehandelt und uns voneinander getrennt hast, wollen wir dir helfen«, sagten die Lummen.

Sie tauchten beide dreimal unter; aber erst das dritte Mal konnten sie den goldenen Becher finden; sie übergaben ihn dem Burschen, und dieser brachte ihn dem König: »Hier hast du deinen goldenen Becher, den ich vom Grund des Meeres heraufgeholt habe!«
»Du bekommst trotzdem meine Tochter noch nicht«, antwortete der König, »bevor du nicht alle wilden Tiere des Waldes in meiner Burg zusammenbringst!«
Der Bursche ging wieder zur Gieddagäts-Alten und klopfte an die Tür.
»Wer klopft an meine Tür?« fragte das Zauberweib.
»Ich bin es!« antwortete der Bursche.
»Was willst du?«
»Ich soll alle wilden Tiere des Waldes in die Königsburg zusammenbringen!«
»Geh hinaus aufs Feld«, sagte die Alte, »und trenne alles, was zusammenhängt!«
Der Bursche ging fort und sah bald zwei Wölfe, die mit den Schwänzen zusammenhingen und sich nicht voneinander losmachen konnten. Der Bursche befreite sie voneinander. »Wohin willst du gehen?« fragten die Wölfe.
»Ich soll alle wilden Tiere des Waldes in die Königsburg zusammenbringen und weiß mir nicht zu helfen!«
»Da du uns geholfen hast«, sagten die Wölfe, »so müssen auch wir dir wieder helfen!«
Der Bursche setzte sich, und inzwischen trieben die Wölfe alle Arten von wilden Tieren für ihn zusammen. Hierauf jagten sie dieselben vereint in die Königsburg.
»Du bekommst meine Tochter noch immer nicht«, sagte der König, »sondern erst, wenn du meinen Feind, den Riesen, töten und mir sein Schwert bringen kannst, sollst du sie erhalten!«
»Das ist der gewisse Tod«, sagte der Bursche; »aber ich will es gleichwohl versuchen!« und er eilte rasch wieder zur Gieddagäts-Alten.

»Was willst du?«
»Ich soll dem Riesen das Leben nehmen!«
»Geh und biete dich ihm als Diener an, dann wird sich Rat finden!« Der Bursche tat dies.
»Brauchst du einen Knecht«, sagte der Bursche, »so kannst du mich haben!«
»Warum nicht?« meinte der Riese.
»Was wollen wir zuerst in Angriff nehmen?« fragte der Bursche.
»Ah«, sagte der Riese, »ich möchte gern Balken zuhauen, um mir ein Haus zu bauen!«
So gingen sie denn in den Wald, hieben einen großen Balken zu und sollten nun denselben mit sich nehmen. Vorher aber hieb sich der Bursche noch eine lange Stange zu und machte das eine Ende derselben so scharf wie eine Ahle.
»Was willst du mit der Stange?« fragte der Riese.
»Sie dir in die Augen stechen, wenn du dich umsiehst«, sagte der Bursche.
Der Riese erfaßte nun den Balken und zog ihn hinter sich her; der Bursche aber setzte sich rittlings auf das hintere Ende.
»Ah, oh, das ist schwer!« stöhnte der Riese.
»Schwer ist es?« sagte der Bursche. »Ich, der ich doch so klein bin, finde durchaus nicht, daß es so schwer ist; aber du, du bist groß und hast trotzdem nicht mehr Kraft in dir als ein altes Weib!«
Der Riese zog, so daß er Blut spuckte; aber auch jetzt noch schien es dem Burschen, daß es viel zu langsam vorwärtsgehe. Endlich kamen sie am Abend dahin, wo das Haus erbaut werden sollte. Der Riese war müde und legte sich zur Ruhe. Mitten in der Nacht stand der Bursche auf und stach dem Riesen mit der Stange, die er zugespitzt hatte, die Augen aus. Hierauf lockte er ihn auf einen hohen Berg und stürzte ihn von hier in einen See hinein, so daß er ertrank. Dann nahm er dessen Schwert und ging zum Kö-

nig. Nun war nichts mehr zu tun. Die Hochzeit wurde abgehalten, der Bursche bekam das halbe Reich, und als der König starb, erhielt er das ganze.

[Märchen aus Lappland]

# Märchen aus Schweden

# Die drei Großmütterchen

Es waren einmal ein Königssohn und eine Königstochter, die sich einander sehr liebten. Die junge Prinzessin war sanft und schön und von allen sehr geliebt, ihr Sinn aber hing mehr an Lust und Spiel als an Handarbeit und häuslichen Beschäftigungen. Dies schien der alten Königin schlimm zu sein, und sie sagte, daß sie keine Schwiegertochter haben wolle, welche nicht ebenso flink wäre, wie sie es selbst in ihrer Jugend gewesen. Die Königin widersetzte sich daher auf jede Art und Weise der Heirat des Prinzen.

Da nun die Königin ihr Wort nicht zurücknehmen wollte, ging der Königssohn zu ihr und sagte, daß man ja doch seine Braut auf die Probe stellen könne, ob sie vielleicht ebenso flink in der Arbeit wie die Königin selbst sei. Dies schien allen ein kühnes Begehren zu sein; denn die Mutter des Prinzen war eine emsige Frau, die spann und nähte und webte bei Tag und Nacht, so daß keine ihr gleichkam.

Gleichwohl wurde beschlossen, daß der Wille des Prinzen erfüllt werden solle. Die schöne Prinzessin wurde in das Frauengemach beschieden, und die Königin sandte ihr ein Liespfund Flachs zum Spinnen. Der Flachs aber mußte gesponnen sein, ehe es tagte, sonst dürfe die Jungfrau nicht mehr daran denken, den Königssohn zum Gemahl zu bekommen.

Als die Prinzessin sich selbst überlassen war, wurde ihr schlimm zumute, denn sie wußte wohl, daß sie den Flachs der Königin nicht spinnen könne, und wollte doch nicht den jungen Prinzen verlieren, den sie so liebhatte. Sie wandelte daher im Zimmer umher und weinte, weinte unaufhörlich. Währenddem öffnete sich die Tür sehr leise, leise, und es trat ein kleines, kleines altes Weib herein, von seltsamem Aussehen und mit noch seltsameren Gebärden. Das alte Weib hatte ungeheuer große Füße, so daß jeder, der sie sah, sich darüber wundern mußte. Sie grüßte: »Gottes Frieden!«

»Gottes Frieden mit Euch!« antwortete die Königstochter.

Die Alte fragte: »Warum ist die schöne Jungfrau diesen Abend so traurig?«

Die Prinzessin antwortete: »Ich muß wohl traurig sein, die Königin hat mir befohlen, ein Liespfund Flachs zu spinnen; wenn ich es morgen nicht getan habe, ehe es Tag wird, verliere ich den Königssohn, der mich so herzlich liebhat.«

Die Alte entgegnete: »Seid getrost, schöne Jungfrau! Wenn es nur das ist, so kann ich Euch helfen. Dann aber sollt Ihr mir eine Bitte erfüllen, die ich jetzt nennen will.«

Bei dieser Rede freute sich die Prinzessin über die Maßen und fragte nach dem Begehren des alten Weibes.

»Nun denn«, sagte die Alte, »ich heiße Storfota-mor (die Mutter mit dem großen Fuß) und verlange keinen anderen Lohn für meinen Beistand, als bei Eurer Hochzeit zu sein. Ich bin auf keiner Hochzeit gewesen, seitdem die Königin, Eure Schwiegermutter, Braut war.«

Die Königstochter willigte gern in dies Begehren, und so schieden sie voneinander. Die Alte ging ihres Weges, wie sie gekommen war. Die Prinzessin aber legte sich schlafen, obschon sie kein Auge während der ganzen ewig langen Nacht zutun konnte.

Früh am Morgen, ehe der Tag graute, öffnete sich die Tür, und die kleine Alte trat wieder herein. Sie ging zur Königstochter hin und reichte ihr ein Bündel Garn. Das Garn aber war weiß wie Schnee und fein wie ein Spinnengewebe. Das Weib sagte: »Siehst du, so schönes Garn hier habe ich nicht gesponnen, seit ich für die Königin spann, als sie sich vermählen sollte. Das ist aber nun schon lange her.« So sprechend verschwand das kleine Weib, und die Prinzessin verfiel in einen wohltuenden Schlummer. Es dauerte aber nicht lange, als sie von der alten Königin geweckt wurde, die vor dem Bett stand und fragte, ob der Flachs fertiggesponnen sei. Die Königstochter bejahte es und reichte ihr das Garn. Die Königin mußte sich so diesmal zufriedengeben; die Prinzessin aber konnte wohl wahrnehmen und merken, daß es ihr nicht vom Herzen ging.

Als es nun Tag wurde, sagte die Königin, daß sie die Königstochter auf eine andere Probe stellen wolle. Sie schickte das Garn in das Frauengemach zugleich mit dem Webstuhl und anderen Gerätschaften und befahl der Prinzessin, es zu weben. Das Gewebe aber mußte fertig sein, ehe die Sonne aufging, sonst dürfe die Jungfrau nicht mehr daran denken, den jungen Königssohn zu bekommen.

Als die Prinzessin allein war, ward ihr wieder schlimm zumute, denn sie wußte, daß sie das Garn der Königin nicht weben könne, und gleichwohl wollte sie den Königssohn nicht verlieren, den sie so liebte. Sie wankte daher im Zimmer umher und weinte bitterlich. Als dies geschah, öffnete sich die Tür sehr leise, sehr leise, und es trat ein sehr kleines altes Weib herein, von seltsamer Gestalt und mit noch seltsameren Gebärden. Die kleine Alte hatte ein ungeheuer großes Gesäß, so daß jeder, der sie sah, sich darüber wundern mußte. Sie grüßte: »Gottes Frieden!«

»Gottes Frieden mit Euch!« antwortete die Königstochter.

Die Alte fragte: »Warum ist die schöne Jungfrau so allein und kummervoll?«

»Je nun«, sagte die Prinzessin, »ich muß wohl traurig sein, die Königin hat mir befohlen, dies Garn zu verweben;

wenn ich es aber nicht am Morgen getan habe, ehe es Tag wird, verliere ich den Königssohn, der mich so herzlich liebhat.«

Das Weib entgegnete: »Seid getrost, schöne Jungfrau! Wenn es nur das ist, so will ich Euch helfen. Dann aber sollt Ihr mir eine Bedingung erfüllen, die ich jetzt nennen will.«

Ob dieser Rede freute sich die junge Prinzessin über die Maßen und fragte nach dem Begehren des alten Weibes.

»Nun denn«, sagte die Alte, »ich heiße Storgumpa-mor (die Mutter mit dem breiten Gesäß) und will keinen anderen Lohn haben, als bei Eurer Hochzeit zu sein. Ich bin auf keiner Hochzeit gewesen, seit Eure Schwiegermutter Braut war.«

Die Königstochter willigte gern in dies Begehren, und so schieden sie voneinander. Die Alte ging ihres Weges, wie sie gekommen war, die Königstochter aber legte sich schlafen, obschon sie kein Auge während der ewig langen Nacht zutat.

Frühmorgens, ehe der Tag anbrach, öffnete sich die Tür, und das kleine Weib trat wieder ein. Sie ging jetzt zur Königstochter hin und reichte ihr ein Gewebe; das Gewebe aber war weiß wie Schnee und fein wie ein Fell, so daß keiner desgleichen je gesehen hatte. Die Alte sagte: »Siehst du, so wie dieses hier habe ich nichts gewebt, seit ich für die Königin webte, als sie sich vermählen sollte. Das ist nun aber schon lange her.« Hierauf verschwand das Weib, und die Prinzessin erquickte sich durch einen angenehmen, aber kurzen Schlummer, denn es dauerte nicht lange, als sie von der alten Königin geweckt wurde, die an ihrem Bett stand und fragte, ob das Gewebe fertig sei. Die Königstochter bejahte es und reichte ihr das schöne Gewebe. Die Königin mußte sich so das zweite Mal zufriedengeben; die Prinzessin aber konnte wohl sehen und merken, daß sie es nicht gerne tat.

Die Königstochter dachte nun, von einer weiteren Probe befreit zu sein; die Königin aber war anderer Meinung, denn nach einer Weile schickte sie das Gewebe in das Frauengemach hinab mit dem Auftrag, daß die Prinzessin es zu Hemden für ihren Bräutigam nähen solle. Die Hemden müßten aber fertig sein, ehe die Sonne aufging, sonst solle die Jungfrau nicht hoffen, den Königssohn je zum Gemahl zu bekommen.

Als die Prinzessin wieder allein war, ward ihr schlimm zumute, denn sie wußte, daß sie die Leinwand der Königin nicht nähen könne, und sie wollte doch nicht den jungen Prinzen verlieren, den sie so liebhatte. Sie wandelte im Zimmer umher und weinte. Währenddem öffnete sich die Tür sehr leise, sehr leise, und ein kleines, sehr altes Weib trat ein, von wunderlichem Aussehen und mit noch wunderlicheren Gebärden. Die kleine Alte hatte einen unglaublich großen Daumen, so daß jeder, der ihn sah, sich darüber wundern mußte. Sie grüßte: »Gottes Frieden!«

»Gottes Frieden mit Euch!« antwortete die Königstochter.

Die Alte fragte: »Warum ist die schöne Jungfrau so allein und traurig?«

»Je nun«, sagte die Prinzessin, »ich muß wohl traurig sein, die Königin hat mir befohlen, diese Leinwand für den Königssohn zu Hemden zu nähen. Wenn ich es aber nicht bis morgen getan habe, ehe die Sonne aufgeht, verliere ich meinen Bräutigam, der mich so herzlich liebhat.«

Da entgegnete das Weib: »Seid getrost, schöne Jungfrau! Ist es nichts anderes, so kann ich Euch helfen. Dann aber sollt Ihr mir eine Bedingung erfüllen, die ich jetzt nennen werde.«

Bei dieser Rede freute sich die Prinzessin über die Maßen und fragte nach dem Verlangen des alten Weibes.

»Je nun«, sagte das Weib, »ich heiße Stortumma-mor (die Mutter mit dem großen Daumen), und ich will keinen anderen Lohn haben, als bei Eurer Hochzeit zu sein. Ich bin auf keiner Hochzeit gewesen, seit die Königin, Eure Schwiegermutter, Braut war.« Die Königstochter willigte gerne in ihre Bedingung, und so schieden sie voneinander. Die Alte ging ihres Weges, wie sie gekommen war, die Prinzessin aber legte sich schlafen und schlief so schlecht, daß sie nicht einmal von ihrem Bräutigam träumte.

Früh am Morgen, ehe die Sonne aufging, öffnete sich die Tür, und die kleine Alte trat wieder ein. Sie ging zur Königstochter hin, weckte sie und gab ihr einige Hemden. Die Hemden aber waren mit so großer Kunst genäht und gestickt, daß man nicht ihresgleichen fand. Die Alte sagte: »Siehst du, so gut wie diese habe ich keine genäht, außer denen, die ich für die Königin nähte, als sie Braut war. Es ist aber auch schon sehr lange her.«

Mit diesen Worten verschwand das Weib, denn die Königin stand gerade in der Tür und fragte, ob die Hemden fertig seien. Die Königstochter bejahte es und reichte die schön genähten Hemden hin. Da wurde die Königin so erzürnt, daß ihre Augen funkelten, und sie sagte: »Nun, so nimm ihn denn! Ich konnte nicht glauben, daß du so schnell sein würdest, wie du gewesen.« Dann ging sie ihres Weges und warf die Tür zu, daß das Schloß knarrte.

Der Königssohn und die Königstochter sollten nun einander bekommen, wie die Königin versprochen hatte, und es ward eine Hochzeit veranstaltet. Die Prinzessin aber war nicht besonders fröhlich an ihrem Hochzeitstag, denn sie dachte, ob die wunderlichen Gäste wohl kommen werden. Die Zeit kam heran, und die Hochzeit fand nach alter Sitte mit Lust und Freude statt; keine alten Weiber aber erschienen, wie sich die Braut auch nach allen Seiten umsehen mochte. Spät endlich, als die Gäste zu Tisch gehen sollten, erblickte die Königstochter die drei kleinen Weiber, die in einer Ecke des Hochzeitsaales allein bei einem Tische saßen. Da stand der König auf und fragte, was das für Gäste seien, die er früher nicht gesehen hatte. Das älteste von den drei alten Weibern entgegnete: »Ich heiße Storfota-mor, und ich habe deshalb so große Füße, weil ich in meinem Leben so viel gesponnen habe.«

»Ist's so«, sagte der König, »dann soll meine Schwiegertochter nie mehr spinnen.«

Er wandte sich hierauf zu dem zweiten Weib und fragte, was der Grund ihres wunderlichen Aussehens sei.

Die Alte antwortete: »Ich heiße Storgumpa-mor, und ich habe deshalb ein so breites Gesäß, weil ich in meinem Leben sehr viel gewebt habe.«

»Ist's so«, sagte der König, »dann soll meine Schwiegertochter auch nie mehr weben.«

Er wandte sich hierauf zu dem dritten alten Weib und fragte nach ihrem Namen. Da erhob sich Stortumma-mor und sagte, daß sie einen so großen Daumen bekommen, weil sie in ihrem Leben so viel genäht habe.

»Ist dem also«, sagte der König, »dann soll meine Schwiegertochter auch nie mehr nähen.«

Und dabei blieb es. Die schöne Königstochter erhielt den Prinzen und war jetzt sowohl vom Spinnen und Weben als auch vom Nähen für ihr ganzes Leben befreit.

Als die Hochzeit zu Ende war, zogen die Großmütterchen ihres Weges, und niemand sah, welchen Weg sie nahmen, gleichwie niemand wußte, woher sie gekommen. Der Prinz aber lebte mit seiner Gemahlin glücklich und vergnügt; nur ging alles viel stiller und ruhiger, weil die Prinzessin nicht so tätig war wie die strenge Königin.

# Das Schloß, das auf Goldpfählen stand

Es war einmal ein Kätner mit seiner Frau, die wohnten in einem tiefen Wald. Er hatte zwei Kinder, einen Knaben und ein Mädchen. Sonst war er sehr arm; eine Kuh und eine Katze bildeten seinen ganzen Reichtum.
Der Kätner und seine Frau lebten beständig in Zank miteinander; wenn der Mann etwas wollte, so wollte die Alte ganz sicher gerade das Gegenteil.
Eines Tages nun hatte die Alte Grütze zum Abendessen gekocht. Als die Grütze fertig war und jeder seinen Teil erhalten, wollte der Mann zuletzt den Topf ausschrappen. Aber die Alte widersetzte sich heftig; sie glaubte nämlich, sie allein und kein anderer habe das Recht, den Topf auszuschrappen. Sie gerieten in heftigen Streit, und keiner wollte dem anderen nachgeben. Schließlich nahm die Alte Topf und Kelle und lief ihrer Wege; aber der Kätner ergriff den Quirl und lief hinterher. So ging es über Wald und Berg, die Frau voran und der Mann hinterher; aber das Märchen erzählt nicht, wer endlich den Topf ausgeschrappt hat.
Als einige Zeit vergangen war und die Alten nichts von sich hören ließen, wußten sich die Kinder nicht zu helfen; sie wollten daher in die Welt hinaus, um ihr Glück zu suchen, jedes auf seine Weise. Sie kamen überein, die Habe zu teilen und jedes sein Erbteil mitzunehmen. Aber wie es zu gehen pflegt, war die Teilung eine furchtbar schwere Sache. Es war nämlich nichts vorhanden außer einer Kuh und einer Katze, und die Kinder wollten beide die Kuh haben. Als sie gerade miteinander ratschlagten, kam die

Katze zu der jungen Kätnerstochter, tat schön, schmiegte sich an ihr Knie und miaute: »Nimm mich! Nimm mich!«

Da nun der Junge von der Kuh nicht lassen wollte, so ließ ihn das Mädchen gewähren und begnügte sich mit der Katze. Die Geschwister nahmen darauf voneinander Abschied. Der Junge nahm die Kuh und zog seiner Wege. Aber das Mädchen und die Katze wanderten den Waldsteig entlang, und es begegnete ihnen nichts Merkwürdiges, bis sie an einen großen prächtigen Königshof gelangten, der am Wege lag.

Als sich die beiden Wanderer dem schönen Königshof näherten, begann die Katze ein Gespräch mit ihrer Herrin und sagte: »Wenn du jetzt meinem Rat folgst, so wird es dir Glück bringen!«

Das Mädchen hatte viel Vertrauen zu der Klugheit ihrer Begleiterin und versprach deshalb, ganz nach ihrem Wunsche zu tun. Da sagte die Katze: »Lege deine alten Kleider ab und steige auf einen hohen Baum. Ich will unterdessen auf den Königshof gehen und erzählen, eine Königstochter sei da; sie sei von Wegelagerern überfallen und all ihrer Habe und Kleider beraubt worden.«

Die Kätnerstochter tat, wie die Katze ihr sagte; sie legte ihre alten Lumpen ab und klettere auf den Baum. Darauf lief die Katze ihres Weges; aber das Mädchen wartete in großer Angst, ob ihr Plan gelingen werde.

Als der König, der über das Land gebot, hören mußte, daß eine fremde Prinzessin solche Not und Gewalttat erlitten habe, war er sehr erbittert und schickte seine Diener aus, um sie zu sich einzuladen. Die junge Maid wurde erst reichlich mit Kleidern ausgestattet und allem, was sie sonst nötig hatte, und folgte darauf den Sendboten des Königs. Auf dem Königshof waren alle von ihrer Schönheit und ihren höfischen Manieren bezaubert; die größten Huldigungen aber brachte ihr der Königssohn selbst dar, und er meinte, nicht mehr ohne sie leben zu können. Aber die Königin witterte Verdacht und fragte, wo die liebe Prinzessin ihren Königshof habe. Das Mädchen antwortete, wie die Katze ihr gesagt hatte: »Ich wohne weit weg auf einem Schloß, das heißt die Katzenburg.«

Die alte Königin war jedoch nicht zufrieden, sondern nahm sich vor, weiter auszuforschen, ob die fremde Jungfrau wirklich eine Königstochter sei oder nicht. Deshalb ging sie abends in das Fremdenzimmer, bereitete das Bett der Kätnerstochter mit weichen Seidenkissen, aber legte heimlich eine Bohne unter das Laken. Sie dachte nämlich bei sich: »Ist es eine Prinzessin, so wird sie es sicher merken.«

Die schöne Jungfrau wurde darauf unter großen Ehrenbezeugungen in ihr Schlafgemach geleitet. Aber die Katze merkte die List der Königin und erzählte es ihrer Herrin. Als der Morgen dämmerte, trat die Königin ein und fragte, wie der Gast in der Nacht geschlafen habe. Das Mädchen antwortete, wie die Katze ihr gesagt: »O ja, ich habe ganz gut geschlafen, denn ich war sehr müde von meiner Wanderung. Aber es kam mir so vor, als läge ich auf einem großen Berge. In meinem Bett auf der Katzenburg schlief ich viel besser.«

Die Königin glaubte jetzt zwar, daß die Jungfrau sehr vornehm erzogen sei, aber sie sagte im stillen zu sich selbst, sie wolle noch einmal die Wahrheit ihrer Aussage auf die Probe stellen.

Am anderen Abend ging die Königin wieder in das Fremdenzimmer, bereitete das Bett des Kätnermädchens mit weichen, seidenen Kissen und legte ein paar Erbsen unter das erste Kissen; sie dachte nämlich bei sich: »Wenn sie wirklich eine Königstochter ist, wie sie behauptet, so wird sie es sicher merken.«

Das junge Mädchen wurde darauf unter großen Ehrenbezeugungen in ihr Schlafgemach geleitet. Aber die Katze hatte den Anschlag der Königin gemerkt und erzählte es ihrer Herrin.

Als der Morgen dämmerte, trat die Königin wieder ein und fragte ihren Gast, wie er die Nacht geschlafen habe. Das Mädchen antwortete, wie die Katze ihr gesagt: »Ach ja, ich habe ganz gut geschlafen, denn ich war sehr müde; aber ich hatte das Gefühl, als ob ich auf großen Steinen läge. In meinem Bett in der Katzenburg schlief ich viel besser.«

Die alte Königin fand jetzt zwar, daß die Jungfrau ihre Probe bestanden habe. Aber doch konnte sie ihre Zweifel nicht ganz unterdrücken und nahm sich vor, noch einmal zu erproben, ob die fremde Jungfrau so vornehm sei, wie sie selbst sagte.

Als nun der dritte Abend kam, ging die Königin wieder in das Fremdenzimmer, bereitete das Bett der Kätnerstochter mit weichen Seidenkissen und legte einen Strohhalm unter das zweite Kissen. Sie dachte nämlich bei sich: »Wenn sie eine Königstochter ist, so wird sie es ganz gewiß merken.«

Das junge Mädchen wurde darauf unter großen Ehrenbezeugungen in ihr Schlafgemach geleitet. Aber die Katze merkte die List der Königin und warnte ihre Herrin.

Als der Morgen dämmerte, trat die Königin ein und fragte ihren Gast, wie er die Nacht geschlafen habe. Das Mädchen antwortete, wie die Katze ihr gesagt:

»Oh, ich habe ganz gut geschlafen, denn ich war sehr müde; aber mir war so, als läge ich auf einem großen Baum. Als ich in meinem Bett auf der Katzenburg schlief, sorgte man besser für mich.«

Die Königin merkte jetzt wohl, daß sie auf solche Weise niemals die Wahrheit herauskriegen könne; deshalb beschloß sie achtzugeben, wie sich die Jungfrau in allem übrigen benehmen würde.

Am folgenden Tage schickte die Königin ihrem Gast ein

prächtiges Kleid; das war mit Seide gestickt und hatte eine lange, lange Schleppe, wie sie vornehme Frauen zu tragen pflegen. Die Kätnerstochter dankte für das liebe Geschenk und machte sich keine Gedanken darüber. Aber die Katze war gleich zur Stelle und warnte ihre Herrin, die alte Königin wolle sie von neuem auf die Probe stellen.
Als einige Zeit vergangen war, fragte die Königin, ob die Prinzessin einen Spaziergang mit ihr machen wolle. Die Kätnerstochter erklärte sich gern bereit, und sie machten sich auf den Weg. Als sie nun in den Garten gekommen waren, nahmen die Hofdamen sich sehr in acht, daß sie nicht den Saum ihrer Kleider beschmutzten. Es hatte nämlich in der Nacht geregnet; aber die fremde Jungfrau wanderte ihres Weges, ohne sich darum zu kümmern, ob ihre lange Schleppe auf dem Boden schleife.
Da sagte die Königin: »Liebste Prinzessin, gebt auf Euer Kleid acht!«
Die Kätnerstochter antwortete stolz:
»Oh, Ihr habt wohl mehr Kleider als dies eine. Als ich noch in meinem Schloß auf der Katzenburg war, da hatte ich es viel besser.«
Jetzt war die Königin ganz überzeugt, daß die Jungfrau immer nur seidene Kleider getragen habe, und sie zog daraus den Schluß, sie müsse eine Königstochter sein. Die Königin legte darum der Werbung ihres Sohnes kein weiteres Hindernis in den Weg, und die Kätnerstochter gab schließlich auch ihr Jawort und ihre Einwilligung.
Einmal saßen der Prinz und seine Braut zusammen und sprachen miteinander. Da blickte die Jungfrau zum Fenster hinaus und bemerkte ihre beiden Eltern, wie sie aus dem Wald gelaufen kamen; die Alte mit dem Topf voran und der Alte mit der Kelle hinterdrein. Da konnte das Mädchen sich nicht halten, sondern brach in lautes Lachen aus. Der Prinz fragte, worüber sie so herzlich lache.
Da antwortete die Jungfrau, wie die Katze ihr gesagt: »Ich

kann nichts dafür, ich muß lachen, wenn ich daran denke, daß Euer Schloß nur auf Steinpfählen steht, aber mein Schloß steht auf Goldpfählen.«

Als der Prinz das hörte, wunderte er sich sehr und sagte: »Immer steht dein Sinn nach der schönen Katzenburg. Da mußt du ja alles besser und reicher haben als hier bei uns. Wir müssen mal hinfahren und deine schöne Katzenburg sehen, mag der Weg noch so weit sein.«

Bei diesen Worten war der Kätnerstochter schlecht zumute. Sie glaubte, in die Erde versinken zu müssen; sie wußte ja sehr wohl, daß sie keinen Hof hatte, viel weniger noch ein Schloß. Aber es war nichts zu machen; sie ließ deshalb nichts merken, sondern sagte, sie wolle sich überlegen, welcher Tag sich am besten für die Reise eigne.

Als nun die Jungfrau für sich allein war, gab sie sich ganz ihrer Verzweiflung hin und weinte bitterlich; denn sie dachte daran, was für eine Schande es für sie sein würde, wenn man ihre Eitelkeit und Falschheit entdeckte. Während sie noch so weinte, kam die kluge Katze herein, schmiegte sich an ihr Knie und fragte, warum sie so traurig sei.

Die Kätnerstochter erwiderte: »Ich kann ja nicht anders, ich muß traurig sein. Der Königssohn hat mir gesagt, wir wollen nach der Katzenburg reisen, und nun muß ich es teuer entgelten, daß ich deinem Rat gefolgt bin.«

Aber die Katze hieß sie guten Mutes sein; sie würde es so einrichten, daß alles besser ausliefe, als sie sich vorstellen könnte. Zugleich erklärte sie ihrer Herrin, sie müßten sich sofort auf den Weg begeben, je eher, desto besser. Da nun die Jungfrau schon so viele Beweise von der Klugheit der Katze hatte, so war sie gern einverstanden, aber diesmal doch mit schwerem Herzen; denn sie konnte sich nicht anders denken, als daß ihre Fahrt ein schimpfliches Ende nehmen würde. Früh am Morgen ließ der Königssohn Wagen und Pferde zurüsten und alles, was man sonst noch für die lange Reise nach der Katzenburg nötig hatte. Darauf setzte sich der Zug in Bewegung. Der Prinz und seine Braut fuhren voran, in einem vergoldeten Wagen mit sieben Glasscheiben; viele Ritter und Pagen begleiteten sie, und die Katze lief voraus, um den Weg zu zeigen, wie sie es selbst gewünscht hatte. Als sie so eine Weile gefahren waren, da sah die Katze einige Hirten, die eine große Schar der allerprächtigsten Ziegen auf der Weide hüteten.

Da ging sie zu den Hirten, grüßte sie freundlich und sagte: »Guten Tag, ihr Hirten! Wenn der Königssohn vorbeifährt und fragt, wem die schönen Ziegen gehören, so sollt ihr antworten, sie gehören der jungen Prinzessin auf der Katzenburg, die an der Seite des Prinzen fährt. Wenn ihr das tut, werdet ihr reich belohnt werden. Tut ihr es nicht, so werde ich euch in Stücke reißen.«

Als die Hirten solche Worte vernahmen, waren sie sehr erstaunt und versprachen der Katze, ihren Wunsch zu erfüllen.

Sie lief darauf ihres Weges.

Aber nach einer Weile kam der Königssohn mit seinem ganzen Hof vorbeigefahren. Als er nun die schönen Ziegen auf der Weide bemerkte, hielt er seinen Wagen an und fragte die Hirten, wem die prächtige Herde gehöre. Die Ziegenhirten antworteten, wie die Katze es ihnen gesagt: »Die Ziegen gehören der jungen Prinzessin auf der Katzenburg, die an Eurer Seite fährt.«

Da wunderte sich der Königssohn sehr und dachte bei sich, seine Braut müsse eine stolze Prinzessin sein; aber die Kätnerstochter wurde frohen Sinnes und fand, sie habe bei der Erbteilung mit ihrem Bruder keinen schlechten Tausch gemacht. Sie zogen weiter, und die Katze lief voran, wie sie es zu tun pflegte. Als sie eine Weile gefahren waren, trafen sie eine Menge Leute, die auf einer Wiese Heu einfuhren. Da ging die Katze hin, begrüßte sie freundlich und sagte: »Guten Tag, liebe Leute. Wenn der Königssohn vor-

beifährt und fragt, wem die schöne Wiese gehört, so sollt ihr antworten: Sie gehört der Prinzessin auf der Katzenburg, die an der Seite des Prinzen fährt. Wenn ihr das tut, werdet ihr reich belohnt werden; tut ihr nicht so, wie ich gesagt habe, so werde ich euch in tausend Stücke reißen.«
Als die Männer das hörten, waren sie sehr betroffen und gelobten der Katze, ihren Wunsch zu erfüllen. Darauf lief sie ihres Weges. Aber als eine Weile vergangen war, kam der Königssohn mit seinem Gefolge gefahren. Als er nun die fruchtbare Wiese bemerkte und die vielen Leute, ließ er seinen Wagen halten und fragte, wem das Land gehöre.
Die Männer antworteten, wie die Katze es ihnen gesagt: »Die Wiese gehört der jungen Prinzessin auf der Katzenburg, die an Eurer Seite fährt.«
Da wunderte sich der Königssohn noch mehr und dachte bei sich, seine Braut müsse über die Maßen reich sein, da sie so vortreffliche Heuwiesen besitze.
Sie zogen nun weiter; und die Katze lief wie immer voran. Als sie eine Weile gefahren waren, kamen sie zu einem mächtigen Ackerland; aber auf dem Acker war ein Gewimmel von Männern und Frauen, die gerade beim Mähen waren.
Da ging die Katze zu dem Schnittervolk hin, grüßte und sagte: »Guten Tag, liebe Freunde! Glück zur Arbeit! Wenn der Königssohn hier gleich vorbeigefahren kommt und fragt, wem die großen Kornfelder gehören, dann sollt ihr antworten: Sie gehören der Prinzessin auf der Katzenburg, die an der Seite des Prinzen fährt. Wenn ihr das sagt, werdet ihr reich belohnt werden; handelt ihr aber wider mein Gebot, so werde ich euch in so kleine Stücke reißen wie die Blätter, die im Herbst auf dem Boden liegen.«
Als die Schnitter solche Worte hörten, waren sie sehr bestürzt und versprachen, so zu antworten, wie die Katze es verlangte.
Darauf lief sie ihrer Wege.

Aber nach einer Weile kam der Königssohn mit seinem Hof vorbeigefahren. Als er die großen Felder sah, ließ er seinen Wagen halten und fragte, wem das schöne Ackerland gehöre. Die Schnitter antworteten, wie die Katze es ihnen gesagt: »Die Felder gehören der jungen Prinzessin auf der Katzenburg, die an Eurer Seite fährt.«
Jetzt wurde der Königssohn über die Maßen froh, aber die Kätnerstochter wußte nicht recht, was sie von all ihren Reiseerlebnissen halten sollte.
Es war schon spät am Abend, und der Prinz machte mit seinem Hof halt, um zu übernachten.
Aber die Katze ruhte nicht, sondern lief immer weiter, bis sie eine prächtige Burg sah; die war hoch gebaut mit Türmen und Zinnen und stand auf goldenen Pfählen. Die prächtige Burg gehörte einem grausamen Troll, der herrschte über die ganze Gegend. Aber er war gerade nicht zu Hause. Die Katze lief daher zum Burgtor hinein und verwandelte sich in ein großes Stück Brot. Darauf steckte sie sich in das Schlüsselloch und wartete, bis der Riese wieder nach Hause kam.
Früh am Morgen, vor Tagesgrauen, kam der häßliche Riese aus dem Wald getrottet; er war so groß und schwer, daß der Boden zitterte, wo er hintrat. Als er jetzt an das Burgtor kam, konnte er es nicht aufkriegen wegen des großen Brotes, das im Schlüsselloch steckte. Da wurde er furchtbar zornig und rief: »Mach auf! Mach auf!«
Die Katze erwiderte: »Warte nur ein kleines Weilchen, erst will ich dir meine Geschichte erzählen: Erst dörrten sie mich und dörrten mich fast zu Tode –«
»Mach auf! Mach auf!« schrie der Riese wieder.
Aber die Katze antwortete wie vorher: »Warte nur ein kleines Weilchen, erst will ich dir meine Geschichte erzählen: Erst dörrten sie mich und dörrten mich fast zu Tode; dann mengten sie mich und mengten mich fast zu Tode –«

»Mach auf! Mach auf!« schrie der Riese erbittert; aber die Katze fuhr von neuem fort: »Warte nur ein kleines Weilchen, erst will ich dir meine Geschichte erzählen: Erst dörrten sie mich und dörrten mich fast zu Tode; dann mengten sie mich und mengten mich fast zu Tode; dann piekten sie mich und piekten mich fast zu Tode –«

Jetzt wurde der Riese zornig und brüllte so laut, daß die ganze Burg wackelte: »Mach auf! Mach auf!«

Aber die Katze ließ sich nicht stören, sondern sagte wie vorher: »Warte nur ein kleines Weilchen, erst will ich dir meine Geschichte erzählen: Erst dörrten sie mich und dörrten mich fast zu Tode; dann mengten sie mich und mengten mich fast zu Tode; dann piekten sie mich und piekten mich fast zu Tode; dann buken sie mich und buken mich fast zu Tode!« –

Da wurde dem Riesen ängstlich zumute, und er bat so schön, ach, so schön: »Mach auf! Mach auf!«

Aber es half ihm nichts, das Brot saß noch immer wie vorher im Schlüsselloch. Im selben Augenblick rief die Katze: »Ach, sieh da, die schöne Jungfrau, die zum Himmel hinaufreitet!«

Als der Troll sich umdrehte, ging gerade die Sonne über dem Wald auf. Aber als der Riese in die Sonne sah, fiel er rücklings um und platzte, und da war er tot.

Das Brot verwandelte sich jetzt wieder in eine Katze, und sie beeilte sich, alles für ihre Gäste in Ordnung zu bringen.

Als dann eine Weile vergangen war, kam der Königssohn mit seiner jungen Braut und seinem ganzen Hof angefahren. Die Katze lief ihnen entgegen und hieß sie auf der Katzenburg willkommen. Sie wurden jetzt auf das prächtigste bewirtet, und es fehlte weder an Speise und Trank noch anderer köstlicher Verpflegung.

Aber das schöne Schloß war so voll Gold, Silber und allerhand Kostbarkeiten, daß niemand weder vorher noch nachher je dergleichen gesehen hat.

Kurz darauf fand die Hochzeit des Prinzen mit der schönen jungen Maid statt, und alle, die ihren Reichtum sahen, fanden es vollauf berechtigt, daß sie gesagt hatte: »In meinem Schloß auf der Katzenburg hatte ich es viel besser.« Der Königssohn und die Kätnerstochter lebten jetzt viele, viele Jahre lang glücklich zusammen; aber wie es der Katze ergangen ist, habe ich nicht in Erfahrung gebracht; man kann sich aber wohl denken, daß sie keine Not gelitten. Ich bin nicht länger dabei gewesen.

# Der Knabe, der das Kind des Riesen in den Brunnen fallen ließ

Es waren einmal Riesenleute, die im Wald wohnten. Um ihre Stube herum waren üppige Wiesen, so daß das Vieh des Riesen immer gut gehalten war; aber die Leute in den nächsten angebauten Gegenden hatten schlechte und unfruchtbare Weiden. Dies verdroß sie, und sie ließen zuweilen ihr Vieh auf den Gründen des Riesen weiden. Dieses aber lief nicht immer gut ab; denn der Riese, welcher sehr grausam war, überfiel die Hirten und ermordete sie.

Nicht weit vom Hofe des Riesen wohnte eine arme Frau, die hatte einen einzigen Sohn. Er war zart und klein gewachsen, aber sehr verschmitzt und dreisten Sinnes. Eines Tages sagte der Knabe zu seiner Mutter, daß sie drei Käse gerinnen lassen sollte. Die Frau tat nach seinem Begehren. Als nun die Käse fertig waren, rollte sie der Knabe in die Asche, so daß sie grau und widerlich aussahen. Hierüber wurde die Mutter verdrießlich und schalt ihn aus, daß er die Gaben Gottes unnütz vergeude. Der Knabe aber bat sie, sich zufriedenzugeben, sie könnte nicht wissen, was er im Sinne hätte.

Früh am Morgen zog der Knabe mit dem Vieh seiner Mutter zum Wald und trieb das Vieh auf die Weideplätze des Riesen. Hier schweifte er ungehindert umher, solange die Sonne am Himmel stand; gegen Abend rief er sein Vieh zusammen und machte sich bereit, wieder nach Hause zu kehren. Aber während der Zeit hatte der Riese seinen Besuch bemerkt und kam ihm jetzt mit großen Schritten entgegen. Der Riese war sehr erzürnt und so grimmig anzuschauen, daß den Knaben trotz seiner Beherztheit die Angst befiel.

»Was tust du hier in meinem Gehege?« brüllte der Riese.
Der Knabe antwortete, daß er gegangen war, um eine Weide für sein Vieh zu finden.
Der Riese entgegnete: »Pack dich sogleich fort, sonst will ich dich zerdrücken, wie ich jetzt diesen Stein zermalme.« Hierbei faßte er einen großen grauen Stein, der am Boden lag, und zerdrückte ihn, so daß der Stein in tausend Fetzen zerstob.
Der Knabe sagte: »Du bist sehr stark; aber ich bin nicht geringer an Kräften, obschon ich klein gewachsen bin.«
Er nahm einen von seinen Käsen heraus und drückte ihn, daß die Molke herausrann. Als der Riese dies sah, verwunderte er sich sehr und meinte, daß darin irgendein Betrug verborgen sein möchte. Der Riese nahm wieder einen Stein von der Erde und zermalmte ihn in kleine Stücke, der Knabe aber nahm den andern Käse und drückte das Wasser daraus wie früher. Hierauf erneuerte sich das Spiel noch einmal, und der Knabe drückte das Wasser aus dem dritten Käse.
Da sagte der Riese: »Ich dachte nicht, daß du so stark wärst. Folge mir zu meinem Hof und diene mir treu, so werde ich dir drei Scheffel Gold geben. Aber wenn du nicht nach meinem Sinne bist, will ich drei breite Riemen aus deinem Rücken schneiden.«
Der Knabe erwiderte: »Dies scheint mir eine gute Bedingung zu sein, aber jetzt muß ich mein Vieh nach Hause treiben.« Sie kamen dahin überein, daß sie sich den Tag darauf begegnen würden, und hiermit endigte für diesmal ihr Gespräch.
Den andern Tag ging der Knabe zum Wald und traf den Riesen, wie verabredet war. Sie gingen jetzt zur Stube des Riesen. Das Weib des Riesen aber war so groß und von so widerlichem Aussehen, daß der Knabe sie mehr fürchtete als den Riesen selbst.
Als eine Stunde verstrichen, sollten der Riese und sein

Knecht zum Wald gehen und Holz hauen. Der Riese sagte: »Weil du so stark bist, kannst du meine Axt tragen.« Die Axt aber war so groß und schwer, daß der Knabe sie kaum heben konnte. Er entgegnete: »Vater, es ist besser, Ihr tragt Eure Axt selbst, so kann ich vorausgehen und den Weg weisen.« Hiermit war der Riese zufrieden, und sie zogen zur Stätte. Als sie nun zur Stelle kamen, blieb der Riese bei einem großen Baum stehen. Er sagte: »Weil du so stark bist, kannst du den ersten Hieb tun, ich will den andern tun.«

»Nein«, erwiderte der Knecht, »ich bin nicht imstande, mit einer so kleinen Axt zu hauen. Ihr könnt selbst den ersten Hieb führen, ich will dann den anderen tun.«

Der Riese ließ sich hiermit zufriedenstellen, hob die Axt und hieb gewaltig in die Wurzel; der Hieb aber war so stark, daß der Baum mit einem starken Krachen zur Erde fiel. Der Knecht war somit befreit, diesmal eine Probe seiner Stärke zu zeigen.

Da nun der Baum heimgebracht werden sollte, fragte der Riese: »Willst du am Wipfel oder an der Wurzel tragen?:

Der Knecht antwortete: »Ich will am Wipfel tragen.«

Der Riese hob den Baum auf die Schultern, der Knabe aber rief, daß er sich besser beugen solle. Der Riese tat, wie ihm gesagt wurde, und trug zuletzt das ganze Bauholz im Gleichgewicht auf den Achseln. Hierauf hüpfte der Knabe selbst hinauf und verbarg sich unter den Zweigen des Baumes. Als sie nun zum Hofe gekommen, war der Riese sehr müde, der Knecht aber meinte, daß dieses kaum eine schwere Arbeit war.

Den Tag darauf sagte der Riese, daß er fortgehen wolle; der Knecht solle daheim bleiben und der Mutter Butter machen helfen. Das Riesenweib nahm nun ein Butterfaß voll mit Milch; aber das Butterfaß war so groß, daß der Knabe den Stab des Fasses kaum zu heben vermochte. Er sagte: »Mutter, dies scheint mir eine leichte Arbeit zu sein,

aber ich will gerne, daß ihr mir zeigt, wie ich mich dabei zu benehmen habe.«
Das Riesenweib tat nach seinem Begehren und fing zu buttern an; der Knabe stand dabei und sah zu. Gerade als dies geschah, begann das Riesenkind zu schreien. Da sagte das Weib: »Nimm die Kleine mit dir zum Brunnen und wasche sie rein, ich will buttern, während du fort bist.«
Der Knabe ging und beeilte sich nicht. Als er nun zum Brunnen kam und die Kleine waschen sollte, die kaum kleiner als er selbst war, dünkte es ihm besser, daß er das Riesenkind in das Wasser hinabrolle und ertränke. Der Knecht meinte, es wäre ein geringer Schaden, dachte aber, daß es von nun an nicht ratsam wäre, länger bei den Riesenleuten zu bleiben.
Als der Knabe wieder zur Stube kam, hatte das Weib zu buttern aufgehört. »Du hast lange gezaudert«, sagte sie zum Knecht, »aber was hast du mit meinem Kinde gemacht?«
Der Knabe antwortete: »Ja, als ich es gewaschen hatte, sprang es zum Wald, um seinem Vater zu begegnen.«
»Ja so«, antwortete das Weib, »dann kommen sie wohl bald zusammen nach Hause.«
Gegen Abend kam der Riese vom Wald heim und war sehr ermüdet. Das Weib rief ihm entgegen: »Vater, was hast du mit unserm Mädchen getan?«
Der Riese antwortete: »Ich habe kein Mädchen gesehen!«
Da erschrak das Riesenweib und begann fürchterlich zu schreien und zu jammern. Der Knabe sagte, daß er und der Riese fortgehen wollen, um das Kind zu suchen.
Sie zogen nun in den Wald und suchten auf allen Plätzen, konnten aber niemanden finden. Als der Riese und sein Knecht lange umhergeirrt waren, kamen sie zuletzt an die Grenze der Besitzungen des Riesen. Da sagte der Hirtenknabe: »Vater, ich bin jetzt nicht weit von der Heimat.

Erlaubt mir, zu meiner Mutter zu gehen, die mich erwartet. Am Morgen will ich wiederkommen und Euch suchen helfen.«

Der Riese entgegnete: »Du kannst gehen, weil du mir so treu gewesen, komm aber bald zurück.«

Bei diesen Worten nahm der Riese drei Scheffel Gold hervor und gab die dem Knaben als Lohn für seinen Dienst. Der Knecht aber dankte ihm und sagte, das nächste Mal wolle er noch besser dienen. Der Riese und der Hirtenknabe zogen nun jeder nach seinem Wohnort. Der Knabe ging zu seiner Mutter heim und gab ihr all das Vermögen, das er gewonnen, so daß sie von diesem Tage an reich und glücklich waren. Der Riese aber streifte im Walde umher, um sein Kind zu suchen. Dort gehen er und sein Weib und suchen noch heute.

# Das schöne Hirtenmädchen

Es war einmal ein König, der hatte eine einzige Tochter. Sie war so schön und sanft, daß sie von allen geliebt wurde, die sie sahen. Die Gemahlin des Königs, die Königin, hatte gleichfalls nur eine Tochter; diese aber war von häßlichem Aussehen und von so böser Sinnesart, daß sie bei niemandem in gutem Leumund war. Hierüber grämte sich die Königin sehr und gönnte der Tochter des Königs nichts Gutes. Als nun der König tot war, wurde die Königin sehr böse gegen ihre Stieftochter, und gebrauchte sie zu allerhand geringen Arbeiten. Das arme Mädchen aber klagte nie, sondern war stets geduldig und ergeben.

Es ereignete sich eines Tages, daß die Königin ihre Stieftochter auf den Boden schickte, um das Getreide zu bewachen. Während sie nun so saß und es hütete, kamen die kleinen Vögel des Himmels und flogen zwitschernd um den Getreidehaufen, als wollten sie um Korn bitten. Da tat es der Königstochter um die kleinen Tiere leid, und sie warf ihnen von dem Haufen Getreide zu. Sie sagte: »Meine armen kleinen Vögel! Ihr seid so hungrig; hier habt ihr Korn, klaubt es schnell auf und eßt euch satt.« Als nun die Sperlinge gegessen hatten, flogen sie fort, setzten sich auf das Dach und hielten Rat, wie sie der Jungfrau für ihr gutes Herz lohnen sollten. Da sprach der eine Vogel: »Ich vergelte es ihr dadurch, daß unter ihren Tritten rote Rosen wachsen.«

Der andere sagte: »Ich, daß sie jeden Tag schöner und schöner wird.«

»Und ich«, sagte der dritte, »will es ihr damit vergelten,

daß jedesmal, wenn sie lacht, ein roter Goldring aus ihrem Munde fällt.«

So sprachen sie und flogen davon. Alles aber ging in Erfüllung, wie die Vögel gesagt hatten, und von dem Tage an ward die Königstochter noch liebenswürdiger als früher, so daß keine schönere Frau zu finden gewesen wäre, hätte man auch in sieben Königreichen gesucht.

Als dies alles die Königin vernahm, wurde sie noch neidischer als früher und überlegte bei sich, wie ihre Tochter ebenso schön wie ihre Schwester werden möge. In dieser Absicht sandte sie die Prinzessin gleichfalls auf den Boden, das Getreide zu bewachen. Das Mädchen ging, obschon es sie sehr schmerzte, daß man ihr eine so geringe Beschäftigung gegeben. Als sie nun so die Wache hielt, kamen die Vögel des Himmels und flogen zwitschernd um den Getreidehaufen, als wollten sie um etwas Korn bitten. Da ward die böse Jungfrau erbost, sie faßte den Kehrbesen, jagte die kleinen Vögel fort und sagte zornig: »Was wollt ihr hier, ihr häßlichen Vögel; bildet ihr euch etwa ein, daß eine vornehme Jungfrau wie ich ihre Hände beschmutzen werde, um euch Speise zu geben?« Die Sperlinge entflohen, setzten sich auf das Dach und beratschlagten, wie sie die böse Prinzessin ihre harten Worte entgelten lassen könnten. Da sagte der eine: »Ich vergelte es dadurch, daß unter ihren Tritten Disteln und Dornen wachsen.«

Der andere sagte: »Ich, daß sie jeden Tag häßlicher und häßlicher werde.«

»Und ich«, setzte der dritte hinzu, »lasse es sie damit entgelten, daß jedesmal, wenn sie lacht, Frösche und Kröten aus ihrem Munde heraushüpfen sollen.«

So sprechend flogen sie davon. Alles aber ging in Erfüllung, wie die Sperlinge gesagt hatten, und von dem Tage an ward die Tochter der Königin noch häßlicher und noch böswilliger, als sie früher gewesen.

Die Stiefmutter und ihre böse Tochter konnten nun die

schöne Königstochter nicht länger vor ihren Augen leiden und schickten sie daher in den Wald, das Vieh zu weiden. Die arme Jungfrau schweifte so in der Einöde umher wie andere Hirtenmädchen; und es schien ihr oft, daß sie große Not und Unrecht litt. Die böse Prinzessin aber blieb bei ihrer Mutter am Königshof und freute sich in ihrem falschen Herzen, daß niemand die schöne Königstochter sehen oder etwas von ihrer Schönheit vernehmen konnte.

Es ereignete sich eines Tages, daß das schöne Hirtenmädchen im Walde saß und an einem Fausthandschuh stickte, während ihr Vieh auf die Weide ging. Da kamen einige junge Männer vorbeigefahren. Als sie die schöne Jungfrau sahen, wie sie saß und emsig nähte, wurden sie von ihrer Schönheit sehr angezogen, gingen hin, grüßten höflich und fragten: »Warum sitzt die schöne Jungfrau hier und stickt so fleißig?«

Die Königstochter sang:

»Schnapp, Schnapp, freue dich,
Ich denke, den Sohn des Königs von Dänemark zu
bekommen.«

Bei diesen Worten wunderten sich die jungen Männer und baten die Jungfrau, mit zum Königshof zu kommen. Die Jungfrau aber wollte nicht auf ihre Worte hören, sondern gab ihnen goldene Ringe, damit sie sie in Frieden lassen sollten. Die jungen Männer zogen hierauf ihres Weges und kamen heim. Sie konnten aber nicht müde werden, von dem schönen Hirtenmädchen zu erzählen, das ihnen im Wald begegnete, und es wurde sehr viel am ganzen Königshof von ihrer Schönheit und ihrem Reichtum gesprochen.

Als dieses alles der junge Königssohn vernahm, bekam er große Lust, die schöne Jungfrau zu sehen und zu erkunden, ob alles wahr sei, was die jungen Männer erzählt hat-

ten. Er zog nun mit seinen Habichten und Hunden auf die Jagd und kam weithin in den Wald zu der Stelle, wo die Königstochter saß und an ihrem Fausthandschuh stickte. Der Prinz ging hin, grüßte höflich und fragte: »Warum sitzt Ihr hier, schöne Jungfrau, und näht so fleißig?:
Die Jungfrau sang:

»Schnapp, Schnapp, freue dich,
Ich denke, den Sohn des Königs von Dänemark zu bekommen.«

Als dies der Königssohn hörte, ward ihm wunderlich zumute, und er fragte, ob das Hirtenmädchen ihm zum Königshof heim folgen wolle. Da lachte die Prinzessin; im selben Augenblick fiel ein goldener Ring aus ihrem Munde, und als sie sich bereit machte, um zu gehen, sieh, da sprossen rote Rosen aus ihren Fußspuren empor. Da faßte der Königssohn eine Neigung zu ihr, so daß er bekannte, wer er war, und fragte, ob nicht die junge Maid seine Königin werden wolle. Die Prinzessin willigte ein und ließ ihn zugleich wissen, daß sie dem Geschlecht und der Herkunft nach nicht geringer als er sei. Hierauf zogen sie zusammen zum Königshof, und die Königstochter ward die Gemahlin des Prinzen. Alle aber waren ihr gut, und der Königssohn hielt sie lieb vor allem anderen in der Welt.
Bei diesen Nachrichten wurde die böse Stiefmutter noch neidischer in ihrem Herzen und dachte auf nichts so sehr, als wie sie ihrer Stieftochter einen Schaden zufügen und ihre eigene Tochter zur Königin statt ihrer machen könne. Da ereignete es sich, daß ein großer Krieg ausbrach, so daß der Königssohn fortziehen mußte. Die Königin aber war schwanger und sollte in die Wochen kommen. Nun wartete die Stiefmutter die Gelegenheit ab, zog zum Königshof hin und zeigte sich sehr freundlich gegen alle. Als aber die junge Königin krank wurde und niemand bei ihr war, nahm die Stiefmutter ihre Zuflucht zur List, legte ihre

eigene Tochter an ihre Stelle und verwandelte die rechte Königin in eine kleine Ente, die schwamm im Fluß vor dem Königshof. Einige Zeit danach ging der Krieg zu Ende, und der junge König zog heim, voll Sehnsucht, seine schöne Frau wiederzusehen.

Als er nun in das Schlafgemach kam und die häßliche Stiefschwester im Bett fand, war er sehr traurig und fragte, warum das Aussehen seiner Gemahlin sich so verändert habe. Die listige Stiefmutter war sogleich bereit und antwortete: »Es kommt von ihrer Krankheit und geht wohl vorüber.«

Der König fragte weiter: »Früher entfielen jedesmal goldene Ringe ihrem Munde, wenn meine Gemahlin lachte, nun aber Frösche und Kröten; früher aber wuchsen rote Rosen in ihren Fußspuren, nun wuchern Disteln und Dornen darin; was mag wohl die Ursache von diesem allem sein?«

Die böse Königin aber nahm schnell das Wort und antwortete: »Also ist sie, bleibt sie und wird nicht anders, bis daß der König das Blut einer kleinen Ente bekommen kann, die im Fluß umherschwimmt.«

Der König fragte: »Wie soll ich das Blut der Ente erhalten können?«

Die Stiefmutter sagte: »Je nun, es soll zwischen dem abnehmenden und dem Neumond genommen werden.«

Der König gab jetzt Befehl, daß man die kleine Ente fangen soll; der Vogel aber entkam allen Schlingen, wie man sie auch legen mochte.

An einem Donnerstag, nachts, während alle in ihrem Schlummer lagen, bemerkten die Wächter, wie ein weißer Schatten, der in allem der Königin glich, aus dem Fluß auftauchte und in die Küche ging. Die Prinzessin hatte einen kleinen Hund besessen, den sie sehr liebte. Er hieß Schnappe. Als sie nun auf den Hausflur kam, sagte sie:

»Kleiner Schnappe, mein Hund,

Hast du etwas Speise, um sie mir abends zu geben?«
»Nein, ich habe nichts, meine Frau«, antwortete der Hund.
Die Königstochter fragte:
»Die Hexe schläft wohl bei meinem kleinen Prinzen, im obersten Stockwerk?«
»Ja, das tut sie, meine Frau!« sagte der Hund.
Die Königstochter sagte wieder: »Nun komme ich noch zwei Donnerstagabende hierher, und dann nie mehr.«
Hierauf seufzte sie schwer, ging zum Fluß hinab und verwandelte sich in eine kleine Ente, wie früher. Die nächste Donnerstagnacht trug sich dasselbe zu. Als die Leute zur Ruhe gegangen, bemerkten die Wächter eine weiße Gestalt, die aus dem Fluß emportauchte und in die Küche ging. Da nun alle die junge Königin liebten, wunderten sie sich sehr darüber und gingen heimlich, um zu lauschen, was sie sagen und tun würde. Als aber die Königstochter auf den Hausflur gekommen war, sang sie:
»Kleiner Schnappe, mein Hund,
Hast du etwas Speise, um sie mir abends zu bringen?«
»Nein, ich habe nichts, meine Frau!« entgegnete der Hund.
Die Königstochter fragte wieder:
»Schläft die Hexe noch bei meinem kleinen, jungen Prinzen im obersten Stock?«
»Ja, das tut sie, meine Herrin!« sagte der Hund.
Die Königin fuhr fort: »Nun komme ich noch einen Donnerstagabend hierher, und dann komme ich nie mehr.«
Hierauf begann sie bitterlich zu weinen und kehrte zum Fluß zurück, wo sie sich in eine kleine Ente verwandelte, die im Wasser umherschwamm. Als aber die Männer all dieses vernommen, kam es ihnen wunderlich vor, so daß sie heimlich zu ihrem Herrn gingen und ihm erzählten, was sie gehört und gesehen.
Da verfiel der König in tiefe Gedanken, und er befahl den

Wächtern, ihn zu benachrichtigen, wenn die Gestalt sich das dritte Mal zeigen sollte.

Die dritte Donnerstagnacht, als alle zur Ruhe gegangen, tauchte die Königstochter wieder aus dem Wasser empor und ging zum Königshof hin. Als sie auf den Hausflur gekommen, wie sie es gewohnt war, sagte sie zu ihrem Hund und sang:

»Kleiner Schnappe, mein Hund,
Hast du etwas Speise, um sie mir abends zu geben?«

»Nein, ich habe nichts, meine Herrin!« antwortete der Hund.

Die Königstochter fragte wieder:

»Die Hexe schläft wohl bei meinem kleinen, jungen Prinzen im obersten Stock?«

»Ja, das tut sie, meine Herrin!« antwortete der Hund.

Da seufzte die Königin schwer und sagte: »Nun komme ich nie mehr hierher.«

Hierauf begann sie bitterlich zu weinen und ging hinaus, um zum Fluß zurückzukehren. Der König aber stand hinter dem Tor und lauschte auf ihr Gespräch. Als nun die Gestalt ihres Weges gehen wollte, nahm er sein silberbeschlagenes Messer und verwundete ihren kleinen Finger, so daß drei Blutstropfen hervorkamen. Da schwand der Zauber, die Königin erwachte wie aus einem schweren Traum und sagte: »Ha, ha, stehst du hier?« Hierauf fiel sie freudig ihrem Manne um den Hals, und er trug sie hinauf in ihr Frauengemach.

Die junge Königstochter erzählte nun ihrem Gemahl alles, was ihr widerfahren, und freute sich vom Herzen, daß sie sich einander wieder besaßen. Der König ging zur Stiefmutter, die am Bett ihrer Tochter saß; die falsche Königin aber hatte das Kind auf ihrem Arm und stellte sich sehr schwach nach ihrer Krankheit. Als nun der König hereinkam, grüßte er die alte Hexe und fragte: »Wenn jemand meine kranke Königin umbringen und in den Fluß werfen wollte, sag mir, was würde er wohl verdienen?« Die böse Stiefmutter dachte nicht, daß ihr Betrug verraten worden, sondern antwortete sogleich: »Er wäre wert, in eine Tonne mit nach innen vorstehenden Nägeln gelegt und vom Berge hinabgerollt zu werden.« Da ward der König zornig, stand auf und sagte: »Damit hast du dir nun dein eigen Urteil gesprochen, und es soll dir so geschehen, wie du selbst gesagt hast.« Die Hexe wurde in eine solche Tonne gelegt und vom Berge hinabgerollt, und ihre Tochter, die falsche Königin, erlitt dieselbe Strafe. Der König aber nahm seine rechte Königin und lebte mit ihr in Frieden und glücklich. Weiter habe ich nichts erfahren.

# Das Goldpferd, die Mondlampe und die Jungfrau im Zauberkäfig

Es waren einmal zwei arme Knaben, die weder Vater noch Mutter hatten, sondern in angebaute Gegenden gehen und ihren Unterhalt erbetteln mußten. Während sie so umherwanderten, kamen sie eines Tages zu einem Ackerfeld, wo das Getreide mehr als mannshoch stand. Da sagte der Älteste. »Laß uns einige Ähren lesen, wir haben noch kein Mittagsmahl bekommen.« Der jüngere Bruder stimmte bei, und die Knaben gingen. Währenddem kam ihnen ein Mann entgegen, er war nicht gerade klein und hatte dazu ein sehr unfreundliches Aussehen. Der Riese fragte: »Wer hat euch Erlaubnis gegeben, Ähren auf meinem Acker zu lesen?«

Die Knaben antworteten: »Wir dachten, du würdest darob nicht zürnen; wir waren so hungrig, und du hast doch noch viele übrig.«

Nun stellte sich der Riese ganz freundlich und sagte: »Ich bin auch nicht zornig; wenn ihr mir aber heim folgen wollt, sollt ihr euch satt essen, und ihr braucht nicht mehr umherzugehen, um Ähren zu suchen.«

Dieser Vorschlag gefiel dem ältesten Knaben über die Maßen; sein Bruder aber dachte, daß der Riese wohl irgendeine List im Sinne haben könne, und wollte sich daher nicht in seine Macht geben. Die Knaben beratschlagten miteinander. Der Älteste sagte: »Ich glaube, wir gehen mit ihm.«

»Nein«, entgegnete der Jüngere, »ich halte es für das beste, wir lassen es bleiben.«

Der Älteste wandte ein: »Wir könnten ja mitfolgen; wenn es dort nicht gut ist, gehen wir einfach heim.«

Der Riese fragte nun, ob die Knaben mit ihm kommen wollten oder nicht. »Ja gewiß, wir kommen«, antwortete der Ältere, und so folgten die Brüder dem Riesen zu seiner Hütte.
Als sie dorthin gekommen, führte sie der Riese in eine kleine Kammer hinein und gab ihnen so gute Verpflegung, daß sie es nie besser hatten. Er ging hierauf hinaus und versperrte wieder die Tür. Da sagte der ältere Knabe: »War ich nicht klug, daß ich dem Riesen folgen wollte? Nun haben wir es gut und brauchen nicht mehr in den bebauten Gegenden umherzugehen, die Nahrung zu suchen.« Der Jüngere antwortete: »Wir haben noch nicht gesehen, wie alles enden wird; das gefällt mir nicht, daß wir eingesperrt sind und nicht gehen und kommen können, wie wir es gewohnt sind.« Der ältere Knabe wollte nicht auf diese Worte hören, sondern legte sich nieder, um zu schlafen; der jüngere aber stellte sich bei der Tür auf die Lauer, um zu spähen, was sich außen in der Stube zutrug. Dies währte so einige Tage, die Brüder hatten keinen Mangel an Speise, aber noch immer wurden sie eingesperrt gehalten.
Eines Abends, als der Knabe nach seiner Gewohnheit auf der Lauer stand und durch einen Riß der Wand guckte, bemerkte er, wie der Riese in die Stube kam und zu essen wünschte. Währenddem fragte der Riese sein Weib, ob nicht die beiden Knaben hinlänglich gemästet wären. Das Riesenweib antwortete: »Der eine ist fett genug, aber der andere ist so, wie er kam.« Der Riese sagte: »Ich sollte glauben, daß beide fett geworden sein müssen, wenn du ihnen stets genug Essen gegeben hast. Ich gehe nun fort und lade unsere Verwandten zum Essen ein, du kannst während der Zeit die Knaben schlachten, so daß wir sie morgen aufessen können.«
Als der Knabe dies Gespräch vernahm, ging er zu seinem Bruder hin, weckte ihn und erzählte ihm, was er gehört

und gesehen hatte. »Es kann nicht wahr sein, wie du sagst«, sagte der Älteste und schlich sich erschreckt zur Wand. Als er nun durch die Öffnung guckte, hatte der Riese gerade seine Mahlzeit beendet und rief der Dienstmagd, daß sie ihm Wasser geben solle.
»Hast du vergessen«, sagte der Riese, »daß ich jedesmal trinken will, wenn ich gegessen habe?«
Die Dienerin entschuldigte sich, daß es so dunkel wäre, sie könnte den Weg nicht zum Brunnen finden.
»Nimm dann meine Goldlampe«, entgegnete der Riese mit rauher Stimme. Die Dienerin nahm nun von der Wand eine Lampe, die gleich dem Vollmonde schien, und ging, um Wasser zu holen. Als der Riese getrunken hatte, sprach er wieder zu seinem Weibe: »Ich sattle nun mein Goldpferd und reite fort, die Gäste zu laden. Führe unterdessen die Knaben heraus, damit du sie nicht vergißt.« Hierauf ging er fort.
Als aber der älteste Knabe dieses Gespräch vernommen, fürchtete er sich sehr und bat seinen jüngeren Bruder, auf Rat zu sinnen, um ihr Leben zu retten. Der Knabe antwortete: »Sei getrost, ich dürfte wohl irgendeinen Ausweg finden.« Als die Abendstunde herangekommen war, kam das Riesenweib zu den beiden Knaben herein. Sie stellte sich sehr freundlich und sprach manches schöne Wort. »Kommt her, meine Kleinen«, sagte sie, »seht euch in der Stube um, dort werdet ihr die Nacht zubringen.« Die Brüder taten, wie sie bat, obgleich der älteste sich sehr fürchtete. Das Weib ließ sie nun zu Bett gehen, legte sich selbst daneben und schlief ein. Als die Mitternacht herangenaht, stand der jüngste Knabe auf und legte einen Feuerstein über das Haupt des Riesenweibes, denn er wußte wohl, daß der Stein über Riesen und andere Gespenster Macht habe, so daß sie fortschlafen, wenn er über ihnen liegt, und nicht erwachen können, bis es tagt. Das Weib fiel nun in einen tiefen Schlaf und schlief bis zum anderen Tag; der

Knabe aber weckte seinen Bruder und schlich sich mit ihm aus der Stube, worauf die Brüder eilig davonliefen.
In der Morgendämmerung kamen die Knaben zu einem großen Gehöft, wo sie anklopften und um Herberge baten. Der Bauer, der den Hof besaß, fragte, woher sie wären, weil sie so spät zur Herberge kamen. Die Brüder erzählten nun ihr Abenteuer, wie sie mit großer Not dem Riesen entflohen waren. Da nahm sie der Mann gut auf und gab ihnen Speise, Trank und was sie noch brauchten. Er sagte: »Es gibt nicht viele, die mit dem Leben der Gewalt des Riesen entkommen. Hütet euch nur, daß er euch nicht wieder verlockt. Er hat aber keine Macht, solange ihr nicht über den breiten Graben geht, der zwischen unseren Äckern läuft.« Die Knaben dankten dem Bauern für seinen guten Rat und versprachen, in allem zu handeln, wie er gesagt hatte.
Um die Mittagszeit kam der Riese auf seinem Goldpferd angeritten und blieb an dem breiten Graben stehen. Sein Zelter aber hatte goldenes Haar, das war so schön, daß es glänzte und schimmerte, wo immer er hinging. Als jetzt der Riese die beiden Knaben sah, rief und fragte er, warum sie ihm davongelaufen seien. Er begann zugleich, sehr freundlich zu sprechen und sagte: »Folgt mir zurück, meine Kleinen, ich will dem einen von euch mein Goldpferd geben, der andere soll eine schöne Königstochter erhalten, die ich in meiner Gewalt habe.« Die Knaben aber hörten nicht auf seine Verlockungen, sondern entliefen und fingen wieder an, in den bewohnten Gegenden umherzugehen und zu betteln.
Als sie lange umhergewandert waren, kamen sie endlich zu einem großen Königshof, wo sie hineingingen und einen Dienst begehrten. Der König, der über den Königshof herrschte, fand an dem Jüngsten ob seiner Behendigkeit Gefallen und nahm ihn unter seine Diener auf; der ältere Bruder aber ging umher und bettelte wie früher. Es währte

so eine geraume Zeit, und der Junge war von allen wohl gelitten. Als aber der ältere Bruder erfuhr, welches Glück sein Bruder bei Hofe machte, ward er sehr neidisch und wollte sich nicht zufriedengeben, bis auch er in den Dienst des Königs gekommen wäre. Der Höfling bat nun für seinen Bruder, und dieser wurde als Stalljunge aufgenommen. Wenn aber auch alle dem jüngeren Knaben wohlwollten, so konnten sie doch den Stalljungen wegen seiner Falschheit und Bosheit nicht leiden. Hierüber trug er großen Schmerz in seinem Herzen, und er dachte an nichts so sehr, als wie er seinen Bruder verderben und selbst die Gunst des Königs gewinnen könne.
Der König ging eines Tages zum Stall, um seine Füllen zu beschauen. Als er sie alle rundumher beschaut, blieb er bei dem Zelter stehen, auf dem er selbst zu reiten pflegte, streichelte ihm die Lenden und sagte zu seinen Hofleuten: »Sagt mir, wo sah man in der Welt ein Pferd, so gut wie dieses?« Der Stalljunge nahm sogleich das Wort: »Herr und König! Fürwahr, Euer Zelter ist schön, ich weiß aber einen andern, der ihn weit übertrifft.« Der König ward nun aufmerksam und fragte: »Wo findet man dieses Pferd, und wer kann es mir beschaffen?« Der Stalljunge sagte: »Ich glaube, daß keiner das Füllen beschaffen kann außer meinem Bruder. Er weiß auch am besten, wo es zu finden ist.« Der König bekam große Lust, das Pferd zu besitzen, wovon er so viel reden gehört, und befahl dem Höfling, fortzugehen und es zu bringen. Der Höfling war wohl nicht sehr furchtsam; gleichwohl wäre er lieber daheimgeblieben. Der Stalljunge aber freute sich in seinem Herzen und meinte, daß sein Bruder wohl kaum von der Reise wiederkommen werde. Der Höfling rüstete sich nun und begann seine Fahrt. Als er zum Hof des Bauern kam, ging er hinein, grüßte ihn höflich und bat um einen guten Rat, wie er des Königs Auftrag vollziehen könne. Als aber der Bauer den Knaben wiedererkannte, der dem Riesen ent-

laufen war, empfing er ihn freundlich und versprach seinen Beistand in allem, was er vermochte. Sie überlegten so miteinander, und es wurde beschlossen, was ich nun erzählen will.
Am Abend, als die Sonne hinter dem Wald unterging, schlich sich der Höfling zur Wohnung des Riesen hin. Er hatte einen Stock an das Ende eines Seiles gebunden und warf den Stock durch das Stalloch. So kletterte er die Wand hinauf; als er zum Loch hinaufgekommen war, zog er das Seil nach sich und ließ sich hinab in den Stall des Riesen. Hierauf sattelte er das Goldpferd des Riesen, öffnete die Tür und ritt eiligst hinweg. Als er zum Hof des Bauern kam, herrschte eine große Freude, daß sein Unternehmen so gut abgelaufen. Der Höfling aber wollte nicht lange dort verweilen, sondern machte sich sogleich wieder auf und ritt zum Königshof heim. Da wunderten sich alle sehr über das schöne Goldpferd, und am allermeisten verwunderte sich der König selbst. Von dem Tage an stieg der Höfling immer mehr in der Gunst seines Herrn; der Stalljunge härmte sich über sein Glück und gönnte seinem Bruder nichts Gutes.
Eines Tages ging der König zum Stall, um seine Füllen zu beschauen, wie es seine Gewohnheit war. Als er sie alle rundumher beschaut, blieb er bei dem Goldpferd des Riesen stehen, streichelte es an den Lenden und sagte zu seinen Leuten: »Sagt mir, wo sah man wohl in der Welt eine solche Kostbarkeit wie diese?« Die Männer stimmten bei, daß dergleichen kaum zu finden wäre. Der betrügerische Stalljunge aber war sogleich bereit und sagte: »Herr und König! Fürwahr, Euer Goldpferd ist ein seltenes Kleinod, ich weiß aber einen anderen teureren Schatz, der es weit an Kostbarkeit übertrifft.« Als der König auf diese Worte aufmerksam wurde, fragte er, wovon die Rede war. Da begann der Stalljunge weit und breit von der schönen Lampe zu erzählen, die schöner als der Vollmond scheine.

Der König nahm hierauf das Wort: »Wo findet man die Lampe, und wer kann sie mir beschaffen?« Der Stalljunge sagte: »Ich glaube, daß keiner die Lampe Euch beschaffen kann außer meinem Bruder, er weiß auch am besten, wo man sie findet.« Der König bekam nun große Lust, die Mondlampe zu besitzen, wovon er so viel sprechen gehört, und befahl dem Höfling, fortzuziehen und sie zu holen. Der Höfling war nicht sehr furchtsam, gleichwohl wäre er gerne geblieben, wo er war. Der Stalljunge aber freute sich in seinem falschen Herzen und meinte, daß sein Bruder von der Reise kaum wiederkommen werde.

Der Höfling rüstete sich nun und begab sich auf den Weg. Als er zum Hof des Bauern kam, ging er hinein, dankte für den letzten Dienst und bat ihn um guten Rat, wie er des Riesen Mondlampe erhalten könne. Der Bauer empfing ihn sehr freundlich und versprach seinen Beistand in allem, was er konnte. Als sie sich besprochen hatten, nahm der Höfling Abschied und begab sich allein auf den Weg zu dem fürchterlichen Riesen.

Gegen Abend, als es dämmerig wurde, kam der Riese aus dem Wald heim. Er war den ganzen Tag außer Haus und sehr hungrig. Als er nun sein Abendessen beendigt, hatte die Dienerin vergessen, Wasser zu holen. Da ward der Riese übellaunig und sagte: »Hast du vergessen, daß ich trinken will, jedesmal wenn ich gegessen habe?« Die Dienerin entschuldigte sich, daß es so dunkel wäre, sie könnte den Weg nicht zum Brunnen finden. »Nimm dann meine Mondlampe«, rief der Riese mit zorniger Stimme. Das Weib ließ sich dies nicht zweimal sagen, sondern nahm die schöne Lampe von der Wand und eilte zum Brunnen fort. Doch ihr Gang sollte anders enden, als sie dachte, denn als sie sich herniederlegte, war der Höfling bereit, faßte sie bei den Füßen und warf sie über Hals und Kopf in den Brunnen. Hierauf nahm er die schöne Lampe, die gleich dem Vollmond schien, und lief eilig davon. Als er nun zum Hof des Bauern kam, hatten sie eine große Freude über das Gelingen seines Unternehmens. Der Höfling aber wollte dort nicht länger verweilen, sondern machte sich sogleich bereit und fuhr zum Hof des Königs. Hier wunderte man sich sehr über die kostbare Mondlampe, und am meisten verwunderte sich der König selbst. Seit dem Tage wurde der Höfling von seinem Herrn noch mehr geliebt und als der vornehmste unter seinen Dienern geachtet. Der Stalljunge aber trug Haß gegen ihn in seinem Herzen und sann immer auf Rat, wie er seinen Bruder verderben könne.

Einige Tage darauf ging der König wieder zum Stall, um seine Füllen zu besehen. Als er alle beschaut hatte, wandte er sich an seine Leute und sagte: »Findet sich irgendwo ein König, der sich rühmen kann, daß er größere Kostbarkeiten besitze als ich; ich kenne nichts, was mir fehlt.« Alle bejahten es; der böswillige Stalljunge aber war sogleich bereit und erwiderte: »Herr und König! Fürwahr, du besitzt manch kostbare Schätze, ich weiß aber ein Kleinod, das alle weit übertrifft.« Als der König dies hörte, war er sehr verwundert und fragte: »Wovon sprichst du, und wer kann mir das Kleinod beschaffen?« Da begann der Stalljunge lang und breit von der schönen Königstochter zu erzählen, die im Hof des Riesen war, und schloß so seine Rede: »Ich kann dir die junge Maid nicht beschaffen, ich kenne auch niemand anderen, der es tun kann, außer meinem Bruder. Er weiß auch am besten, wo sie zu finden ist.« Der König bekam nun große Lust, die Prinzessin zu besitzen, deren Schönheit so hoch gepriesen wurde, und befahl dem Höfling, fortzuziehen und sie zu holen. Der Höfling war nicht sehr furchtsam, gleichwohl wäre er lieber geblieben, wo er war. Der Stalljunge aber freute sich und meinte, daß dies wohl die letzte Reise seines Bruders sein dürfte.

Der Höfling rüstete sich und ritt zum Hof des Bauern, wie früher. Er ging hinein, dankte für den letzten Dienst und bat um guten Rat, wie er die Königstochter aus dem Hof des Riesen entführen könne. Als sie miteinander beratschlagten, sagte der Bauer: »Dein Vorhaben ist schwer, und ich weiß nicht, wie es ablaufen wird, denn die Königstochter sitzt auf dem hohen Boden in einem Zauberkäfig. Gleichwohl ist mein Rat, daß du in der Wand Eisenkeile befestigst und so zu ihr hinaufsteigst. Dann steht zu erwarten, ob das Glück dir günstig sein will.« Der Höfling dankte dem Greis für seinen Rat und versprach, diesen zu befolgen. Er nahm hierauf Abschied und wanderte zur Stube des Riesen; der Bauer aber wollte ihm wohl und wartete mit Unruhe seine Rückkunft ab.

Am Abend, als es dunkel wurde, befestigte der Höfling Keile in der Wand und kam so auf den hohen Boden. Der Käfig der Prinzessin, in dem sie gefangensaß, war aber verzaubert, so daß nur der das Schloß öffnen konnte, der vom Schicksal dazu bestimmt war, der Bräutigam der Jungfrau zu werden. Als nun die Königstochter den beherzten Jüngling sah, freute sie sich herzlich, das Schloß aber sprang von selbst auf, so daß der Höfling in den Käfig kam. Er erzählte hierauf sein Unternehmen und fragte, ob die Prinzessin ihm folgen wolle. Sie willigte ein und machte sich sogleich bereit. Als sie nun die Wand hinabgingen, hielt der Jüngling sie fest, damit sie nicht falle, was das Mädchen sich gern gefallen ließ. Hierauf zogen sie schnell weiter und kamen zum Hof des Bauern. Der Höfling aber wollte nicht verweilen, sondern nahm von dem klugen Greis Abschied und machte sich bereit, heimzureiten. Sie reisten zum Königshof; unterwegs aber faßte der Junge eine heftige Liebe zu der schönen Maid, so daß er glaubte, es würde sein Tod sein, wenn sie irgendein anderer besäße.

Als sie nun hingekommen waren, herrschte große Freude über den ganzen Hof des Königs, daß der Höfling zurückgekommen; denn alle liebten ihn, nur nicht sein Bruder,

der boshafte Stalljunge. Der König ging hierauf, seine junge Braut zu schauen, und es schien ihm, daß er nie eine schönere Frau gesehen. Als er aber zu ihr sprechen wollte, sieh! – da kam der Zauberkäfig zurück, und keiner konnte das Schloß öffnen außer dem, der die Prinzessin aus der Gewalt des Riesen befreit hatte. Nun begriff der König, daß die Maid nicht bestimmt war, ihm zuzugehören. Er ließ daher eine prächtige Hochzeit veranstalten und gab dem tapferen Höfling die Königstochter zur Braut, der für sie so viele Gefahren bestanden. Als die Hochzeit lange Zeit mit Lustbarkeit und Spiel gewährt hatte, nahm der König von den beiden Abschied und sandte sie mit großem Gefolge zum Vater der Prinzessin heim. Hier herrschte keine geringe Freude über das ganze Reich, daß der König seine einzige Tochter wieder erhalten. Der Höfling aber und seine Gemahlin lebten glücklich zusammen noch viele, viele Jahre. Und als der König, der Vater der Prinzessin, starb, ward der Höfling zum König über das ganze Reich erwählt. Dort lebt, und wie ich sagen gehört, beherrscht er glücklich das Land noch heute.

# Silfwerhwit und Lillwacker

Es war einmal ein König, der hatte eine Königin, die er sehr liebte. Nach einiger Zeit aber starb die Königin und hinterließ eine einzige Tochter. Als nun der König Witwer wurde, wandte er seine ganze Liebe der kleinen Prinzessin zu und liebte sie wie seinen Augapfel. Die junge Königstochter wuchs heran und wurde die schönste Jungfrau, von der man je sprechen gehört.

Als die Prinzessin fünfzehn Winter alt war, ereignete es sich, daß dort ein großer Krieg ausbrach und ihr Vater gegen die Feinde des Landes fortziehen mußte. Da der König niemanden hatte, dem er seine Tochter während seiner Abwesenheit anvertrauen konnte, so ließ er einen hohen Turm im Wald bauen, versah ihn reichlich mit Lebensmitteln und schloß seine Tochter mit ihrer Dienerin da ein. Zugleich ließ er ein Gebot ergehen, daß kein Mann, wer er auch sei, bei Lebensstrafe dem Turm sich nähern solle, in dem die Jungfrauen sich befanden. Der König meinte nun alles wohlgetan zu haben, um die Ehre seiner Tochter zu schützen, und zog so fort in den fernen Krieg. Unterdessen saß die Prinzessin im Turm mit ihrer Dienerin und machte seidene Gewirke.

In der Stadt aber waren manch tapfere Königssöhne und andere Jünglinge, deren Sinn nach der schönen Jungfrau stand, und sie wünschten sehr, mit ihr zusammenzukommen. Als sie bemerkten, daß solches nicht geschehen konnte, waren sie auf den König sehr erbittert und sannen auf Rache. Zu dem Zwecke berieten sie sich mit einem alten Weibe, die mehr als andere wußte, und baten sie, es einzurichten, daß die Königstochter und ihre Dienerin ihre Ehre verlören, wenn sie auch nicht in der Gewalt eines Mannes gewesen. Das Weib versprach ihren Beistand hierzu. Sie bezauberte ein paar Äpfel, legte sie in einen Korb und ging zu dem einsamen Turm, wo die Jungfrauen saßen.

Als die Königstochter und ihr Mädchen das alte Weib gewahrten, wie sie vor dem Windauge saß, bekamen sie große Lust, die schönen Äpfel zu kosten. Sie riefen dem Weibe zu, daß sie von den köstlichen Früchten kaufen wollten. Das Trollweib aber antwortete, daß sie diese nicht feilbiete. Als nun die Jungfrauen nicht zu bitten aufhörten, sagte die Alte, daß sie einer jeden einen Apfel schenken wolle, sie sollten nur einen Korb über die Mauer des Turmes herablassen. Die Prinzessin und ihr Mädchen dachten an keine Falschheit, sondern taten, wie die Hexe gesagt hatte, und so erhielt jede einen Apfel. Die verzauberten Früchte aber hatten eine wunderbare Kraft; denn beide Jungfrauen wurden auf einmal schwanger, und ehe ein Jahr um war, gebar jede einen kleinen Sprößling. Der Sohn der Königstochter wurde Silfwerhwit genannt, der Sohn der Dienerin Lillwacker*. Die beiden Knaben wuchsen heran und wurden größer und stärker als die anderen Kinder. Sie hatten dabei ein schönes Aussehen und glichen einander wie zwei Beeren, so daß jedermann sehen und wahrnehmen konnte, daß sie Geschwister waren.

Es währte nun sieben volle Jahre, und der König sollte vom Kriege heimkehren. Da wurde den beiden Jungfrauen sehr bange, und sie fürchteten, daß er ihre Unehre erfahren würde. Sie überlegten nun miteinander, wie sie ihre Kinder verbergen konnten, aber keine wußte hierzu Rat. Als man nun keine andere Hilfe fand, nahmen die Jungfrauen mit großen Schmerzen von ihren Söhnen Abschied

* Silberweiß und kleiner Wächter.

und ließen sie über Nacht vom Turm herab, damit sie selbst ihr Glück in der Welt versuchen sollten. Beim Abschied schenkte die Königstochter dem Silfwerhwit ein kostbares Messer als Andenken an seine Mutter. Die Dienerin aber hatte nichts, ihrem Sohne zur Erinnerung mitzugeben.

Die beiden Brüder begannen nun ihre Wanderung in die Welt hinaus. Als sie einige Zeit gereist waren, kamen sie zu einem dunklen Wald; im Wald begegneten sie einem Mann, der groß gewachsen war und von wunderlichem Aussehen. Der Mann trug zwei Schwerter an der Seite und führte sechs große Hunde mit sich. Er grüßte freundlich: »Guten Tag, kleine Knaben! Woher seid ihr gekommen, und wohinaus geht euer Weg?« Die Jungen erzählten, daß sie von einem hohen Turm gekommen und willens seien, ihr Glück in der Welt zu versuchen. Der Mann entgegnete: »Ist es so, wie ihr sagt, weiß ich eure Herkunft besser als irgendein anderer. Und damit ihr irgendein Angedenken von eurem Vater besitzt, will ich einem jeden von euch ein Schwert und drei Hunde geben. Eines aber müßt ihr mir versprechen, daß ihr nie euch von euren Hunden trennt, sondern sie mit euch führt, wohin ihr auch immer geht.« Die Knaben dankten für die gute Gabe des Mannes und versprachen zu tun, wie er gesagt hatte. Hierauf schieden sie von ihm und zogen weiter.

Als sie lange umhergereist waren, kamen sie zuletzt zu einem Kreuzweg. Da sagte Silfwerhwit: »Mir scheint, es geht uns besser, wenn jeder für sich sein Glück versucht. Laß uns darum scheiden.«

Lillwacker antwortete: »Dein Rat ist gut; wie kann ich aber da künftig wissen, ob es dir in der Welt gutgeht?«

»Ja, so«, sagte Silfwerhwit, »es soll dir ein Zeichen sein, daß ich lebe, solange das Wasser dieser Quelle klar ist; wenn aber das Wasser rot und trübe wird, dann bin ich tot, und ich glaube sicherlich, daß du meinen Tod rächen wirst.«

Silfwerhwit tauchte nun sein Messer in die Quelle; hierauf nahm er Abschied von seinem Bruder, und sie zogen jeder ihren Weg. Lillwacker kam bald darauf an einen Königshof, wo er einen Dienst erhielt. Jeden Morgen aber wanderte er zur Quelle, um zu schauen, wie es seinem Bruder gehe.

Silfwerhwit setzte nun allein seinen Weg über hohe Berge und tiefe Täler fort, bis er eine große Stadt erblickte. In der Stadt aber schien etwas Schlimmes geschehen zu sein, denn die Häuser waren schwarz überhangen, und die Einwohner gingen still und traurig einher, als wenn sich dort ein großes Unglück ereignet hätte. Silfwerhwit ging hinein und fragte, was die Ursache all dieser Betrübnis sei. Die Leute antworteten: »Fürwahr, du mußt gewiß ein Fremdling sein, da du nicht vernommen, wie der König und die Königin in Seenot gewesen und gezwungen worden sind, ihre drei Töchter zu verloben. Schon morgen soll der Meertroll kommen und die älteste Prinzessin holen.« Bei diesen Neuigkeiten aber ward der Junge froh und er dachte, daß er nun eine gute Gelegenheit hätte, Vermögen und Ruhm zu gewinnen, wenn ihm das Glück günstig sein wolle.

Als es Tag war, band Silfwerhwit sein Schwert an die Seite, rief seine Hunde und wanderte allein zum Meer hinab. Als er am Meeresstrand saß, sah er die Königstochter aus der Stadt mit einem Höfling kommen, der es ihr versprochen hatte, sie zu befreien. Die Prinzessin aber war sehr betrübt und weinte bitterlich. Da ging Silfwerhwit ihr entgegen und grüßte die schöne Jungfrau. Als die Königstochter und ihr Begleiter den schönen Jüngling erblickten, erschraken sie sehr, denn sie dachten, daß es der Meertroll wäre, der herankomme. Der Höfling aber lief vor großer Angst davon und verbarg sich auf einem hohen Baum, der nahe am Meere stand. Als Silfwerhwit diese Bestürzung bemerkte, sagte er: »Schöne Jungfrau! Fürchtet Euch nicht vor mir, ich werde Euch nichts zuleide tun.«

Die Königstochter antwortete: »Bist du es nicht, der kommt, um mich zu nehmen?«
»Nein«, entgegnete Silfwerhwit, »ich bin hierher gekommen, um Euch zu befreien.«
Da freute sich die Prinzessin, daß ein so tapferer Kämpe für sie kämpfen wolle, und sie sprachen lange und freundlich miteinander. Während des Gesprächs bat Silfwerhwit, daß die Jungfrau ihm eine Bitte gewähren möchte, nämlich ihn zu lausen. Die Königstochter willigte in sein Begehren, und Silfwerhwit legte seinen Kopf auf ihre Knie; während er aber so ruhte, nahm die Prinzessin einen Goldring und befestigte ihn unbemerkt in den Haarlocken des Jungen.
Während dies geschah, tauchte der Meertroll aus der Tiefe empor, so daß Schaum und Wogen weit umherstoben. Als der Troll Silfwerhwit sah, ward er zornig und sagte: »Warum sitzt du jetzt bei meiner Prinzessin?«
Der Jüngling erwiderte: »Ich denke, daß sie mehr mein als dein ist.«
Der Meertroll sagte: »Das wollen wir sehen; zuerst aber sollen wir unsere Hunde miteinander kämpfen lassen.« Silfwerhwit war gleich dabei, hetzte seine Hunde gegen die Hunde des Trolls, und es entstand ein großer Kampf. Das Spiel aber endete damit, daß die Hunde des Jünglings die Oberhand gewannen und die Seehunde totbissen. Da zog Silfwerhwit eiligst ein Schwert, ging dem Meertroll entgegen und führte einen gewaltigen Hieb, so daß der Kopf des Untiers in den Sand rollte; der Troll aber schrie erschrecklich und fuhr in die See hinaus, so daß das Wasser hoch gegen die Wolken des Himmels anschwoll. Hierauf nahm der Junge sein in Silber gefaßtes Messer, schnitt aus dem Kopf des Trolls die Augäpfel und verbarg sie bei sich. Er grüßte sodann die schöne Prinzessin und ging eilig seines Weges.
Als nun der Kampf vorbei war und der Jüngling sich ent-

fernt hatte, kroch der Höfling vom Baum herab und drohte der Prinzessin mit dem Tode, wenn sie nicht vor allen sagen wolle, daß er und kein anderer sie befreit habe. Die Königstochter wagte nicht, sein Begehren zu verweigern, denn sie fürchtete für ihr Leben. Sie kehrte mit dem Höfling an den Königshof heim, wo sie mit großen Ehren und Ruhmesbezeugungen empfangen wurden. Da herrschte aber im Lande keine geringe Freude, als das Volks erfuhr, daß die älteste Prinzessin vom Meertroll befreit worden war.

Am anderen Tag lief alles auf dieselbe Art ab. Silfwerhwit ging zum Strand und begegnete der mittleren Prinzessin, als sie dem Troll überliefert werden sollte. Als aber die Königstochter und ihr Begleiter ihn gewahrten, waren sie sehr erschrocken, denn sie dachten, daß es der Meertroll wäre, der komme. Der Höfling kroch nun auf den Baum wie früher. Die Prinzessin aber kam dem Wunsch des Jungen nach und lauste ihn, wie ihre Schwester getan hatte. Sie band dabei einen Goldring in Silfwerhwits langes Haar.

Nach einer Weile hörte man ein großes Getöse aus dem Meer, und da kam ein Meertroll hervor, der drei Hunde und drei Köpfe hatte. Silfwerhwits Hunde aber behielten den Sieg über die Seehunde, und der Jüngling selbst erschlug den Troll mit seinem Schwert. Hierauf nahm er sein in Silber gefaßtes Messer hervor, schnitt die Augäpfel des Trolls aus und ging seines Weges. Der Hofmann aber, nicht faul, kroch vom Baum herab und zwang die Prinzessin, den Eid zu leisten, daß er und kein anderer sie befreit habe. Sie kehrte wieder zum Königshof zurück, wo der Höfling mit großen Ehren empfangen und für den tapfersten Kämpen gehalten wurde.

Den dritten Tag band Silfwerhwit das Schwert an die Seite, rief seine drei Hunde und wanderte wieder zum Meer hinab. Als er nun am Seestrand saß, sah er, wie die jüngste Königstochter aus der Stadt gezogen kam und mit ihr der

tapfere Höfling ging, der, wie man glaubte, ihre Schwestern befreit hatte. Die Prinzessin aber war sehr betrübt und weinte trostlos. Da ging Silfwerhwit hin und grüßte höflich die schöne Jungfrau. Als nun die Königstochter und ihr Begleiter den schmucken Jungen erblickten, waren sie sehr erschrocken, denn sie glaubten, daß es der Meertroll wäre, der komme. Der Höfling aber lief davon und verbarg sich auf einem hohen Baum, der am Meere stand. Als Silfwerhwit ihre Furcht bemerkte, sagte er:
»Schöne Jungfrau! Fürchtet Euch nicht vor mir, ich werde Euch nichts zuleide tun.« Die Königstochter antwortete: »Bist du es nicht, der mich nehmen soll?«
»Nein«, entgegnete Silfwerhwit, »ich bin hierher gekommen, um Euch zu befreien.«
Da freute sich die Prinzessin, daß ein so tapferer Kämpe für sie kämpfen wolle, und sie sprachen lange und freundlich miteinander. Während des Gespräches bat Silfwerhwit, daß die schöne Jungfrau ihm eine Bitte gewähren wolle, nämlich, ihn zu lausen. Die Königstochter willigte gerne in seinen Wunsch, und Silfwerhwit legte sein Haupt auf ihre Knie. Als die Prinzessin aber die Goldringe sah, welche ihre Schwestern in das Haar des Jünglings gebunden hatten, wunderte sie sich und flocht unbemerkt noch einen Ring in seine Locken.
Während dies geschah, tauchte der Meertroll aus der Tiefe mit vielem Getöse empor, so daß Schaum und Wogen hoch gegen den Himmel fuhren. Das Untier hatte diesmal sechs Köpfe und neun Hunde. Als nun der Troll Silfwerhwit gewahrte, wie er bei der jungen Königstochter saß, wurde er zornig und rief: »Was hast du mit meiner Prinzessin zu tun?«
Der Jüngling erwiderte: »Ich denke, daß sie eher mein als dein wird.«
Der Troll sagte: »Darum wollen wir miteinander streiten, vorher aber wollen wir unsere Hunde miteinander kämp-

fen lassen.« Silfwerhwit zauderte nicht, sondern hetzte seine Hunde zum Streit gegen die Seehunde, und es entstand ein hitziger Kampf. Das Spiel aber endete damit, daß die Hunde des Jungen siegten und alle neun Seehunde totbissen. Sogleich zog Silfwerhwit sein blankes Schwert, ging auf den Meertroll los und hieb zu, so daß alle sechs Köpfe in den Sand rollten. Das Ungeheuer aber schrie entsetzlich und fuhr in die See hinaus, so daß das Wasser hoch gegen die Wolken schwoll. Der Jüngling nahm hierauf sein in Silber gefaßtes Messer und schnitt die zwölf Augäpfel des Trolls aus. Er grüßte die junge Königstochter und zog eilig seines Weges.

Als nun der Kampf beendet und der Junge fortgegangen war, stieg der Höfling vom Baume herab, zog sein Schwert und drohte der Prinzessin mit dem Tode, wenn sie nicht sagen wolle, daß er sie von dem Troll befreit habe, gleichwie er ihre beiden Schwestern befreit habe. Die Königstochter wagte nicht, sein Begehren zu verweigern, denn sie fürchtete für ihr Leben. Sie wanderten hierauf zusammen nach dem Königshof. Als aber der König beide am Leben sah, herrschte große Freude am ganzen Hof, und sie wurden mit großen Ehrenbezeugungen empfangen. Nun erschien der Höfling freilich als ein anderer Mann, als wie er auf den Baum hinaufgekrochen und dort oben saß. Der König ließ ein prächtiges Gastmahl zubereiten, mit Lust und Spiel und Tanz und Saitenspiel, und versprach dem Höfling seine jüngste und liebste Tochter zum Lohn für seinen Mannesmut.

Mitten unter den Hochzeitsfreuden, während der König mit seinen Mannen zu Tische saß, wurde die Tür geöffnet, und Silfwerhwit kam mit seinen Hunden. Der Junge trat kühn hinein in den Gastsaal und grüßte den König. Als aber die drei Königstöchter ihn wiedererkannten, wurden sie sehr erfreut, sprangen vom Tisch auf und liefen dem Fremdling entgegen. Hierüber wunderte sich der König sehr und fragte, was solches zu bedeuten habe. Da erzählte die jüngste Prinzessin, wie alles sich zugetragen, vom Anfang bis zu Ende, und daß Silfwerhwit derjenige war, der sie befreit hatte, während der Höfling oben im Baume saß. Zu noch größerer Gewißheit suchten die Königstöchter jede ihren Goldring, den sie in Silfwerhwits Haare geflochten hatten. Der König aber wußte noch nicht recht, was er von all diesem denken sollte. Da sagte Silfwerhwit: »Herr und König! Damit du nicht an den Worten deiner Töchter zweifelst, kannst du hier die Augäpfel der Meertrolle schauen, die ich getötet habe.« Nun erkannten der König und alle seine Mannen, daß die Prinzessinnen die Wahrheit erzählt hatten. Der betrügerische Höfling erlitt nun seine wohlverdiente Strafe; Silfwerhwit aber gelangte zu großen Ehren und gewann die jüngste Königstochter und mit ihr das halbe Reich.

Als nun die Hochzeit zu Ende war, zog Silfwerhwit mit seiner jungen Braut zu einem großen Königsschloß und lebte mit ihr in Frieden und im Glück. Da ereignete es sich eines Nachts, während alles schlief, daß es an das Windauge klopfte und man eine Stimme rufen hörte: »Silfwerhwit, komm, ich will mit dir reden.« Der König wollte seine junge Frau nicht wecken, sondern stand schnell auf, band sein Schwert an die Seite, rief nach seinen Hunden und ging hinaus. Als er unter freien Himmel kam, stand vor ihm ein Troll, der groß und grimmig aussah. Der Troll sagte: »Silfwerhwit! Du hast meine drei Brüder ermordet, und ich bin gekommen, ihren Tod zu rächen. Daher ist mein Vorschlag, daß du mit mir zum Seestrand gehst und daß wir dort miteinander kämpfen.«

Dieser Vorschlag gefiel dem Jungen, und er folgte dem Troll ohne Widerspruch. Als sie nun gegen das Meer gekommen, lagen dort drei große Hunde, die der Troll mit sich geführt. Sogleich hetzte Silfwerhwit seine Hunde gegen die Trollhunde, und es enstand ein wütender Kampf;

das Spiel aber endete damit, daß die Trollhunde weichen mußten. Hierauf zog der König sein Schwert, ging tapfer auf den Troll los, und es fielen manch treffliche Hiebe, und ein gewaltiger Kampf entstand. Als aber der Troll merkte, daß der Kampf sich zu seinem Nachteil wende, erschrak er und lief schnell hinweg zu einem hohen Baum. Silfwerhwit und seine Hunde liefen nach, und die Hunde bellten heftig. Da begann der Troll, für sein Leben zu bitten, und sagte: »Lieber Silfwerhwit, ich will für meine Brüder Strafgeld geben. Bringe aber deine Hunde zum Schweigen, während wir miteinander sprechen.« Der König befahl nun seinen Hunden stillzuschweigen; es half aber nichts, sondern die Tiere bellten stärker als früher. Da nahm der Troll drei Haare von seinem Kopf, reichte sie Silfwerhwit und sagte: »Lege ein Haar über jeden Hund, so werden sie sich ruhig verhalten.« Der König tat, wie er gesagt, sogleich schwiegen die Hunde und lagen regungslos, als wenn sie an die Erde festgeschmiedet wären. Nun merkte Silfwerhwit, daß er betrogen worden war; es war aber zu spät. Der Troll stieg nun vom Baum herab, zog sein Schwert und fing den Zweikampf von neuem an; sie hatten aber noch nicht viele Hiebe miteinander gewechselt, als Silfwerhwit die Todeswunde empfing und in seinem Blute am Boden lag.

Wenden wir uns nun zu Lillwacker. Er ging am Morgen zur Quelle am Kreuzweg und fand sie voll mit Blut. Da wußte er, daß Silfwerhwit tot war, und er erinnerte sich seines Versprechens, seinen Pflegebruder zu rächen. Er rief seine Hunde, band sein Schwert an die Seite und wanderte fort, bis er zu einer großen Stadt kam. In der Stadt aber war alles vollauf vor Freude, das Volk schwärmte auf den Straßen und die Häuser waren mit Scharlach überhangen und mit anderen prächtigen Stoffen. Lillwacker fragte, was die Ursache all dieser Lustbarkeit wäre. Das Volk antwortete: »Gewiß mußt du aus der Ferne sein, da du nicht weißt, daß ein tapferer Kämpe hierhergekommen, namens Silfwerhwit; er hat unsere drei Prinzessinen befreit und ist unseres Königs Eidam.« Lillwacker fragte nun, wie dies alles zugegangen sei; hierauf wanderte er seines Weges, bis er abends zum Königshof kam, wo Silfwerhwit mit seiner schönen Braut wohnte.

Als nun Lillwacker in das Tor der Burg eintrat, begrüßten ihn alle als den König; denn er war seinem Pflegebruder so ähnlich, daß keiner sie voneinander unterscheiden konnte. Als der Junge in das Schlafgemach kam, glaubte auch die Königin, daß es Silfwerhwit wäre; sie ging ihm daher entgegen und sagte: »Herr und König! Wo bliebst du so lange? Ich habe mit Kummer deine Heimkunft erwartet!« Lillwacker antwortete nicht viel auf diese Rede, sondern war schweigsam und wortkarg. Er ging hierauf mit der Königin zu Bett, legte aber ein blankes Schwert zwischen sich und sie. Die junge Frau wußte nicht, was sie von all diesem denken sollte, da ihr Gemahl diese wunderliche Gewohnheit früher nicht gehabt hatte. Aber sie dachte: »Es ist nicht gut, nach seinem Geheimnis zu fragen«, und sagte daher nichts.

Nachts, während alles schlief, klopfte es an das Windauge, und man vernahm das Rufen einer Stimme: »Lillwacker! Komm, ich wünsche mit dir zu sprechen.« Der Junge stand sogleich auf, griff nach seinem Schwert, rief seine Hunde und ging hinaus. Als er nun unter freien Himmel kam, stand vor ihm derselbe Troll, der Silfwerhwit getötet hatte. Der Troll sagte: »Lillwacker! Folge mir, so sollst du deinen Pflegebruder treffen.« Der Junge war sogleich bereit mitzugehen, der Troll ging voraus. Als sie nun zum Meeresstrand kamen, waren dort drei große Hunde, die der Troll mit sich führte. Etwas weiter davon, wo der Kampf bestanden, lag Silfwerhwit in seinem Blut, und neben ihm lagen seine Hunde, an die Erde festgebannt. Da erst wußte Lillwacker, wie sich alles zugetragen, und dachte, daß er gerne sein Leben wagen wolle, um seinen Pflegebruder zu rächen.

Sogleich hetzte er seine Hunde gegen die Trollhunde, und es entstand ein wütender Kampf; das Spiel aber endete damit, daß Lillwackers Hunde den Sieg behielten. Der Junge zog hierauf sein Schwert und ging mit einem großen und herzhaften Hieb auf den Troll los. Als aber der Troll merkte, daß ihm der Kampf verlorenging, lief er hinweg und floh auf einen hohen Baum. Lillwacker und seine Hunde liefen nach, und die Hunde bellten heftig. Da begann der Troll um sein Leben zu bitten, und sagte: »Lieber Lillwacker! Ich will Sühngeld für deinen Pflegebruder geben, bringe aber deine Hunde zum Schweigen, während wir miteinander sprechen.« Zugleich reichte ihm der Troll drei Kopfhaare und sagte: »Lege über jeden Hund eines davon, so werden sie sich dann still verhalten.« Lillwacker aber merkte, daß ein Betrug dahintersteckte, nahm hierauf die drei Kopfhaare und legte sie statt über die seinen, über die Trollhunde. Sogleich fielen diese zur Erde und lagen regungslos, als wenn sie ohne Leben wären.

Als nun der Troll sah, daß sein Anschlag nicht gelungen, erschrak er sehr und sagte: »Lieber Lillwacker! Ich will dir Sühngeld für deinen Bruder geben, lasse mich aber in Frieden.«

Der Jüngling fragte: »Was könntest du mir wohl geben, das mir so teuer wäre wie das Leben meines Pflegebruders?«

Der Troll entgegnete: »Hier gebe ich dir zwei Flaschen. In der einen ist ein Wasser, das die Kraft hat, einen Toten wieder lebendig zu machen, wenn du ihn damit bestreichst. Wenn du aber mit dem Wasser aus der anderen Flasche irgendeine Stelle bestreichst, so bleibt jeder, der diese Stelle berührt, dort hängen und kommt nicht mehr los. Ich glaube, daß man kaum größere Kostbarkeiten als diese beiden finden wird.«

Lillwacker sagte: »Dein Vorschlag gefällt mir, und ich will ihn annehmen. Aber eines mußt du mir hierbei versprechen: daß du die Hunde meines Pflegebruders losmachst.«
Der Troll ging hierauf ein, stieg vom Baum herab und blies die Hunde an, daß sie wieder frei wurden. Hierauf nahm Lillwacker die beiden Flaschen und wanderte mit dem Troll vom Meeresstrand fort.
Als sie nun ein Stück zusammen gegangen waren, kamen sie zu einer großen Steinhöhle, die dicht am Wege lag. Da eilte Lillwacker voraus und strich unbemerkt etwas aus der einen Flasche auf den Stein. Als nun der Troll dort vorbeigehen sollte, hetzte der Junge alle seine sechs Hunde auf einmal, so daß der Troll floh und es sich so fügte, daß er die Steinhöhle berührte. Der Troll war nun festgebannt und vermochte sich nicht von der Stelle zu bewegen; nach einer Weile aber kam der Tag im Osten herauf und beleuchtete den Stein. Als nun der Troll die Sonne sah, barst er, und das war sein Ende.
Lillwacker sprang hierauf zu seinem Pflegebruder hin und besprengte ihn mit dem Wasser aus der anderen Flasche, so daß er wieder zum Leben kam. Da war eine große Freude, wie man sich wohl denken mag. Die Pflegebrüder begaben sich hierauf zum Königshof und erzählten unterwegs ihre Schicksale und Abenteuer. Lillwacker erzählte, wie er die Not seines Freundes erfahren und wie er zum Königshof gekommen und dort für den jungen König gehalten wurde. Er scherzte zugleich darüber, daß er mit der Königin zu Bett gegangen sei, ohne daß sie es merkte, daß es ein anderer als ihr rechter Gemahl war. Als aber Silfwerhwit dieses gehört hatte, dachte er, daß Lillwacker die Königin zu Unehren gebracht, und er war so aufgebracht, daß er im Zorn sein Schwert zog und es in den Leib seines Pflegebruders stieß. Lillwacker fiel nun tot zu Boden, und Silfwerhwit ging allein zum Königshof heim. Die Hunde des

Jungen aber wollten ihren Herrn nicht verlassen, sondern legten sich heulend um seinen Körper und leckten an seiner Wunde. Am Abend, als der junge König und seine Gemahlin zu Bett gehen sollten, fragte ihn die Königin, warum er so schweigsam und wortkarg war. Silfwerhwit antwortete hierauf wenig. Da sagte die Königin: »Ich habe mich sehr gewundert über das, was sich während der letzten Tage zugetragen; aber doch möchte ich gern wissen, warum du in der Nacht zwischen uns ein blankes Schwert legtest?«

Nun ging Silfwerhwit ein Licht auf, er begriff, daß sein Pflegebruder unschuldig ermordet worden war, und bereute es bitter, daß er Lillwacker so schlecht für sein Leben gelohnt hatte. Der König stand hierauf sogleich auf und ging zum Ort hin, wo sein Pflegebruder lag. Er nahm Lebenswasser aus seiner Flasche und wusch die Wunde des Jungen, und sogleich lebte Lillwacker wieder auf, und die beiden Pflegebrüder wanderten fröhlich und freudig wieder zum Königshof.

Als sie nun zurückgekommen, erzählte Silfwerhwit seiner Gemahlin, wie Lillwacker sein Leben gerettet hatte und was für andere Abenteuer sie zusammen bestanden hatten. Da herrschte Lust und Freude am ganzen Königshof, und die Jungen wurden von allen mit großen Ehren empfangen.

Nachdem aber Lillwacker dort einige Zeit geblieben war, freite er um die mittlere Prinzessin und erhielt ihr und ihrer Freunde Jawort und Einwilligung. Hierauf wurde die Hochzeit mit großem Pomp gefeiert, und Silfwerhwit teilte das halbe Reich mit seinem Bruder.

Die beiden Brüder aber lebten zusammen in Frieden und Einigkeit, und wenn sie nicht tot sind, werden sie wohl heute noch leben.

# Das Mädchen, das Gold aus Lehm und Langstroh spinnen konnte

Es war einmal ein altes Weib, das hatte eine einzige Tochter. Das Mädchen war gut und freundlich und dazu außerordentlich schön. Aber sie war so faul, daß sie ungern an die Arbeit ging. Die Alte war deshalb sehr bekümmert und versuchte es auf alle mögliche Weise, den Fehler ihrer Tochter zu verbessern. Aber vergeblich. Da wußte sich die Alte nicht anders zu helfen, als daß sie das Mädchen oben auf dem Dach ihrer Hütte spinnen ließ, damit die ganze Welt ihre Faulheit sähe und erführe.

Eines Tages wollte der Königssohn auf die Jagd und ritt an der Hütte vorbei, wo die Alte mit ihrer Tochter wohnte. Als er nun die schöne Spinnerin auf dem Dach sah, hielt er an und fragte, warum sie denn da oben säße und spänne. Die Alte erwiderte: »Je nun, sie sitzt dort, damit die ganze Welt sieht, wie tüchtig sie ist. Sie ist so tüchtig, daß sie Gold aus Lehm und Langstroh spinnen kann.«

Über diese Worte wunderte sich der Prinz sehr; denn er merkte nicht, daß die Alte auf die Faulheit ihrer Tochter anspielte. Er sagte deshalb: »Wenn's wahr ist, wie Ihr sagt, daß Eure Tochter Gold aus Lehm und Langstroh spinnen kann, so soll sie hier nicht länger sitzen bleiben, sondern mit mir auf meinen Hof kommen und meine Königin werden!«

Die Tochter der Alten stieg also vom Dach herab und fuhr mit dem Prinzen zum Königshof. Dort brachte man sie ins Frauengemach; und sie erhielt einen Eimer Lehm und ein Bündel Stroh, denn man wollte gern wissen, ob sie wirklich so geschickt sei, wie die Mutter erzählt hatte.

Dem armen Mädchen wurde ganz schlecht zumute, denn sie wußte ja sehr wohl, daß sie nicht Flachs spinnen könne und noch viel weniger Gold.
Als sie nun lange so gesessen hatte, öffnete sich die Tür, und herein trat ein ganz, ganz kleines Männchen, das war sehr häßlich und mißgestaltet von Aussehen. Der Alte begrüßte sie freundlich und fragte, warum sie so einsam und traurig dasäße.
»Ach«, erwiderte die Jungfrau, »ich muß wohl traurig sein. Der Königssohn hat mir befohlen, Gold aus Lehm und Langstroh zu spinnen, und wenn ich nicht morgen früh damit fertig bin, so büße ich mein junges Leben ein!«
Da ergriff der kleine Mann das Wort: »Schöne Jungfrau, weine nicht, ich will dir helfen! Hier sind ein Paar Handschuhe, wenn du die anziehst, so kannst du Gold spinnen. Aber morgen nacht kehre ich zurück; wenn du bis dahin nicht meinen Namen ausfindig gemacht hast, mußt du in mein Haus kommen und meine Liebste werden.«
Da nun das Mädchen sich nicht anders zu helfen wußte, so ging sie auf die Bedingung des Alten ein. Darauf ging der Zwerg seines Weges. Aber die Jungfrau fing an zu spinnen, und als es heller Tag war, hatte sie alles Stroh und allen Lehm aufgesponnen, und es war das schönste Gold geworden, das sich jedermann ansehen wollte.
Nun herrschte große Freude am ganzen Königshof, daß der Königssohn eine Braut hatte, die so tüchtig und zugleich so schön war. Aber das junge Mädchen weinte nur immer, und je länger es dauerte, desto mehr weinte sie. Denn sie dachte an den häßlichen Zwerg, der kommen und sie holen wollte. Als es Abend wurde, kam der Königssohn von der Jagd heim und ging zu seiner Braut, um mit ihr zu plaudern. Als er nun ihren Kummer bemerkte, suchte er sie auf jede Weise zu trösten und sagte, er wolle ihr ein lustiges Abenteuer erzählen, wenn sie nur wieder

fröhlich würde. Das Mädchen wollte es gern hören. Da sagte der Prinz: »Als ich heute im Walde umherschlenderte, sah ich ein seltsames Ding. Ich sah nämlich ein ganz, ganz kleines altes Männchen. Das sprang um einen Wacholderstrauch herum und sang ein wunderliches Lied.«
»Was sang es denn?« fragte das Mädchen neugierig, denn sie dachte sich, daß der Königssohn den Zwerg getroffen habe. »Oh«, sagte der Prinz, »es sang folgendes:

Heut' will ich Malz mahlen,
Und morgen will ich Hochzeit feiern.
Das Jüngferlein weint in ihrer Kammer
Und kann meinen Namen nicht finden.
Ich heiße Titteli Ture,
Ich heiße Titteli Ture.«

Da wurde das Mädchen von Herzen froh und bat den Prinzen, noch mal zu erzählen, was der Zwerg gesagt hätte. Der Königssohn wiederholte noch einmal das wunderliche Lied, und die Jungfrau merkte sich genau den Namen des Männchens. Darauf plauderte sie zärtlich mit ihrem Verlobten, und der Prinz hatte nicht Worte genug, um die Schönheit und den Verstand seiner jungen Braut zu rühmen. Er wunderte sich aber sehr, warum sie auf einmal so fröhlich geworden; niemand wußte ja, was vorher die Ursache ihres tiefen Leids war.
Als es Nacht geworden und das Mädchen allein in ihrer Kammer war, öffnete sich die Tür, und der häßliche Zwerg trat wieder ein. Da sprang die Jungfrau auf und sagte: »Hier hast du deine Handschuh', Titteli Ture! Titteli Ture!« Aber als das Männchen seinen Namen hörte, wurde es sehr zornig und fuhr durch die Luft hinaus, so daß es das ganze Dach mit sich nahm.
Nun lachte sich die schöne Jungfrau ins Fäustchen und

war sehr froh. Darauf legte sie sich schlafen und schlief, bis die Sonne schien.

Den andern Tag aber fand ihre Hochzeit mit dem jungen Königssohn statt, und nachher hörte sie niemals mehr etwas von Titteli Ture.

# Die kleine Rosa und die lange Leda

Es war einmal ein König und eine Königin, die hatten eine einzige Tochter. Man nannte sie die kleine Rosa, weil sie so lieblich und verständig war; alle, die sie sahen, hatten sie gern.

Nach einiger Zeit aber starb die Königin, und der König heiratete eine andere Gemahlin. Die neue Königin hatte ebenfalls eine einzige Tochter, aber diese war hochfahrend von Gemüt und häßlich von Aussehen; sie mußte sich daher gefallen lassen, daß man sie die lange Leda nannte. Die beiden Stiefschwestern wuchsen nun zusammen auf dem Königshof auf; aber jeder, der sie sah, merkte den großen Unterschied zwischen ihnen.

Die Königin und die lange Leda waren sehr neidisch auf die kleine Rosa und taten ihr alles erdenkliche Unrecht an. Aber die Königstochter war immer freundlich und ergeben und tat alle Arbeit, wenn sie auch noch so schwer war. Das erbitterte die Königin noch mehr, und sie wurde immer böser, je mehr Klein-Rosa es ihr in allem recht zu machen suchte.

Eines Tages gingen die Königin und die beiden Prinzessinnen im Garten spazieren, der neben dem Königshof lag. Da hörte sie, wie der Gärtner mit seinem Burschen sprach und ihn bat, eine Axt zu holen, die zwischen den Bäumen liegengeblieben war. Als die Königin das hörte, sagte sie, Klein-Rosa solle die Axt holen. Der Gärtner sträubte sich und meinte, so geringe Dienste schickten sich nicht für eine Königstochter; aber die Königin ließ nicht nach und bekam ihren Willen.

Als nun Klein-Rosa in den Hain gegangen war, wie die Königin ihr befohlen hatte, sah sie dort die Axt liegen; aber drei weiße Tauben hatten sich auf den Stiel gesetzt, um auszuruhen. Da nahm die Königstochter ein Stück Brot, zerbröckelte es in der Hand, reichte es den kleinen Tauben und sagte freundlich: »Meine armen kleinen Tauben! Geht jetzt bitte von hier fort, denn ich muß die Axt meiner Stiefmutter bringen.«
Die Tauben aßen der Jungfrau aus der Hand und gaben willig den Stiel frei; Klein-Rosa nahm die Axt, wie man ihr befohlen hatte.
Aber sie war noch nicht weit gekommen, da fingen die Tauben untereinander ein Gespräch an und überlegten sich, welchen Lohn sie dem jungen Mädchen geben sollten, das so freundlich zu ihnen gewesen.
Die eine sagte: »Mein Geschenk soll sein, daß sie doppelt so schön wird, wie sie schon ist.«
Die andere sagte: »Mein Geschenk soll sein, daß ihr Haar sich in Goldhaar verwandelt.«
Und die dritte fügte hinzu: »Jedesmal, wenn sie lacht, soll ein roter Goldring aus ihrem Mund kommen.«
Nachdem sie so gesprochen, flogen die Tauben davon; aber alles ging in Erfüllung, wie sie gesagt hatten.
Als nun Klein-Rosa zu ihrer Stiefmutter zurückkam, staunten alle über ihre unvergleichliche Schönheit, über ihre leuchtend gelbes Haar und die roten Goldringe, die ihr immer aus dem Munde kamen, wenn sie lachte. Aber die Königin ließ sich genau erzählen, wie alles gegangen sei, und von Stund an hegte sie noch tieferen Haß gegen ihre Stieftochter als zuvor. Die böse Stiefmutter dachte nun Tag und Nacht nur daran, wie ihre eigene Tochter ebenso schön werden könnte wie Klein-Rosa. Deshalb ließ sie heimlich den Gärtner rufen und gab ihm Anweisung, wie er es machen solle. Darauf ging sie mit den beiden Prinzessinnen im Garten spazieren, wie sie zu tun

pflegte. Als sie nun am Gärtner vorbeikam, sagte er, er habe seine Axt im Hain vergessen. Der Bursche solle sie holen. Da sagte die Königin, die lange Leda solle die Axt suchen. Der Gärtner widersetzte sich dem natürlich und meinte, so geringe Dienste ständen einer vornehmen Jungfrau nicht an; aber die Königin beharrte auf ihren Worten und setzte ihren Willen durch.

Als nun die lange Leda in den Hain gekommen war, wie die Königin ihr befohlen hatte, da sah sie die Axt dort liegen; aber drei strahlend weiße Tauben hatten sich auf den Stiel gesetzt, um auszuruhen. Da konnte die böse Jungfrau ihre Schlechtigkeit nicht unterdrücken, sondern warf Steine auf die Vögel, schalt sie und sagte: »Fort mit euch, häßliche Vögel! Was untersteht ihr euch, dazusitzen und die Axt zu beschmutzen, die ich mit meinen weißen Händen anfassen soll?«

Bei diesen Scheltworten flogen die Tauben davon, und die lange Leda nahm die Axt, wie ihr befohlen war. Aber sie war noch nicht weit gekommen, da fingen die Tauben untereinander ein Gespräch an und überlegten, welchen Lohn sie der häßlichen Jungfrau für ihre Bosheit geben sollten. Da sagte die eine: »Mein Geschenk soll sein, daß sie doppelt so häßlich wird, wie sie schon ist.«

Die andere hinwieder sagte: »Mein Geschenk soll sein, daß ihr Haar wie Dornen aussieht.«

»Und ich«, fügte die dritte hinzu, »schenke ihr, daß immer ein Frosch aus ihrem Mund hüpft, wenn sie zu lachen anfängt.«

Nachdem sie so gesprochen, flogen die drei Tauben davon; aber alles ging in Erfüllung, wie sie gesagt hatten.

Als nun die lange Leda wieder zu ihrer Mutter zurückkam, wunderten sich alle über ihr abstoßend häßliches Aussehen, über ihr Haar, das einem Dornenbusch glich, und über den Frosch, der jedesmal aus ihrem Mund hüpfte, wenn sie lachen wollte. Aber die Königin war sehr betrübt über dies große Unglück, und die Leute erzählen sich, daß sie und ihre Tochter seit diesem Tage selten gelacht hätten.

Die Stiefmutter konnte jetzt Klein-Rosa nicht länger vor Augen sehen, sondern trachtete danach, sie zu verderben und umzubringen. In dieser Absicht ließ sie heimlich einen Schiffer rufen, der sollte sie in ein fernes Land fahren, und sie versprach ihm viel Gut, wenn er die Königstochter an Bord nehmen und sie in die Tiefe des Meeres versenken würde. Der Schiffer wurde vom Gold betört, das ja immer so viel Unheil in dieser Welt anrichtet, und entführte Klein-Rosa des Nachts, wie es die Stiefmutter gewünscht hatte. Aber als das Fahrzeug in See gegangen und weit auf das trügerische Meer hinausgekommen war, entstand ein heftiger Sturm, und das Schiff ging mit Mann und Maus unter, ausgenommen allein Klein-Rosa. Sie wurde von den Wellen getragen, bis sie an eine grüne Insel kam, fern im Meer. Hier fristete sie eine Zeitlang ihr Leben, ohne einen Menschen zu sehen oder zu hören; ihre Nahrung bestand aus wilden Beeren und Wurzeln, die im Walde wuchsen. Als Klein-Rosa eines Tages am Meeresstrand wanderte, fand sie Kopf und Gebein eines Hirschkalbes, das von wilden Tieren zerrissen war. Aber da noch frisches Fleisch daran saß, nahm die Königstochter das Gerippe und steckte es an eine Stange, damit die kleinen Vöglein es sehen und sich daran satt essen konnten.

Darauf legte sie sich auf den Boden und tat einen kleinen Schlaf. Aber sie hatte nicht lange geschlafen, da wurde sie von einem lieblichen Gesang geweckt, der war viel schöner, als man sich vorstellen kann. Klein-Rosa lauschte und glaubte zu träumen; denn sie hatte niemals etwas so Liebliches empfunden oder gehört. Als sie sich nun umblickte, da hatte sich das Gerippe, das sie den kleinen Vöglein des Himmels zur Nahrung hingestellt hatte, in eine grüne Linde verwandelt, und der Kopf des Hirschkalbes war zu

einer kleinen Nachtigall geworden; die saß ganz oben in der Krone der Linde. Aber jedes einzelne kleine Lindenblatt fing an in seltsamer Weise zu klingen, so daß die Töne eine wunderbare Harmonie gaben; und die kleine Nachtigall oben im Wipfel sang ihre schönsten Weisen: wer es hörte, der mußte wähnen, im Himmel zu sein.
Nach diesem Tage schien es der Königstochter nicht mehr so schwer zu sein, einsam auf der grünen Insel zu leben. Wenn sie traurig war, brauchte sie nur zu der klingenden Linde zu gehen, und sie wurde wieder froh. Und doch konnte sie ihre Heimat nicht ganz und gar vergessen, sondern setzte sich oft an den Strand und blickte mit großer Sehnsucht übers Meer, dessen Wellen von Land zu Land wandern. Als Klein-Rosa eines Tages wie gewöhnlich am Strand saß, bemerkte sie ein schönes Fahrzeug, das über das weite Meer segelte. Auf dem Schiff befanden sich viele rüstige Seefahrer, deren Anführer ein Königssohn war. Als sich nun das Fahrzeug der Insel näherte und die Schiffsleute den lieblichen Gesang hörten, der über das Wasser erklang, da dachten sie, es müsse ein verzaubertes Land sein, und wollten gleich wieder in See gehen. Aber ihr Anführer sagte, sie dürften nicht wegfahren; erst müsse er wissen, woher der wunderbare Gesang käme. Da ließen sie ihm seinen Willen.
Als nun der Königssohn an Land gekommen war und das Spiel der Linde und den Gesang der Nachtigall hörte, da wurde ihm wunderlich zumute. Und es kam ihm vor, als wenn er etwas so Liebliches und Schönes nie vernommen. Aber noch seltsamer wurde er bewegt, als er näher kam und unter der grünen Linde eine Jungfrau sitzen sah, deren Haar wie Gold glänzte und deren Antlitz strahlte wie der weißeste Schnee. Der Königssohn grüßte die schöne Jungfrau und fragte, ob ihr die Insel gehöre. Klein-Rosa bejahte es. Der Königssohn fragte darauf, ob sie eine Seejungfrau sei oder ein menschliches Wesen. Da erzählte ihm

die Jungfrau die Abenteuer, die sie erlebt hatte, und wie sie vom Sturm an die einsame Insel geworfen sei; zugleich sagte sie, woher sie stamme und aus welchem Geschlecht. Da wurde der Königssohn frohen Sinnes und konnte die Schönheit und Anmut des jungen Mädchens nicht genug preisen. Sie sprachen lange miteinander; schließlich fragte der Königssohn, ob Klein-Rosa ihn nach Hause begleiten und seine Königin werden wolle; sie gab ihr Jawort und ihre Einwilligung. Darauf segelten sie von der Insel fort und kamen zum Reich des Königssohnes. Aber Klein-Rosa nahm die grüne Linde mit sich und pflanzte sie auf den Königshof. Und das Laub der Linde klang, und die Nachtigall sang, daß die ganze Gegend ihre Lust und Freude daran hatte.

Als Klein-Rosa eine Zeitlang verheiratet war, wurde sie Mutter eines schönen Jungen. Da dachte sie an ihren alten Vater und schickte ihm Nachricht von allem, was sie erlebt hatte. Aber sie wollte ihn nicht wissen lassen, daß die Königin schuld an ihrem Unglück sei. Über diese Nachricht freute sich der König sehr und mit ihm seine Mannen; denn alle hatten Klein-Rosa lieb. Aber die Königin und die lange Leda waren sehr aufgebracht, daß Rosa noch am Leben sei, und beratschlagten untereinander, wie sie der Königstochter ein Leid antun könnten.

Die falsche Stiefmutter machte sich darauf zurecht und sagte, sie wolle zu Klein-Rosa fahren und sie besuchen. Als sie hinkam, wurde sie aufs allerbeste empfangen; denn die Königstochter wollte nicht an all das Böse denken, das ihr die Stiefmutter zugefügt hatte; die Königin aber stellte sich sehr freundlich und sagte viele schöne Worte.

Eines Tages sagte die Stiefmutter zu Klein-Rosa, sie wolle ihr eine Liebesgabe geben zur Erinnerung an ihre Verwandten. Die Stieftochter hatte kein Arg daran, sondern bedankte sich für das Geschenk. Da zog die Königin ein seidenes Hemd hervor, das mit Gold gestickt war. Aber

das schöne Hemd war auf die scheußlichste Weise verzaubert; als Klein-Rosa es anzog, wurde sie plötzlich in eine Gans verwandelt, die flog zum Fenster hinaus und warf sich ins Meer. Aber da die Königstochter schönes gelbes Haar hatte, so bekam die Gans goldene Federn. Im selben Augenblick hörte die Linde auf zu klingen und die Nachtigall zu singen, und der ganze Königshof wurde von Sorge und Kummer befallen. Am meisten von allen aber trauerte der Gemahl Klein-Rosas, der junge König, und er wollte sich gar nicht trösten lassen.
Wenn nachts der Mond schien und die Fischer des Königs auf dem Meer waren, um ihre Netze einzuziehen, bemerkten sie eine schöne Gans mit goldenen Federn, die schaukelte sich auf den Wellen. Darüber wunderten sie sich sehr, und es schien ihnen ein merkwürdiges Wahrzeichen zu sein. Aber eines Nachts schwamm die schöne Gans zum Boot des Fischers hin und begann ein Gespräch mit ihm. Sie grüßte und fragte ihn:
»Guten Abend, Fischer! Wie steht es zu Hause auf dem Königshof?

Klingt meine Linde noch?
Singt meine Nachtigall?
Weint mein Bübchen klein?
Freut sich mein Herr Gemahl?«

Als der Fischer das hörte und die Stimme der Königin erkannte, wurde ihm wunderlich zumute, und er antwortete:

»Zu Hause auf dem Königshof steht es schlecht:
Deine Linde klingt nicht mehr,
Deine Nachtigall singt nicht mehr,
Dein Bübchen weint bei Tag und Nacht,
Nichts deinem Herren Freude macht.«

Da seufzte die schöne Gans und schien sehr betrübt zu sein. Sie sagte:

»Ach, ich Arme!
Hin ist all mein Glück,
Nie komm' ich nach Hause zurück!
Gute Nacht, Fischer! –
Ich komme noch zweimal her
Und dann niemals mehr.«

Im selben Augenblick verschwand der Vogel. Aber der Fischer fuhr nach Hause und erzählte dem jungen König, seinem Herrn, was er gesehen und gehört habe.
Der König gab jetzt Befehl, man solle die goldene Gans fangen, und versprach den Fischern eine große Belohnung, wenn sie seinen Auftrag ausführen würden.
Da machten die Männer ihre Schlingen zurecht und ihre anderen Fischergeräte und begaben sich auf die See, um ihre Netze zu prüfen. Als der Mond aufgegangen war, kam die schöne Goldgans wieder auf den Wellen zu ihrem Boot geschwommen. Sie grüßte und sagte:
»Guten Abend, Fischer! Wie steht es zu Hause auf dem Königshof?

Klingt meine Linde noch?
Singt meine Nachtigall?
Weint mein Bübchen klein?
Freut sich mein Herr Gemahl?«

Der Fischer antwortete wieder wie voriges Mal:

»Zu Hause auf dem Königshof steht es schlecht:
Deine Linde klingt nicht mehr,
Dein Nachtigall singt nicht mehr,
Dein Bübchen weint bei Tag und Nacht,
Nichts deinem Herren Freude macht.«

Da wurde die schöne Gans sehr traurig und sagte:

»Ach, ich Arme!
Hin ist all mein Glück,
Nie mehr komm' ich nach Hause zurück!
Gute Nacht, Fischer! –
Ich komme noch einmal her
Und dann niemals mehr!«

Bei diesen Worten wollte der Vogel wieder fortschwimmen; aber die Fischer warfen schnell ihre Schlingen über sie. Da fing die Gans an, mit den Flügeln zu schlagen und kläglich zu schreien.

»Laßt los oder haltet fest!
Laßt los oder haltet fest!«

Zugleich vertauschte sie ihre Gestalt und wurde zu Schlangen, Drachen und anderem furchtbaren Getier. Als die Fischer das merkten, da bangten sie um ihr Leben und ließen die Schlingen los, so daß der Vogel entkam.
Aber als der König den Ausgang ihrer Fahrt vernahm, da wurde ihm schlecht zumute, und er sagte, sie dürften sich nicht durch ein Blendwerk erschrecken lassen. Er ließ darauf neue und stärkere Schlingen herstellen, um die goldene Gans zu fangen, und verbot den Fischern bei Lebensstrafe, sie entkommen zu lassen, wenn sie sich nächstes Mal wieder zeigen würde.
Als in der dritten Nacht der Mond aufgegangen war, ruderten die Fischer des Königs wieder aufs Meer, um ihre Netze zu prüfen. Sie warteten lange, aber keine Goldgans kam. Endlich kam sie wieder über die Wellen gefahren und schwamm zu ihrem Boot hin. Der Vogel grüßte sie wie zuvor:
»Guten Abend, Fischer! Wie steht es zu Hause auf dem Königshof?

Klingt meine Linde noch?
Singt meine Nachtigall?
Weint mein Bübchen klein?
Freut sich mein Herr Gemahl?«

Der Fischer entgegnete:

»Zu Hause auf dem Königshof steht es schlecht:
Deine Linde klingt nicht mehr,
Deine Nachtigall singt nicht mehr,
Dein Bübchen weint bei Tag und bei Nacht,
Nichts deinem Herren Freude macht.«

Da seufzte die schöne Gans und sagte:

»Ach, ich Arme!
Hin ist all mein Glück,
Nie mehr komm' ich nach Hause zurück!
Gute Nacht, Fischer!
Jetzt komm' ich niemals mehr her!«

Die Gans wollte darauf fortschwimmen, aber die Fischer warfen ihre Schlingen und hielten sie fest. Da wurde der Vogel sehr ängstlich, schlug heftig mit den Flügeln und schrie:

»Laßt los oder haltet fest!
Laßt los oder haltet fest!«

Sie wechselte darauf ihre Gestalt und wurde zu Schlangen, Drachen und anderen gefährlichen Tieren. Aber die Fischer fürchteten den Zorn des Königs und hielten getreulich die Schlingen fest. Da gelang es ihnen, die goldene Gans zu fangen, und sie brachten sie zum Königshof, wo man sie streng bewachte, daß sie nicht entkommen könnte. Aber der Vogel war still und mürrisch und wollte nicht sprechen; da wurde der Kummer des Königs noch größer, als er vorher gewesen. Einige Zeit später geschah es, daß ein altes Weib von seltsamem Aussehen auf den Königshof kam und den König zu sprechen wünschte. Die Wache antwortete, wie ihr befohlen war, der König sei aus Kummer und Betrübnis für niemanden zu sprechen; aber die Alte ließ sich nicht abweisen, und da wurde sie vorgelassen.

Der König fragte sie, was sie wünsche. Die Alte antwortete: »Herr König! Man hat mir erzählt, daß deine Königin in eine goldene Gans verwandelt sei und daß du Tag und Nacht über dieses große Unglück trauerst. Jetzt bin ich hergekommen, um den Zauber zu lösen und dir deine Gemahlin wiederzugeben; nur mußt du mir versprechen, eine Bedingung zu erfüllen.«

Als der König das hörte, wurde er sehr froh und fragte, was es denn für eine Bedingung sei, die sie stelle.

»Ich habe ein Haus auf dem Berge, der auf der anderen Seite des schwarzen Flusses liegt. Ich bitte dich darum, du mögest eine Steinmauer rund um den Berg ziehen lassen, damit deine Rinder mich nicht erschrecken, wenn sie auf die Weide gelassen werden.«

Dieser Wunsch schien dem König gering zu sein, und er versprach der Alten, er wolle ihn gern erfüllen. Aber doch zweifelte er noch, ob die Alte ihr Wort halten würde. Die Alte fing nun an, umständlich alles zu erzählen, was Klein-Rosa von ihrer bösen Stiefmutter erlitten hatte. Aber der König wollte es erst nicht glauben, denn er konnte sich gar nicht denken, daß die alte Königin so falsch sei. Da bat ihn die Alte, er möge ihr das schöne Seidenhemd zeigen, das Klein-Rosa von ihrer Stiefmutter zum Geschenk erhalten hatte.

Der König ließ das Hemd holen, und darauf gingen sie zusammen in das Zimmer, wo die Goldgans eingeschlossen war. Als sie dorthin gekommen waren, ging die Zauberin zur schönen Gans und zog ihr das Hemd an. Da löste sich der Zauber. Klein-Rosa bekam ihre rechte Gestalt wieder, und statt der goldenen Gans stand eine schöne Frau da, mit goldgelbem Haar wie ehedem. Aber im selben Augenblick begann die Linde wieder zu klingen und die Nachtigall in ihrem Wipfel zu singen, daß es eine Lust war. Jetzt herrschte Freude am ganzen Königshof; und der König erkannte, daß ihm die alte Frau die Wahrheit gesagt habe, und hielt ehrlich sein Versprechen, das er ihr gegeben.

Klein-Rosa und ihr Gemahl rüsteten sich darauf, um zu dem alten König, dem Vater Rosas, zu fahren.

Als sie dort angekommen waren, freute sich der König so sehr, daß er von neuem jung wurde, und mit ihm freute sich sein ganzes Reich; denn alle hatten zu ihrer Betrübnis von dem Unglück erzählen hören, daß die Königstochter betroffen hatte. Aber eine war da, die wurde nicht froh, und das war die alte Königin; denn sie merkte sehr wohl, daß ihre Falschheit entdeckt und ihre Zeit vorüber sei. Als nun der alte König alles Böse erfuhr, daß seine Tochter von ihrer bösen Stiefmutter erlitten hatte, wurde er sehr zornig und verurteilte die Königin zum Tode. Aber Klein-Rosa bat um das Leben ihrer Stiefmutter, und da ließ der König ihr den Willen und warf seine Gemahlin auf Lebenszeit in den Turm. Die Tochter der Königin, die lange Leda, mußte dieselbe Strafe auf sich nehmen wie ihre Mutter.

Aber der junge König und Klein-Rosa kehrten in ihr eigenes Reich zurück.

Und da klingt die Linde,
Da singt die Nachtigall,
Da weinte der Prinz weder bei Tag noch bei Nacht,
Und der König freut sich alleweil und lacht.

# Märchen aus Dänemark

# Die Prinzessin im Hügel

Vor langer Zeit war Gunnar, ein tapferer Schwede, mit Norwegen verfeindet und hatte dieses Land überfallen; zuerst gingen seine Streifzüge in die Gegend Jather, jenen Küstenstrich südlich von Stavanger. Hier verbrannte er alles, mordete blindlings, und es machte ihm Freude, Straßen und Wege von Leichen übersät und blutdurchtränkt zu sehen. Während anderen Wikingern nicht viel am Morden, sondern nur am Rauben lag, wollte Gunnar vor allem Mord und Totschlag, und am liebsten sättigte er diesen unheilvollen Drang mit dem Abschlachten von Menschen. Und so nimmt es denn auch nicht wunder, daß die Einwohner dieser Grausamkeit zuvorkommen wollten und sich alle flugs unterwarfen.

Der greise König der Normannen aber, Regnaldus, ließ, kaum hatte er vom Wüten des Tyrannen gehört, eine Höhle graben und verschloß seine Tochter Drota darin. Er gab ihr Nahrung und eine Dienerschaft für eine lange Zeit mit. Kunstvoll geschmiedete Schwerter und den königlichen Hausrat verbarg er desgleichen in dieser Höhle; denn ein Schwert, das er selber nicht mehr bedienen konnte, wollte er nicht den Feinden überlassen. Und damit sich die Höhle nicht über dem Boden erhob und somit zu sehen war, ließ er die ausgegrabene Erde dem Boden gleichmachen.

Dann zog er in den Krieg, und da er mit seinen altersschwachen Gliedern nicht mehr in die Schlacht gehen konnte, stützte er sich auf die Schultern seiner Begleiter und kam so nur mühsam vorwärts. Er kämpfte zwar mit

Eifer, aber mit wenig Glück. Und alsbald fiel er im Kampf, und sein Tod brachte seinem Land eine schwere Schmach. Um nämlich die Feigheit des besiegten Volkes ungewöhnlich schmachvoll zu bestrafen, setzte Gunnar als Herrscher über sie einen Hund ein, und sie mußten ihre hochmütigen Nacken vor dem Beller beugen. Das war aber noch nicht genug der Schmach: Gunnar bestellte auch Statthalter, die im Namen des Hundes alle privaten und öffentlichen Aufgaben besorgen sollten. Und der Adel mußte in bestimmter und fester Reihenfolge Hofdienst beim Hund machen. Doch noch nicht genug! Wenn einer der Höflinge sich im Dienst des Herrschers widerwillig zeige und seinen Sprüngen hin und her nicht ehrfurchtsvoll und ergeben nachlaufe, der solle mit dem Verlust von Gliedern büßen, so bestimmte es Gunnar. Auch legte er dem Volk eine zwiefache Aufgabe auf: die eine sollten sie mit ihren Herbstvorräten, die andere sollten sie im Frühjahr bezahlen. Damit wollte er den Norwegern ihren Hochmut austreiben.

Als aber Gunnar zu Ohren gekommen war, daß die Tochter des Königs in einem weit entlegenen Versteck verborgen war, strengte er sich mit all seinen Geisteskräften an, sie aufzuspüren.

So geschah es, während er selbst an der Suche teilnahm, daß er von weitem ein Gemurmel undeutlich unter der Erdoberfläche hörte. Er ging dem Schritt für Schritt nach und vernahm dann ganz klar den Klang menschlicher Stimmen. Und sogleich ließ er die Erde an dieser Stelle abtragen, und es tat sich vor ihm eine Höhle auf mit gewundenen Gängen. Als Drotas Diener nun die Zugänge zur Höhle schützen wollten, wurden sie sogleich niedergehauen. Die Prinzessin aber wurde samt den dort versteckten Schätzen herauf ans Tageslicht geholt. Nur die Schwerter hatte sie einem anderen Versteck anvertraut; sie wurden nicht gefunden.

Und Gunnar, grausam und gierig wie er war, tat ihr Gewalt an. Als die Zeit nun gekommen war, gebar Drota einen Sohn, Hildiger.

# Der Salbyer Rabe

Es war einmal eine Frau, die einen einzigen Sohn hatte, der so faul war, daß er sich nicht einmal jucken mochte und seine Mutter alles für ihn besorgen mußte. Eines Tages saß er und sah aus dem Fenster, da gewahrte er einen großen Raben, der auf einem Apfelbaum saß und die Äpfel anpickte. Das ärgerte den Jungen, und er machte sich daher die Mühe, eine Büchse von der Wand zu nehmen und auf den Raben zu schießen. Er schien ihn getroffen zu haben, denn der Rabe fiel in demselben Augenblick ein wenig tiefer am Baume hinab. Der Junge schoß daher nochmals, und der Rabe fiel wieder etwas tiefer hinab. Er schoß zum drittenmal, da fiel der Rabe ganz zur Erde und blieb dort wie tot liegen.

Jetzt ging der Junge in den Garten hinaus und zum Raben hin; allein er mochte sich nicht zu ihm herunterbücken, daher ließ er sich platt auf ihn niederfallen. Aber in demselben Augenblick fuhr der Rabe in die Höhe, entfaltete seine breiten Schwingen und flog mit dem Jungen hoch in die Luft empor. Dem Jungen blieb nichts anderes übrig, als sich selbst um dessen Hals zu klammern, während derselbe seinen Flug fortsetzte; und er flog weit über das wilde Meer hinaus. Plötzlich senkte sich der Rabe hinab, so daß der Junge bis an den Leib ins Wasser getaucht wurde. »Ach nein«, schrie der Junge, »ich glaubte, ich wäre dort geblieben.«

»Ja, das glaubte ich auch, als du zum erstenmal auf mich schossest«, sagte der Rabe.

Und dann schwang er sich wieder hoch zu den Wolken

empor und flog weit, weit über das wilde Meer hinaus. Dann senkte er sich plötzlich wieder hinab, so daß der Junge bis an das Kinn eingetaucht wurde. »Ach nein«, schrie der Junge, »jetzt glaubte ich wirklich, ich wäre dort geblieben.«
»Ja, das glaubte ich auch, als du zum zweitenmal auf mich schossest«, sagte der Rabe.
Dann schwebte er wieder empor und flog noch weiter über das Meer hinaus, bis er sich plötzlich in dasselbe hinabfallen ließ, so daß die Wellen über dem Kopf des Jungen zusammenschlugen. »Ach nein«, schrie er, »jetzt glaubte ich doch wahrhaftig, ich wäre dort geblieben.«
»Das glaubte ich auch«, sagte der Rabe, »als du zum drittenmal auf mich schossest.«
Dann schwang er sich wieder hoch in die Luft und flog immer weiter, zuerst übers Meer und dann über Land, bis er zu einem einzeln liegenden Bauernhof kam. Dort senkte er sich hinab und setzte den Jungen auf dem Feld hin und sagte, er möge in den Hof hineingehen und vom Salbyer Raben grüßen, man solle ihm eine Schüssel voll Grütze mit zwölf Butterlöchern geben. Wenn er das erhielte, sollte er zwölf Löffel voll davon essen und jeden in ein Butterloch tauchen. Für jeden Löffel voll, den er äße, erhielte er die Stärke eines Knechtes. Wenn man ihn auf dem Hofe nach Neuigkeiten frage, solle er stillschweigen und tun, als ob er nichts wüßte. Wenn er die Grütze bekommen habe, solle er hinausgehen und sich nach dem Salbyer Raben umsehen; sähe er dann denselben nicht, so werde er wohl einen kleinen weißen Lappen an einem roten Faden in der Luft schweben sehen. Wenn er dem nur folge, werde er schon den Raben finden.
Der Junge machte es, wie der Rabe ihm gesagt hatte, ging in den Hof und grüßte vom Salbyer Raben, man solle ihm eine Schüssel Grütze mit zwölf Butterlöchern geben; die erhielt er, und mit den zwölf Löffeln voll erhielt er die

Stärke von zwölf Knechten. Die Leute auf dem Hofe wollten ihn ausfragen, aber er schwieg still und ging hinaus, um nach dem Raben zu sehen, aber er konnte keinen Raben erblicken. Da sah er einen weißen Lappen an einem roten Faden oben in der Luft flattern, und als er demselben folgte, kam er endlich zu dem Raben, der ihn wieder auf seinen Rücken nahm und weit weg mit ihm flog, bis sie in die Nähe eines Edelhofes kamen. Dort setzte der Rabe ihn nieder und schickte ihn mit demselben Gruße vom Salbyer Raben dort hinein. Er erhielt wieder eine Schüssel Grütze mit zwölf Butterlöchern und gewann die Stärke weiterer zwölf Männer; er schwieg zu den Fragen der Leute still und fand wieder den Raben, indem er dem weißen Lappen an dem roten Faden folgte. Der Rabe flog dann weiter mit ihm zu einem großen Schloß, wo er auch hineinging und auf den Namen des Salbyer Raben Grütze mit zwölf Butterlöchern erhielt; und er hatte jetzt die Stärke von sechsunddreißig Männern. Als er von dort herauskam, vermochte er keinen Raben zu erblicken, sondern nur den weißen Lappen an dem roten Faden, und dem folgte er, aber der Weg ging einen sehr steilen Hügel hinan, und als der Junge auf dem Gipfel anlangte und den Lappen und den Faden noch in weiter Ferne sah, war er zu faul, um den Hügel hinunterzugehen, und legte sich daher nieder und ließ sich denselben hinabrollen. Aber er stieß sich an Stümpfen und Steinen, so daß er jämmerlich zerschlagen ward, ehe er am Fuße des Hügels ankam. Dort lag er nun und rief laut zum Salbyer Raben um Hilfe in seiner Not. Der Rabe kam denn auch herangesaust und nahm ihn auf, allein erst schlug er ihn tüchtig mit seinen starken Flügeln, weil er sich seiner alten Faulheit überlassen hatte.

Der Rabe flog jetzt mit dem Jungen auf seinem Rücken weit über Land und Meer, bis sie ein großes Königsschloß erblickten. Dort setzte er ihn nieder und sagte zu ihm: »In dies Schloß mußt du hineingehen und dich als Küchenjungen verdingen. Gib jetzt acht, daß du der Heerstraße dahin folgst. Und kommst du jemals in eine Gefahr, aus der du dich selber nicht erretten kannst, so rufe nach mir nur mit den Worten: ›Salbyer Rabe, hilf mir jetzt, denn jetzt bin ich in Not!‹« Als der Rabe dies gesagt hatte, erhob er sich auf seinen breiten Schwingen und schwebte so hoch empor, daß er dem Jungen bald außer Sicht kam.

Als der starke Bursche jetzt allein war, dachte er: Allerdings hat der Salbyer Rabe gesagt, ich solle der Heerstraße zum Schloß folgen; aber ich sehe ja, daß sie viele Windungen macht und wohl ihre drei Meilen lang ist; gehe ich dagegen gerade hinüber, so ist es nur eine Viertelmeile bis dahin. Ich müßte doch also toll sein, wenn ich nicht den nächsten Weg einschlüge. Damit schritt er geradeaus; aber dieser Richtweg war ein Irrweg, denn bald saß er in einem grundlosen Morast zwischen spitzen Dornen fest, so daß er weder vorwärts noch zurück konnte. Da rief er: »Salbyer Rabe, hilf mir jetzt, denn ich bin in Not!« Da kam der Rabe angesaust, ergriff ihn mit seinen Krallen und zauste ihn tüchtig zwischen den Dornen herum und sagte, das gebühre ihm für seinen Fürwitz. Dann brachte er ihn auf dieselbe Stelle wie vorhin und schwang sich in die Lüfte.

Jetzt war der Bursche durch Schaden klug geworden und er folgte der Heerstraße, bis er zum Schloß kam. Dort ging er in die Küche hinein und bat, man möge ihm einen Dienst als Küchenjunge geben. Er wurde auch angenommen, und dort trug er Wasser und Feuerung herbei, daß es eine Art war; Kräfte genug hatte er ja.

Im übrigen stand es schlimm dort auf dem Schloß, denn der König hatte einmal in Wassernot seine Tochter dem Meermann versprochen, und kurz nachdem der junge Bursche dort in Dienst getreten war, ließ jener Meermann sagen, jetzt wolle er die Königstochter haben, und am nächsten Tag solle sie an den Strand zu ihm kommen, sonst werde er das ganze Reich verwüsten. Das gab eine Trauer

und einen Jammer ohnegleichen. Der König bot seine Tochter und das halbe Reich dem, welcher ihn davon befreien könnte, dem Meermann sein Wort zu halten.
Nun war ein vornehmer Herr dort auf dem Schloß, welcher Ritter Rot hieß. Er versprach hoch und teuer, mit dem Meermann zu kämpfen und die Prinzessin zu retten. Am nächsten Morgen begleitete Ritter Rot auch die Prinzessin an den Strand; aber sobald er eine hohe Woge sich von weit draußen her ans Land wälzen sah, dachte er, es sei der Meermann, und da lief er in den Wald hinein und kletterte auf einen Baum und überließ die Prinzessin sich selbst.
Der Küchenjunge hatte sich mittlerweile an demselben Morgen aus der Küche und an den Strand hinabgeschlichen. Er sah dieselbe hohe Woge sich heranwälzen, vor welcher Ritter Rot das Hasenpanier ergriff. Aber er blieb da und sah genauer zu, und er sah die Woge sich brechen und ans Land schäumen, aber es war kein Meermann darin: Sie benetzte nur die Füße der Prinzessin und flutete dann zurück. Kurz darauf kam eine zweite Woge, größer als die erste; die benetzte die Prinzessin bis zum Gürtel, aber sie barg auch keinen Meermann. Sobald sie verronnen war, kam eine Woge, so hoch wie ein Haus aus der Tiefe herangerollt, und die schlug über dem Haupte der Prinzessin zusammen, und in dieser Woge war der Meermann. Aber gerade als er sie ergreifen wollte, schoß der Küchenjunge herbei und packte ihn, und die beiden rangen jetzt miteinander am Meeressaum, so daß der Sand berghoch um sie her lag. Freilich bedurfte der Bursche der Stärke aller sechsunddreißig Männer zu dem Kampf; aber das Ende war doch, daß er den Sieg errang und dem Meermann den Garaus machte, so daß die Welle seine Leiche ins Meer trug.
Nach diesem Kampf war der Bursche so müde, daß er am Strand niedersank und in einen tiefen Schlaf fiel. Da ging

die Prinzessin zu ihm hin und flocht einen goldenen Ring in sein Haar und eilte dann dem Schlosse zu, um ihrem Vater die gute Botschaft zu bringen. Aber als sie in den Wald kam, kletterte Ritter Rot eiligst vom Baum herab und bedrohte ihr Leben, wenn sie nicht seine Aussage bestätigen wolle, daß er und kein anderer sie vor dem Meermann gerettet habe. Sie gingen also miteinander zum Schloß, wo Ritter Rot lang und breit von seiner Tapferkeit erzählte, wie er dem Meermann den Garaus gemacht und die Tochter des Königs gerettet habe. Da ward große Freude und Lust, und Ritter Rot sollte jetzt in acht Tagen mit der Prinzessin Hochzeit feiern und dann das halbe Reich als Mitgift erhalten.

Der Hochzeitstag erschien, und die Gäste stellten sich ein, und es war eine Pracht, derengleichen man noch nie im Königsschloß gesehen hatte. Doch an der Hochzeitstafel ergriff die Prinzessin plötzlich das Wort und sagte: Wer sie gerettet und dem Meermann den Garaus gemacht habe, das wisse sie nicht; aber das wisse sie, daß sie ihren goldenen Ring in sein Haar geflochten habe, als er, ermüdet von dem schweren Kampf, am Meeresstrand in Schlaf gefallen sei; daher wolle sie keinen anderen zum Mann haben als den, welcher den Ring hätte. Jetzt stand es schlecht um Ritter Rot; denn er hatte ihren goldenen Ring nicht, und der König ließ daher den Befehl durchs Land ergehen, daß alle Männer im ganzen Reich aufs Schloß kommen und in Augenschein genommen werden sollten, ob der goldene Ring der Prinzessin ihnen ins Haar geflochten sei. Sie wurden also alle in Augenschein genommen, so viel ihrer im Reiche waren; aber kein goldener Ring war zu finden.

Da begann der König zornig zu werden und zu sagen, den goldenen Ring wolle die Prinzessin ihnen wohl aufbinden; aber sie fuhr fort zu behaupten, es müsse noch jemand da sein, der nicht in Augenschein genommen worden sei; und da fiel ihnen ein, daß draußen in der Küche des Königs ein großer Küchenjunge sei, den man noch nicht besichtigt habe, und der König sandte daher zwei seiner stärksten Diener ab, um ihn zu holen, er möge wollen oder nicht. Sie kamen zu dem Burschen und sagten, er solle gleich zum König hereinkommen, der wolle mit ihm reden. Aber der Bursche sagte, er habe nichts mit dem König zu reden. Wenn der König etwas von ihm wolle, so könne er zu ihm kommen. Die Diener packten ihn daher und wollten ihn mit Gewalt hineinführen; aber da kamen sie an den Richtigen, denn er warf sie wie ein paar Waschlappen zur Erde; und sobald sie sich wieder auf die Beine machen konnten, liefen sie zum König hinein und sagten, der Bursche wolle nicht kommen und sie könnten seiner nicht Herr werden. Da schickte der König zehn seiner besten Mannen nach ihm aus; aber es erging den zehn wie den zweien; und nicht besser ging es, als der König seine vierundzwanzig stärksten Hünen absandte: der Bursche sagte auch da noch, er habe nichts mit dem König zu reden; wolle der König etwas von ihm, so könne er zu ihm kommen. Und als sie Gewalt brauchen wollten, nahm er sie und schlug sie je zwei und zwei zusammen und warf sie Kopf voraus zur Tür hinaus.

Jetzt mußte der König also seinen eigenen Diener machen und in die Küche gehen und den Burschen hübsch bitten, ihn in den Saal hinauf zu begleiten, und das tat er denn auch; und als er dort hinaufkam, so schmutzig er war und mit seiner roten Mütze auf dem Kopf, mußte ihn der König sogar schön bitten, die Mütze einen Augenblick abzunehmen; und sobald er die abnahm, sahen sie alle den goldenen Ring der Prinzessin in seinem Haar blitzen. »Bist du es, der meine Tochter von dem Meermann errettet hat?« fragte der König.

»Jawohl«, sagte der Bursche.

»Wie ist das zugegangen, daß du sie retten konntest?« fragte der König weiter.

»Es ist so zugegangen, daß ich die Stärke von sechsunddreißig Männern habe, und nur einer ist stärker als ich, und das ist der Salbyer Rabe, der hat die Stärke von siebenunddreißig Männern.«
»Ja«, sagte die Prinzessin, »er und kein anderer war es, der mit dem Meermann kämpfte und mein Leben rettete, während Ritter Rot im Walde saß und in einen Baum geklettert war, ehe der Meermann kam.«
Da wandte sich der König zu seinen Leuten und sagte: »Ergreift jetzt gleich den falschen Ritter Rot und hängt ihn in den höchsten Baum in dem Wald, wo er sich versteckte, als er die Prinzessin schützen sollte!« Aber zu dem Burschen sagte er, er könne jetzt die Prinzessin und das halbe Reich erhalten; das gebühre ihm für seine Tat. Der Bursche dankte ihm für das freundliche Anerbieten, sagte aber, er habe noch nicht daran gedacht, sich zu verheiraten und fest niederzulassen; er wolle daher weder die Prinzessin noch das Reich, aber er wolle wohl dem König noch eine Weile länger dienen. So wurde er denn über das Kriegsheer des Königs gesetzt und empfing so hohen Lohn und so viele Kleider und Waffen und Pferde, wie er wollte; und so ging es eine Zeitlang.
Aber da geschah es eines Tages, daß er auf der Straße dahinritt und alle, denen er begegnete, ihm auswichen, denn sie wußten, daß er die Stärke von sechsunddreißig Männern besaß. Endlich begegnete er einem anderen Reiter, der ihm nicht auswich, sondern gerade auf ihn zuritt, und als sie einander trafen, legte der fremde Reiter seine Hand auf seine Schulter, so daß sein Pferd alle viere auf der Erde von sich streckte und der starke Bursche selbst in die Knie brach. Da merkte er, daß er seinen Meister gefunden habe, und rief laut: »Salbyer Rabe, hilf mir jetzt, denn jetzt bin ich in Not!«
»Nein, du bedarfst keiner Hilfe«, antwortete der Salbyer Rabe; denn er selbst war es, der dem Burschen begegnete.

Er gab sich ihm jetzt zu erkennen, und der Bursche geleitete ihn nach Hause in sein Schloß und sein Königreich, und dort erhielt er die Schwester des Salbyer Raben zur Frau und lebt noch heute mit ihr in Freude und Herrlichkeit.

# In des Wolfes Bau und Adlers Klau'

Es waren einmal ein König und eine Königin, die hatten einen kleinen Sohn. Eines Tages wollten der König und die Königin miteinander ausfahren, aber ihren Sohn nicht mitnehmen. Aber er wollte dennoch mitgenommen werden, darum lief er hinter dem Wagen drein; und da er durch nichts davon abzubringen war, ließ der König halten und sagte zu dem Prinzen, wenn er dieses silberne Messer und diese Gabel, die er ihm jetzt gab, nehmen und zu seiner Amme heimbringen wolle, so dürfte er wiederkommen und mitfahren, sie würden unterdes auf ihn warten, bis er zurückkomme.

Der Prinz nahm das silberne Besteck und lief auf das Schloß zu. Aber daß ihn der König mit diesem Auftrag ins Schloß schickte, war nur ein Vorwand, um ihn loszuwerden. Als der Knabe ein Stück weit gelaufen war und sich einmal umschaute, sah er, daß der Wagen davonfuhr. Da kehrte der Prinz sogleich um und lief dem Wagen wieder nach, konnte ihn aber nicht erreichen. Als er in einen Wald kam, wollte er ihm deshalb von einer andern Seite entgegenlaufen, aber er verirrte sich und lief schnurstracks in eine Wolfshöhle hinein. Der Wolf war zwar zu Hause, aber er war gerade nicht hungrig, denn er war soeben mit einer guten Mahlzeit fertig geworden, drum tat er dem Knaben nichts zuleide, sondern begann wie ein Hund mit ihm zu spielen.

Während sie aber so spielend vor der Wolfshöhle herumsprangen, flog ein Adler über ihre Häupter hin, sah den Knaben, senkte sich pfeilgeschwind nieder, ergriff ihn mit seinen Klauen und flog mit ihm davon. Er wollte ihn in sein Nest, das auf einer Insel draußen im Meere lag, schleppen; unterwegs aber wurde ihm der Knabe zu schwer, und er ließ ihn fallen. Er fiel ins Meer, und sogleich kam ein Walfisch dahergeschwommen und verschluckte ihn.

Als der Prinz kurze Zeit im Bauch des Walfisches gelegen hatte, kam es ihm sehr langweilig darin vor. Er zog daher das silberne Messer und die Gabel heraus und fing an, im Bauch herumzuschneiden. Das konnte der Fisch nicht aushalten; er starb und trieb ans Land.

Der Knabe konnte sich dennoch nicht allein herausfinden. Als es aber im Land ruchbar wurde, daß ein Walfisch ans Ufer getrieben sei, kamen viele Leute zum Strand herunter, um ihn zu sehen und anzustaunen. Unter diesen war auch ein Gutsherr mit seinem Sohn, einem Knaben von des Prinzen Alter. Während diese beiden um den Fisch herumgingen und ihn betrachteten, hörten sie etwas in demselben schreien und rufen. Und als sie ihn aufschnitten, kam der Prinz so munter und frisch wieder heraus, als er verschluckt worden war.

Der Gutsherr nahm dann den Prinzen mit sich nach Hause und ließ ihn mit seinem Sohn erziehen. Die beiden Knaben wurden bald gute Freunde, und der Prinz hatte es recht gut in seinem neuen Heim. Da geschah es eines Tages, als die beiden miteinander Ball spielten, daß der Prinz den Ball aus Unvorsichtigkeit so schleuderte, daß er den Sohn des Gutsbesitzers gerade an die Schläfe traf, und zwar so unglücklich, daß der Knabe tot umfiel. Darüber wurde der Gutsherr so zornig, daß er den Prinzen verurteilte, lebendig zugleich mit dem Toten begraben zu werden, denn er meinte, er könne mit ihm tun, was er wolle, weil er ihn aus dem Walfisch herausschneiden ließ.

Das war zu der Zeit, als die Leute noch Heiden waren und in großen Hügeln draußen auf dem Feld begraben wur-

den. Und der lebende Königssohn wurde zugleich mit seinem toten Spielkameraden in einem Hügel beigesetzt, und mit großen, schweren Steinen wurde der Hügel verschlossen. So saß der arme Prinz da unten in finsterer Grabesluft. Plötzlich merkte er etwas Lebendiges, das im Innern des Hügels herumkrabbelte. Er griff nach demselben, so gut es in der Dunkelheit ging, und fühlte, daß es etwas Haariges war. Er hielt es fest und wurde weiter gezogen und durch die Erde geschleppt. Es war nämlich ein Fuchs, der sich eine Höhle unter dem Hügel gegraben, den der Prinz am Schweif erwischte, und der ihn nun durch einen seiner geheimen Gänge in seinen Fuchsgraben und von da weiter ins Freie hinauszog; denn er war ganz erschrocken und suchte bloß seine Bürde loszuwerden.
Als sich der Königssohn wieder unter freiem Himmel befand, machte er sich auf die Beine und schaute, daß er in den Wald kam, denn auf den Gutshof, dessen Herr ihn begraben ließ, durfte er ja um keinen Preis der Welt mehr zurückkommen. Er wanderte nun mehrere Tage durch die dunkelsten Wälder, die er nur finden konnte, bis er von einem Dieb und Räuber angetroffen ward, der hier in den wilden Wäldern hauste. Er nahm den Knaben mit sich in seine Räuberhöhle, gab ihm zu essen und zu trinken und war überhaupt recht freundlich mit ihm, denn so ein einzeln wild herumstreichender Knabe konnte ihm ja nicht gefährlich sein, sondern im Gegenteil Gesellschaft leisten und ihm nützlich werden.
Der Dieb nahm den Knaben jede Nacht mit sich fort, und der Königssohn mußte sich darein finden, ihm sowohl bei Bauern als bei Herren stehlen zu helfen.
In einer Nacht kamen sie einmal zu einem großen Schloß und gingen zum Stall hin. Der Dieb sagte zu dem Knaben, daß er dort oben durch ein kleines Stallfenster, das offenstand, hindurchkriechen solle. Ganz vorne im Stall stand ein Grauschimmel mit vier goldenen Hufen, und den

wollte der Dieb haben, deshalb sollte ihn der Knabe losmachen, durch den Stall ziehen, die Tür sodann von innen öffnen und den Grauschimmel herausführen. Der Dieb selbst wollte außen warten und das Pferd dann in Empfang nehmen.

Der Knabe tat wie ihm geheißen: Er kroch durch das kleine Fenster und kam glücklich in den Stall, in dem er vorne das Pferd fand und von der Krippe losmachte und mit diesem wieder zurück durch den Stall schleichen wollte. Als aber die goldenen Hufe auf das Steinpflaster klappernd aufschlugen, erwachte zuerst ein Stallknecht, und der rief nach den anderen, und im Nu kamen alle mit Lichtern in den Stall herunter und ergriffen den Knaben auf frischer Tat.

Dies wurde dem König gleich am Morgen gemeldet – denn es war der König, welchem das Pferd gehörte –, und er sagte, daß man den Dieb noch am selben Vormittag aufhängen solle. Er wolle dann selbst kommen und zusehen, daß es auch richtig geschehe.

Als der Knabe den Strick schon um den Hals hatte und aufgeknüpft werden sollte, bat er, noch einige Worte reden und seine Geschichte erzählen zu dürfen. Es wurde ihm erlaubt, und er sprach:

»Ich war zuerst in des Wolfes Bau
Und kam alsdann in des Adlers Klau',
Im Walfischbauch hab ich zugebracht,
Lebendig lag ich in Grabesnacht.
Dem Räuber diente ich so zum Schluß,
Daß ich mein Leben verlieren muß.
Das Silbermesser mit Gabel doch
Von meinem Vater, das hab ich noch,
Das ich der Amme einst bringen sollt,
Als er im Wagen davongerollt.«

Als der König, der der Hinrichtung zuschauen wollte, dies hörte, sprang er auf und umarmte den kleinen Dieb, welcher gerade aufgehängt hätte werden sollen, denn es war ja niemand anders als sein eigener Sohn.

Und Freude herrschte im ganzen Land,
Weil seinen Erben der König fand.
Als Prinz nun reitet er aus dem Schloß
Auf goldbehuftem und stolzem Roß.

# Hans und Grete

Weit draußen vor dem Dorf stand ein kleines Häuschen; darin wohnte ein Mann mit seiner Frau und seiner einzigen Tochter, welche Grete hieß. Es waren zwar nur geringe Leute, aber brave und ordentliche Leute, und Grete war ein recht fleißiges, gutes und noch dazu ein bildhübsches Mädchen.

Unten im Dorfe gab es wohl manch stattlichen Bauernhof, aber der schönste war halt doch der, welchen Hans einmal erben sollte. Sein Vater war längst tot, und die Mutter führte jetzt den ganzen Haushalt, wobei sie von Hans auf das treulichste unterstützt wurde. Er mußte nur noch warten, bis er zwanzig Jahre alt war, und dann bekam er von der Mutter Haus und Hof. Er war nicht allein der reichste, sondern außerdem auch der tüchtigste Bursche im ganzen Dorf, so daß es am Ende kein Wunder war, daß mehr als ein Mädchen ein Auge auf ihn geworfen hatte, und ebenso auch Grete.

Hans kam einmal in aller Frühe in die Küche, als Gretchen gerade allein war, und sagte zu ihr: »Hör, Gretchen! Du bist ein hübsches und ein braves Mädchen, und deshalb kann ich dich auch recht gut leiden, so daß ich dich einmal zu meiner Frau nehmen will, wenn du fein schweigen kannst und es jetzt noch niemandem sagen wirst.«

»Ich danke dir schön!« sagte Grete, »so etwas darf man freilich noch niemandem sagen.«

Hans ging nun wieder, und Grete sollte einen Topf voll Mehlbrei zum Frühstück kochen. Sie nahm eine Handvoll Mehl, die andere voll Asche und rührte dies durcheinan-

der, und dabei war sie voller Freude. Als die Mutter herauskam und sah, was die Tochter zusammenkochte, rief sie erstaunt aus: »Aber Gretchen! Was treibst du denn da?«
»O Mutter«, antwortete sie, »ich bin so voller Freude.«
»Was freut dich denn so sehr?« fragte die Mutter darauf.
»Ja«, sagte Grete, »Hans war da und hat gesagt, er will mich zu seiner Frau nehmen, wenn ich schweigen kann und es jetzt noch niemandem sagen will.«
»Ja, so etwas darf man freilich noch niemandem sagen«, sagte die Mutter und verrührte den Brei und schüttete ihn mitten auf den Küchenboden aus.
Jetzt kam der Mann heraus, um doch nachzusehen, wo die beiden heute mit seinem Frühstück bleiben. »Aber sagt mir nur, was treibt ihr denn da?« sagte er, als er ihre Arbeit sah.
»Oh, wir sind so voller Freude!« antworteten beide.
»Was freut euch denn so sehr?« fragte der Mann. »Ja, der Hans war da und hat gesagt, er will die Grete zur Frau nehmen«, sagte die Mutter, »wenn sie schweigen kann und es jetzt noch niemandem sagen will.«
»Ja, so etwas darf man freilich noch niemandem sagen«, erwiderte der Mann und ging hinaus und spannte die Pferde an die verkehrte Seite des Wagens.
Da kam gerade Hans vorbei, und als er das sah, sagte er: »Aber was treibt Ihr denn da?«
»Oh, ich bin so voller Freude!« antwortete der Mann.
»Ja, was freut Euch denn so sehr?« fragte Hans. »Nun, weil du gesagt hast, du willst meine Tochter zur Frau nehmen«, erwiderte der Mann.
»Ja, das habe ich auch gesagt – wenn sie schweigen kann; aber das kann sie nicht!«
Damit ging Hans voller Zorn seiner Wege.
Und es vergingen viele Tage, ohne daß sie Hans wieder zu Gesicht bekamen. Endlich erfuhren sie, daß er um eines Großbauern Tochter gefreit habe und daß die Brautleute

am nächsten Sonntag in der Kirche verkündigt werden sollten. Sie wurden zum ersten- und zum zweitenmal verkündigt; als sie aber zum drittenmal verkündigt werden sollten, sagte Grete zu ihrer Mutter: »Ich muß heute doch in die Kirche, um noch einmal mit meinem alten Freier zum Heiligen Abendmahl zu gehen.« Und das tat sie auch.

Als alle das Abendmahl empfangen hatten und wieder auf ihre Plätze zurückgingen, flüsterte Grete dem Hans im Vorbeigehen zu: »Ich habe meinen Glauben an dich doch noch nicht aufgegeben.«

Seine Braut, die selbstverständlich auch in der Kirche war, sah es und fragte den Hans aus: »Was war denn das für ein Mädchen, das vorhin an dir vorbeiging und dir etwas zuflüsterte?«

»Oh, das war ein Mädchen, das ich einmal zu meiner Frau nehmen wollte, wenn sie hätte schweigen können, aber das konnte sie nicht!«

»Ah! So etwas ist mir doch in meinem Leben noch nicht vorgekommen!« sagte die Braut, »nicht einmal schweigen konnte sie? Ich habe doch schon sieben Kinder geboren, aber gesagt habe ich noch niemandem ein Sterbenswörtchen davon, nur jetzt ist es mir unversehens entschlüpft.«

Als Hans das hörte, sprang er vom Stuhl auf, und niemals sah sie ihn wieder. Nun heiratete er doch noch das Gretchen, und wenn sie nicht gestorben sind, leben sie heute noch glücklich miteinander.

# Das Siebengestirn

Es war einmal ein Mann und der hatte sechs Söhne. Er gab ihnen aber keine Namen, wie sie andere Menschen haben, sondern nannte sie schlechtweg nach ihrem Alter: »Ältester, Zweitältester, Drittältester, Drittjüngster, Zweitjüngster und Jüngster.« Andere Namen hatten sie nicht.
Als der Älteste achtzehn und der Jüngste zwölf Jahre alt war, schickte sie ihr Vater in die Welt hinaus, damit jeder ein Handwerk lerne. Da zogen sie aus und gingen anfangs ein Stück Weg miteinander, bis sie zu einer Stelle kamen, an der sich ein doppelter Kreuzweg befand, so daß sechs Wege nach verschiedenen Richtungen auseinander führten; da wurden sie miteinander einig, sich hier zu trennen, und jeder sollte seinen eigenen Weg gehen. Aber am zweiten Jahrestag wollten sie alle wieder an derselben Stelle zusammenkommen und zusammen zu ihrem Vater heimkehren.
Am bestimmten Tag fanden sich alle richtig wieder an Ort und Stelle ein und gingen miteinander zu ihrem Vater. Der fragte nun einen jeden, was er für eine Kunst gelernt habe. Der »Älteste« sagte, er sei ein Schiffsbaumeister geworden und könne Schiffe bauen, die von selbst gingen. Der »Zweitälteste« war zur See gegangen und Steuermann geworden und konnte ein Schiff ebenso gut über das Land als auf dem Wasser steuern. Der »Drittälteste« hatte nichts anderes als horchen gelernt, aber das konnte er nun so gut, daß er in dem einen Königreich hörte, was im anderen vorging. Der »Drittjüngste« war ein Schütze geworden, und jeder seiner Schüsse war ein Meisterschuß. Der »Zweitjüngste« hatte klettern gelernt, er konnte an der Wand hin-

aufgehen wie eine Fliege, und keine Felswand war so steil, daß er sie nicht hätte erklettern können.
Als der Vater diese fünf angehört und erfahren hatte, was ein jeder von ihnen konnte, sagte er, daß es zwar recht gut und alles mögliche sei, daß er sich aber doch mehr von ihnen erwartet hätte; denn das, was sie da gelernt, könnten doch andere auch noch. Nun wollte er schließlich wissen, was der »Jüngste« gelernt hätte; auf ihn hatte er immer die größte Hoffnung gesetzt, es war ja sein Lieblings- und Schoßkind.
Der »Jüngste« war froh, endlich auch an die Reihe zu kommen, und antwortete ungemein vergnügt, daß er ein Meisterdieb geworden sei. Als der Vater das hörte, wurde er so böse, daß er ihn bei den Ohren nahm und rief: »Pfui der Schande, die du über mich und die ganze Familie gebracht hast!«
Da traf es sich zur selben Zeit, daß dem König des Landes seine liebreizende junge Tochter von einem bösen Zauberer gestohlen wurde. Und der König versprach sie demjenigen, der sie ausfindig machen und dem Zauberer wieder entreißen könnte, zur Frau und sein halbes Reich als Mitgift obendrein. Da wollten die sechs Brüder ausziehen und ihr Glück versuchen. Der Schiffsbaumeister baute ein Schiff, das von selbst ging. Der Steuermann steuerte es über Land und Meer. Der Horcher lauschte beständig nach allen Seiten herum und sagte endlich, daß er sie im Innern eines Glasberges höre. Dort segelten sie hin. Der Kletterer war in größter Geschwindigkeit oben auf dem Berg und erblickte den Zauberer darin, welcher seinen häßlichen Kopf auf dem Schoß der Prinzessin ruhen ließ und schlief. Da kletterte er wieder herunter, nahm den kleinen Meisterdieb auf den Rücken und stieg mit ihm ganz in den Berg hinein. Der Meisterdieb stahl dem Zauberer die Prinzessin unter dem Kopf weg, ohne daß er es merkte, und der Kletterer trug dann alle zwei zum Schiff hinunter.

Sobald sie unten an Bord angekommen waren, segelten sie fort, und der Horcher mußte unterdes auf den Zauberer Obacht geben. Als sie noch nicht allzuweit vom Land entfernt waren, sagte er zu den anderen: »Jetzt erwacht der Zauberer, jetzt reckt er sich, jetzt vermißt er die Prinzessin, jetzt kommt er!«
Da geriet die Prinzessin in schreckliche Angst und sagte, es wäre nun aus mit allen, wenn sie keinen Meisterschützen bei sich an Bord hätten. Der Zauberer könne überallhin durch die Luft fahren und würde jetzt gleich bei ihnen sein. Er sei unverwundbar und kugelfest, ausgenommen an einem kleinen schwarzen Punkt mitten auf der Brust, der nicht größer als ein Stecknadelkopf sei.
Da kam der Zauberer auch schon durch die Luft gesaust. Der Schütze nahm ihn sogleich aufs Korn, schoß und traf ihn mitten in den schwarzen Punkt hinein. Und im selben Augenblick zersprang der ganze Zauberer in tausend und tausend feurige Stücke, daß die Splitter rauchend weit auseinanderflogen, und daher stammen die vielen Feuersteine, die man allerwegen findet.
Die sechs Brüder langten endlich zu Hause an mit der Prinzessin und führten sie an ihres Vaters Hof. Alle waren in sie verliebt, und jeder einzelne konnte mit vollem Recht von sich sagen, daß sie ohne ihn nicht gerettet worden wäre. Da war der König in großer Not, denn er wußte nicht, welchem er seine Tochter geben solle. Und ebenso war die Prinzessin in großer Not, denn sie wußte nicht, welchen sie am liebsten hatte.
Der liebe Gott wollte aber nicht, daß ein Streit zwischen ihnen entstehe, deshalb ließ er alle sechs Brüder und die Prinzessin in ein und derselben Nacht sterben. Dann versetzte er alle sieben als Sterne an den Himmel, und sie sind das, was man jetzt das Siebengestirn nennt. Der am meisten funkelnde Stern ist die Prinzessin, der matteste aber ist der kleine Meisterdieb.

# Einer, der's faustdick hinter dem Ohr hat

Es war einmal ein ganz steinalter Mann. Er lebte nicht nur schon sehr lange, sondern er war auch seinerzeit ein tüchtiger Kerl, denn er hatte nicht weniger als sieben Schock Söhne und sogar noch sieben Stück dazu.

Als diese vierhundertsiebenundzwanzig Söhne erwachsen waren, wollten sie alle miteinander heiraten; und daher gingen sie zu ihrem Vater und fragten ihn, wie sie sich dazu anstellen sollten. »Das verstehe ich besser als ihr«, sagte der Alte. »Laßt nur mich machen, ich werde schon für jeden von euch eine Frau ausfindig machen. Sattelt mir nur meinen alten Gaul, dann will ich sogleich fortreiten, um für euch zu freien!«

Er mußte aber weit herumreiten, bis er endlich einen Mann auskundschaftete, der sieben Schock Töchter besaß und noch sieben Stück darüber, die noch alle unversorgt waren. Mit dem ließ sich etwas machen, drum ritt er zu ihm hin. Ein Knecht nahm ihm das Pferd ab, und er selbst ging zu dem Mann hinein und knüpfte mit ihm ein Gespräch an, und unter andern Dingen kam er dann auch darauf zu sprechen, daß er eigentlich zu ihm komme, um für seine Söhne anzuhalten um seine sämtlichen Töchter.

Sie kamen dann überein miteinander, daß die jungen Leute alle bei dem alten Vater der Söhne wohnen sollten, während der andere die Hochzeit für alle sieben Schock und sieben Paare zu bestreiten hat. Als alles auf diese Weise abgemacht war, sagte der fremde Mann zu dem Knecht, daß er ihm jetzt sein Pferd wieder satteln und vorführen

möchte. »Hat mein Gaul etwas zu fressen bekommen?« fragte er; »denn ich habe sehr weit heim und mag unterwegs nicht anhalten, um ihn zu füttern.«
»Ja«, antwortete der Knecht, »er hat schon etwas bekommen, denn er hat sieben Fuder Heu gefressen.«
»Hat er aber auch etwas zu saufen bekommen?« fragte der Alte weiter.
»Nein, er hat nichts bekommen.«
»Nun ja – dann kann ich ihn ja noch saufen lassen, wenn wir am See vorbeikommen«, sagte der Alte, »das ist ja weiter nicht der Rede wert.«
Darauf ritt er weg von dem Hof und gelangte bald zu dem See, der aber ziemlich klein war, denn er erstreckte sich höchstens auf sieben Meilen im Umkreis. Der Alte ritt mit seinem Gaul hinein, und dieser soff den ganzen See aus, denn er hatte lange stehen müssen und war davon gar durstig geworden.
Als aber das Wasser im See so zu sinken begann, daß es zuwenig für die Fische war, die darin nicht mehr schwimmen konnten und im Schlamm liegen und umkommen mußten, fanden sich gleich eine Menge Vögel ein, die unter den Fischen tüchtig aufräumten. Als der Mann, der auf dem Pferde saß, in die Höhe schaute, um zu sehen, wohin die Vögel mit den Fischen flogen, da fiel ihm etwas von einem Vogel ins Auge. Er griff zwar gleich nach dem Ding, konnte es aber durchaus nicht herausbekommen. Es blieb ihm daher nichts anderes übrig, als in größter Eile nach Hause zu reiten, während er beständig die eine Hand vor das Auge, das ihn schrecklich schmerzte und juckte und voll Wasser stand, halten mußte.
Sobald er heimkam, erzählte er seinen Söhnen, daß er so glücklich wäre, für jeden von ihnen eine Braut gefunden zu haben, schließlich aber das Unglück unterwegs gehabt hätte, daß ihm etwas ins Auge gefallen sei; sie sollten ihm nun helfen, es herauszubekommen. Sie suchten es wohl

und schauten und schauten, aber sie konnten durchaus nichts darin finden. Da sagte der älteste Sohn, welcher der gescheiteste war: »Wir wollen einfach unsere Schiffe ins Auge hineinbringen und darin herumsegeln und versuchen, ob wir es am Ende nicht doch noch finden können.« Das taten sie auch und segelten sieben ganze Tage darin herum und fanden endlich auch, was sie suchten; und was war es? Ein Fischbein, das ein Vogel verloren hatte. Sie erwischten es mit einem langen Bootshaken und zogen es dann aus dem Auge heraus.

Dann mußten sie sich um einen Tischler umsehen, der ihnen sieben Schock und sieben Bettstellen für die vierhundertsiebenundzwanzig jungen Paare machen konnte. Und es traf sich mit diesem Fischbein so glücklich, daß es der Tischler legen und sägen und zurechtschneiden und daraus die Pfosten für sämtliche vierhundertundsiebenundzwanzig Betten machen konnte.

Als diese fertig und brauchbar waren, wollte der Alte eines Tages sein Mittagsschläfchen auf einem solchen Bett halten und setzte seine rote Schlafmütze auf und legte sich nieder. Als er schon nahe daran war, in Schlummer zu fallen, kam Herr Reineke Fuchs hereingeschlichen und begann an einem dieser Bettpfosten zu nagen. Und es schien ihm, daß er sowohl nach Vogel als nach Fisch schmecke. Darüber wurde der Alte aber so ärgerlich, daß er seine rote Schlafmütze nahm und sie nach Meister Reineke warf, worüber dieser so erschrak, daß er auffuhr und sich geschwind im Bart des Alten versteckte.

Der Alte griff zwar gleich, als Reineke in seinen Bart schlüpfte, nach ihm, erwischte ihn aber nicht, und später war es ihm rein unmöglich zu finden, wo sich der Fuchs versteckt hatte. Darum rief er all seine Söhne herbei, daß sie zu ihm kommen und ihm helfen sollten, Reineke zu fangen. Da sagte der älteste, denn er war ja der gescheiteste, daß es am klügsten wäre, wenn jeder seine gute Sense zur Hand nähme; es würde zwar den Bart einige Haare kosten, aber auf eine andere Art würden sie den Meister Reineke eben nie erwischen können. Da holten sie denn ihre Sensen, sämtliche vierhundertundsiebenundzwanzig Söhne arbeiteten darauf los, und jeder einzelne mähte sieben Schwaden in sieben Tagen; und dann fanden sie schließlich auch den Fuchs in seinem Versteck: Er hatte sich hinter dem rechten Ohr des Alten verkrochen! Da hatte er sich ganz gemütlich und bequem eingemietet und noch überdies sieben Jungen geworfen, ehe sie ihn erwischt hatten.

Als aber auch das wieder in Ordnung und geschehen war, zogen sie hin und hielten alle miteinander Hochzeit; und die Hochzeit war sowohl großartig als prächtig und währte nicht weniger als sieben Schock Tage und noch sieben darüber.

# Die lustigen Weiber

Es standen einmal drei Häuser in einer Reihe, Wand an Wand nebeneinander. In dem einen wohnte ein Schneider, im anderen ein Tischler und im dritten ein Schmied. Alle drei Männer waren verheiratet, und ihre Frauen waren die besten Freundinnen miteinander. Sie erzählten sich oft, was sie doch für dumme Männer hätten, aber nie konnten sie darüber einig werden, welche von ihnen den dümmsten Mann habe; jede einzelne war überzeugt und sagte, ihrer müsse es sein.

Die drei Frauen gingen jeden Sonntag miteinander in die Kirche, da hatten sie unterwegs die beste Gelegenheit zum Schwätzen und Klatschen, und nach der Kirche fanden sie sich wieder in einem Wirtshaus, welches gleich in nächster Nähe lag, und da tranken sie immer ein Seidel »Guten« miteinander. Das eine war bei ihnen so sicher als das andere. Und es war gerade zu der Zeit, da ein Seidel Branntwein drei Schillinge kostete, so daß auf jede der Frauen ein Schilling traf. Aber da schlug der Branntwein auf einmal auf, und der Wirt sagte, daß das Seidel von nun an vier Schillinge koste. Das war ihnen sehr unangenehm, denn sie waren nur ihrer drei, die sich in den Preis des Getränkes teilten, und so war immer ein Schilling zuwenig, denn keine wollte herausrücken und den vierten Schilling daraufbezahlen.

Auf dem Heimweg von der Kirche besprachen sie sich darüber und machten miteinander aus, daß diejenige, deren Mann der dümmste sei und sich den ärgsten Schabernack von seiner Frau spielen lasse, vom nächsten Sonntag

an künftig nichts mehr zu bezahlen brauche und daß jede der beiden anderen dann immer zwei Schillinge hergeben müsse zu ihrem Sonntags-Schnaps.
Am nächsten Tag sagte die Schneidersfrau zu ihrem Mann: »Ich habe für heute Mädchen zum Wollezupfen hierherbestellt, denn es ist ein ganzer Haufen zu verarbeiten, so daß wir uns ordentlich tummeln müssen. Es ist mir aber recht unangenehm, daß unser Kettenhund tot ist. Wenn es nun gegen Abend geht, so kommen natürlicherweise die jungen Burschen dahergelaufen und wollen ihren Jux mit den Mädchen treiben, so daß wieder gar nichts geschieht. Hätten wir nur einen recht bissigen Hund, der sollte uns die Kerls schon vom Leibe halten.«
»Ja«, sagte der Mann, »das wäre freilich recht gut gewesen.«
»Höre, Männchen!« fuhr die Frau fort, »du könntest gewiß selbst den Kettenhund machen und die Burschen von dem Haus verscheuchen.«
Aber das glaubte er denn doch nicht, daß er das könnte, er wolle ihr sonst alles andere gerne zu Gefallen tun.
»Oh, du wirst schon sehen, daß es ganz gut geht«, sagte die Frau, und gegen Abend hüllte sie ihn in einen wolligen Pelz ein, zog ihm eine dunkle Wollmütze über den Kopf und hängte ihn mit der Hundskette unten bei der Hundehütte an. Da stand er nun und knurrte und bellte jeden an, der sich in der Nähe hören ließ. Und das taten meistens die Nachbarsfrauen, die ihren Spaß mit ihm hatten.
Am andern Tag war der Tischler außer Haus arbeiten gegangen und kam ganz vergnügt zu seiner Frau heim; da schlug sie die Hände über dem Kopf zusammen und rief: »Um Himmels willen, aber Mann, wie siehst du denn aus? Männchen, du bist ja krank!« Davon wußte er selbst aber nicht das geringste; höchstens schien es ihm, daß er recht hungrig sei und notwendig etwas zum Essen brauche. Darum setzte er sich an den Tisch und begann sogleich zu

essen, aber seine Frau, welche ihm gegenüber mit gefalteten Händen saß, schüttelte das Haupt und schaute ihn ganz bekümmert an. »Männchen, es wird immer schlimmer mit dir!« sagte sie. »Nun bist du schon ganz bleich; man sieht es dir ganz deutlich an, daß eine schwere Krankheit in dir stecken muß.« Jetzt wurde er selbst schon ängstlich, es war ihm am Ende doch nicht ganz gut. »Es ist wirklich schon die höchste Zeit, daß du dich ins Bett legst«, sagte die Frau und brachte ihn dazu, daß er sich niederlegte. Dann deckte sie alle Decken auf ihn, die sie nur im ganzen Hause finden konnte, und er fühlte sich immer elender und kränker. »Du wirst diese Krankheit nicht mehr überstehen können«, sagte die Frau, »ich fürchte immer, daß du vor mir stirbst.«

»Glaubst du wirklich?« fragte der Tischler. »O ja, das kann auch leicht sein, denn ich fühle mich schon schrecklich elend.«

Bald darauf sagte sie: »Nun muß ich von dir scheiden. Der Tod ist schon da. Und jetzt muß ich dir die Augen zudrükken«, und das tat sie auch. Der Tischler, der ja alles glaubte, was seine Frau sagte, glaubte auch das, daß er nun tot war. Und er blieb ruhig liegen und ließ alles mit sich machen, was seine Frau nur wollte.

Sie holte dann ihre Nachbarinnen herüber, und sie halfen ihr, ihn in den Sarg zu legen – es war einer, den er selbst gemacht, aber die Frau hatte Löcher hineingebohrt, damit er doch Luft schöpfen konnte; sie richtete ihm sein Lager darin recht weich und gut, legte eine Decke auf ihn und faltete ihm die Hände über die Brust, aber statt einer Blume oder einem Gebetbuch gab sie ihm eine Seidelflasche mit Branntwein in die Hand. Als er kurze Zeit so dagelegen, machte er einmal einen Schluck aus der Flasche, dann noch einen und wieder einen, und es schien ihm recht gutzutun, denn er schlief darauf ein und träumte, daß er schon im Himmel sei.

Inzwischen hatte man es im ganzen Ort erfahren, daß der Tischler gestorben sei und anderntags begraben werden sollte. – Was tat aber underdes die Frau des Schmieds? Sie ging hinein zu ihrem Mann und zog ihm, während er dalag und einen Rausch ausschlief, das Hemd herunter und schmierte ihn vom Scheitel bis zur Zehe pechschwarz an und ließ ihn lang in den Tag hineinschlafen, bis die Leute, die dem Tischler das Geleit geben wollten, sich schon alle versammelt hatten und ihn im Sarg bereits zur Kirche trugen. Da kam die Schmiedefrau zu ihrem Mann hereingestürzt und rief: »Aber Mann, liegst du denn noch da? Du verschläfst dich ja und weißt doch, daß du mit zur Leiche gehen mußt.« Der Schmied fuhr ganz verwirrt auf, denn er wußte gar nichts von einer Leiche. »Unser Nachbar Tischler«, sagte die Frau, »ist es ja, der heute begraben wird, und der Leichenzug ist schon am halben Weg zur Kirche.«
»Nun ja«, sagte der Schmied, »so tummle dich halt und hilf mir meine schwarzen Kleider anziehen!«
»Papperlapapp!« sagte die Frau, »die hast du ja schon an, schau nur, daß du endlich weiterkommst!« Ja, da schaute sich der Schmied an und bemerkte, daß er bedeutend schwärzer sei, als er sonst zu sein pflegte; dann packte er schnell seinen Hut und lief zur Türe hinaus dem Leichenzug nach, der schon ganz nahe bei der Kirche war. Der Schmied wollte als ein guter Nachbar natürlich mit dabeisein und den Sarg tragen helfen. Darum lief er dem Zuge nach und rief so laut er konnte: »He da! Wartet ein wenig und laßt mich auch tragen helfen!« Die Leute im Zug blickten sich um und sahen die schwarze Gestalt dahergelaufen kommen und glaubten, es sei der Teufel in eigener Person, welcher den Tischler davontragen wolle. Da warfen sie den Sarg weg und machten sich schleunigst auf die Beine. Mit diesem »Plumps« sprang aber der Deckel vom Sarg, und der Tischler erwachte und schaute heraus. Er

erinnerte sich an alles wieder und wußte, daß er tot sei und begraben werden sollte. Er erkannte den Schmied und sagte mit schwacher Stimme: »Lieber Nachbar! Wenn ich nicht schon gestorben wäre, müßte ich mich jetzt zu Tode lachen, so wie du zu meiner Leiche kommst!«

Von dieser Zeit an brauchte die Tischlersfrau am Sonntag nichts mehr für das Seidel zu bezahlen, denn das mußten alle zugestehen, daß sie ihren Mann am ärgsten zum Narren gehalten hatte.

# Der filzige Lars

Es war einmal ein alter Junggeselle, welcher Lars Larsen hieß; er hatte einen guten Bauernhof, aber er hatte stets gemeint, daß er nicht die Mittel habe, sich zu verheiraten; denn er war geizig, daß er sich kaum das Nötigste gönnte, dessen er zum Leben bedurfte. Er gönnte daher auch anderen nichts; aber er mußte doch Leute für den Betrieb des Hofes halten, und die wollten und mußten ja etwas zu essen haben. Lars war niemals froh, obschon er reicher und reicher ward, denn er meinte immer, es gehe zu viel in der Wirtschaft drauf. Endlich kam er auf den Gedanken, es möchte sich doch wohl bezahlen, eine Frau zu haben, welche den Haushalt besorge, wenn er nur eine bekommen könnte, die selbst nichts verzehrte.

Eines Tages sprach Lars mit seinem Kätner darüber, und der Kätner schrieb sich das hinters Ohr. Als er nach Hause kam, sagte er zu seiner Tochter, die Grete hieß: »Wenn du morgen den Hofbauer hier vorüberkommen siehst, so mußt du die Gänse hinaustreiben und sie hüten, und dann mußt du sagen: ›Geh, kleine Gans, für den, der nichts ißt!‹ Dann wird er dich gewiß fragen, wer das sei, der nichts ißt. Dann mußt du sagen: das bin ich; mein Vater ist ein armer Mann und hat viele Kinder, so daß er mir nichts zu essen geben kann; aber drinnen in der Stube steht ein Pfosten, in den hat Vater einige Löcher gebohrt, zu denen gehe ich ab und an einmal hin und gähne über ihnen und schnappe mir einen Mundvoll Luft; davon lebe ich.«

Es ging, wie der Kätner gedacht hatte: Am nächsten Morgen mußte Lars Larsen aufs Feld und an ihrem Hause vorübergehen. Da trieb Grete die Gänse hinaus und ging und hütete sie. »Geh, kleine Gans, für den, der nichts ißt!« sagte sie. Das hörte Lars, und da fragte er: »Wer ist das, der nichts ißt?«

»Ach, das bin ich«, sagte Grete, »denn mein Vater ist ein armer Mann und hat viele Kinder, so daß er mir nichts zu essen geben kann.«

»Wovon lebst du denn?« fragte Lars.

»Es steht ein Pfosten drinnen in unserer Stube«, sagte das Mädchen, »in den hat Vater einige Löcher gebohrt, zu denen gehe ich ab und an einmal hin und gähne über ihnen und schnappe mir einen Mundvoll Luft; davon lebe ich.«

»Höre, mein liebes Kind«, sagte der Hofbauer, »hättest du nicht Lust, mich zu heiraten und Hofbäuerin zu werden?«

»O ja!« sagte Grete, und so hielten sie Hochzeit, und sie zog auf den Hof. Lars stellte einen Pfosten in der Stube auf und bohrte einige Löcher in denselben, zu denen sie hingehen und gähnen konnte, wenn sie hungrig wäre.

Als einige Zeit vergangen war, sagte der Hofbauer zu seinem Knecht, welcher Niels hieß: »Höre, Niels«, sagte er, »ich weiß doch nicht recht, ob unsere Bäuerin nichts ißt, denn mich dünkt, sie wird so fett. Kannst du mir nicht sagen, wie ich dahinterkommen soll?«

»Ich weiß nicht«, sagte Niels, »es müßte denn sein, daß ich Euch in den Schornstein hinunterließe; dann könntet Ihr ja sehen, ob sie dort etwas ißt.«

Das deuchte dem Mann gut, und der Knecht ließ ihn in den Schornstein hinab; dort hing er wie die anderen Schafskeulen. Aber dann ging Niels zu der Frau hinein und sagte: »Nehmt Euch in acht, daß Ihr draußen in der Küche nichts eßt; denn unser Bauer hängt droben im Schornstein.«

»Es ist gut«, sagte die Frau, und dann ließ sie die Mägde

recht feuchtes Holz holen und auf den Herd legen. Als nun der Mann so lange dort gehangen hatte, wie es Niels gefiel, nahm er ihn herunter, und da war er so verräuchert, daß er weder gähnen noch bellen konnte.
»Nun, hat sie etwas gegessen?« fragte Niels.
»Nein, dort hat sie nichts gegessen«, sagte der Mann, und ihm war so schlimm, daß er hingehen und sich zu Bett legen mußte.
Als wieder einige Zeit vergangen war, sagte der Mann: »Höre, Niels, ich fürchte doch, daß unsere Bäuerin etwas ißt; mich dünkt, sie wird so fett. Kannst du mir nicht sagen, wie ich dahinterkommen soll?«
»Nein, das kann ich nicht«, sagte Niels, »es müßte denn sein, daß Ihr in das Schlafzimmer hinaufginget, dort liegt eine große Federdecke, in die könnt Ihr ja hineinkriechen, ich werde ein kleines Loch machen, zu dem Ihr hinausgucken könnt; dann erfahrt Ihr ja, ob sie da droben etwas ißt.«
Ja, das wäre sehr gut, deuchte dem Mann, und er kroch in die Decke; aber Niels ging hinunter und sagte zu der Frau: »Nehmt Euch in acht, daß Ihr droben im Schlafzimmer nichts eßt, denn unser Bauer liegt droben in einer Decke.«
»Es ist gut«, sagte die Frau, und dann rief sie die Mägde. »Hört«, sagte sie ihnen, »mich dünkt, die Betten droben im Schlafzimmer müssen einmal an die Sonne, sonst werden sie ganz muffig. Tragt sie jetzt hinaus und klopft sie tüchtig aus.«
Die Mägde wußten Bescheid: Sie trugen die Betten in die Sonne, klopften sie tüchtig aus und legten sie dann wieder hin, wie sie gelegen hatten. Dann kam Niels hinauf und zog den Mann aus der Decke heraus; da war derselbe so mürbe geklopft, daß er weder kriechen noch gehen konnte.
»Nun, hat sie etwas gegessen?« fragte Niels.

»Nein, dort hat sie nichts gegessen«, sagte der Mann, und er schlich hinunter und legte sich in sein Bett und war noch acht Tage nachher in der elendesten Verfassung. Die Frau kam und pflegte ihn, und dabei sagte sie ihm: »Höre, Lars! Du solltest nicht mehr essen als ich esse, dann wärst du immer gesund und munter.«

Wiederum verging einige Zeit, und der Mann hatte sich von den Prügeln erholt, die er bekommen, da sagte er zu Niels: »Ich fürchte wirklich, daß unsere Bäuerin doch etwas ißt, denn mich dünkt, sie wird so fett. Kannst du mir nicht behilflich sein, dahinterzukommen?«

»Nein«, sagte Niels, »jetzt habt Ihr ja gesehen, daß sie weder in der Küche noch im Schlafzimmer etwas ißt, daher weiß ich nicht, wo sie es tun sollte, es wäre denn im Keller. Dort steht eine alte Biertonne, in die könntet Ihr hineinkriechen und durch das Spundloch hinausgucken; dann erführet Ihr, ob sie dort etwas ißt.«

Das dünkte dem Mann gut, und er kroch in die Tonne hinab. Aber Niels ging zur Frau hinein und sagte: »Nehmt Euch in acht, drunten im Keller etwas zu essen, denn der Bauer sitzt in der alten Biertonne.«

»Es ist gut«, sagte die Frau, und dann rief sie die Mägde herbei. »Hört«, sagte sie, »drunten im Keller steht die alte Biertonne und stinkt mir in die Nase, sooft ich hinunterkomme. Füllt Wasser in den Braukessel und heizt tüchtig unter demselben und gießt dann das Wasser in die Biertonne, daß sie ordentlich rein wird!«

Die Mägde waren ebenso gesonnen wie sie und beeilten sich, zu tun, was sie geheißen hatte, und der Mann wurde also fast ganz verbrüht. Als Niels ihm aus der Tonne half, mußte er gleich zu Bett und blieb einen ganzen Monat liegen. Die Frau kam zu ihm und pflegte ihn und sagte: »Es ist aber doch arg, daß du so verreist und mir krank wirst«, denn er hatte ihr jedesmal, wenn er ihr so auflauern wollte, weisgemacht, daß er verreisen müßte.

Sie hatten zwei fette Ochsen im Stall, und während der Mann krank lag, sagte die Frau zu Niels: »Du kannst die beiden Ochsen nehmen und mit ihnen nach Kopenhagen gehen und sie verkaufen, und das Geld magst du selbst behalten, weil du mir treu gedient hast.« Das tat Niels auch; als aber der Mann nun wieder aufstand, vermißte er sogleich seine Ochsen. Da sagte er zu seiner Frau: »Aber wo sind die Ochsen, Bäuerin?«

»Die habe ich gegessen«, sagte die Frau.

»Aber wo sind denn die Häute?«

»Die habe ich mitgegessen«, sagte die Frau.

»Aber wo sind denn die Hörner?«

»Die habe ich auch gegessen«, sagte die Frau.

Da vergingen dem Manne die Sinne, und er sank ohnmächtig nieder. Man brachte ihn zu Bett und ließ den Doktor holen; aber gegen diese Krankheit gab es kein Mittel. Er starb und wurde begraben, Grete aber erbte den Hof und alles Geld. Die Witwe ließ ihm einen schönen Grabstein setzen und dann verheiratete sie sich mit Niels, und sie leben heute noch froh und vergnügt.

# Der Lohn guter Taten

Es war einmal ein Mann, der in einen Wald gegangen war, um sich etwas Brennholz zu schlagen. Er ging umher und sah einen Baum nach dem anderen an; aber sie waren für diesen Gebrauch allzu gut; es konnte Nutzholz aus ihnen werden, wenn sie stehen blieben, so daß er sie nicht fällen mochte. Endlich fand er doch einen Baum, der ihm nicht zu gut dünkte: dieser war krumm und verkrüppelt und welk und faul; den fand er zur Feuerung passend, und er begann, auf ihn loszuschlagen.

Da sprach jemand zu ihm und sagte: »Hilf mir, daß ich loskomme, mein guter Mann!« Und als er zusah, wer es sei, da war es eine große Viper, die sich in dem Baum festgeklemmt hatte; sie war in eine Spalte eingequetscht und vermochte sich nicht selbst wieder zu befreien. »Nein, ich will dir nicht helfen«, sagte der Mann, »denn sonst fügst du mir Schaden zu.«

Die Schlange sagte: Nein, sie werde ihm nichts zuleide tun, er solle sie doch losmachen. Da schob der Mann ganz vorsichtig seine Axt in die Spalte unter der Schlange, so daß sie befreit wurde. Aber kaum war sie losgekommen, da ringelte sie sich an ihm empor und wies ihren Giftstachel und zischte und wollte ihn beißen.

»Sagte ich es nicht«, versetzte der Mann, »daß du eine Kanaille wärest, die Gutes mit Bösem belohnen würde!«

»Ja«, antwortete die Schlange, »du hast gut reden; aber in der Welt geht es so zu, daß alle guten Taten schlecht belohnt werden.«

»Das ist nicht wahr«, sagte der Mann, »gute Taten werden gut belohnt.«

»Darin wird dir niemand recht geben«, sagte die Schlange, »ich weiß besser, wie es in der Welt zugeht.«
»Laß uns eine Umfrage halten!« sagte der Mann.
»Meinetwegen!« sagte die Viper.
Sie ließ ihn nicht los, sondern er mußte mit ihr durch den Wald gehen, bis sie einer alten Kracke begegneten, die auf der Weide ging. Sie war lendenlahm und vom Sattel wundgerieben; sie war auf dem einen Auge blind und hatte nur noch ein paar elende Zahnstummeln im Maul.
Die fragten sie, ob gute Taten gut oder schlecht belohnt würden. »Sie werden schlecht belohnt«, sagte das Pferd, »ich habe jetzt meinem Herrn zwanzig Jahre lang treu gedient, ihn auf meinem Rücken getragen und seine Kalesche gezogen, bei jedem Schritt auf meinen Fuß geachtet, damit ich nicht straucheln und er dadurch zu Schaden kommen möchte. Solange ich jung und stark war, hatte ich gute Tage und ward gefüttert und getränkt und gestriegelt, hatte meinen guten Stall und reichlich Streu; aber jetzt, da ich alt und schwach geworden bin, muß ich den lieben langen Tag in der Tretmühle gehen, komme nie unter Dach und Fach und erhalte kein anderes Futter, als was ich mir selber ausrupfe. Nein, gute Taten werden nur schlecht belohnt.«
»Da hörst du's«, sagte die Viper, »jetzt beiße ich dich.«
»Ach, nein«, sagte der Mann, »warte doch einen Augenblick! Dort kommt Reineke Fuchs; laß uns ihn nach seiner Ansicht fragen.« Reineke kam herangeschlichen und blieb stehen und blickte sie an: Er sah wohl, daß der Mann in einer schlimmen Lage war. Da fragte die Viper Meister Reineke, ob es sich so verhalte, daß gute Taten schlecht belohnt würden oder ob sie gut belohnt würden.
»Sage: gut!« flüsterte der Mann, »dann bekommst du zwei fette Gänse.« Die Schlange hörte nichts von dem Geflüster.
Da sagte Reineke: »Gute Taten werden gut belohnt«, und

im Nu sprang er hinzu und biß die Schlange in den Nakken, daß sie zur Erde fiel. Allein ehe sie starb, konnte sie doch noch sagen: »Nein, gute Taten werden schlecht belohnt; das mußte ich erfahren, da ich das Leben des Mannes schonte, bis er mir das meinige raubte.«
Nun war die Viper tot, und der Mann war frei. Er sagte also zu Reineke: »Komm mit nach Hause und nimm deine Gänse in Empfang!«
»Nein, danke schön«, sagte Reineke, »ich gehe nicht ins Dorf, denn da bekäme ich die Hunde auf den Hals!«
»So warte hier, bis ich sie dir bringe!« sagte der Mann und dann lief er nach Hause und sagte in aller Hast zu seiner Frau: »Mach schnell und stecke zwei fette Gänse in einen Sack, die hab ich Reineke Fuchs heute zum Frühstück versprochen.« Die Frau nahm auch einen Sack und steckte etwas hinein; aber es waren keine Gänse: es waren zwei bissige Hunde, die sie besaßen. Der Mann eilte mit dem Sack zum Fuchs hinaus und sagte: »Da hast du deinen Lohn.«
»Danke«, sagte der Fuchs, »so war es doch keine Lüge, was ich vorhin sagte: daß gute Taten gut belohnt werden.« Damit nahm er den Sack auf den Rücken und lief in den Wald hinein. »Sie sind tüchtig schwer«, sagte Reineke, dann setzte er sich nieder und zerbiß die Schlinge des Sakkes mit seinen scharfen Zähnen. Aber im Nu schossen die beiden bissigen Hunde aus dem Sack heraus und sprangen ihm an den Hals. Er konnte sich nicht von ihnen losmachen; sie bissen ihn ganz tot. Allein er konnte doch noch sagen: »Nein, es war doch eine Lüge, was ich vorhin sagte; gute Taten werden schlecht belohnt.«

# Drei rote Ferkelchen

Es war einmal eine alte Frau, die in einem Hüttchen wohnte und eine einzige Kuh besaß. Sie hatte auch einen Jungen bei sich, der war ihr Enkel. Das war ein wunderlicher Kauz, er hatte so viele drollige Einfälle.
Einmal befand sich die alte Frau in großer Not und Bedürftigkeit. Und da sagte sie dem Jungen, er müsse die Kuh zu Markt treiben und sie verkaufen. Er zog ab mit der Kuh; allein ehe er nach der Stadt kam, wo der Markt abgehalten wurde, traf er mit einer alten Frau zusammen, die neben ihm herging und ihn nach allem ausfragte, und zuletzt sagte sie: »Ich mag dich gern leiden, mein Junge, und ich will dir einen guten Rat geben: Überlaß du mir die Kuh! Geld habe ich freilich nicht, aber du sollst statt dessen etwas erhalten, was viel besser ist.« Dann zeigte sie dem Jungen, was sie in ihrer Schürze trug: Es waren drei klitzekleine Ferkelchen, die waren so klein und niedlich, ganz hellrot waren sie und mit kleinen Löckchen am Schwanz. Sie waren allerliebst anzusehen. Und dann nahm sie sie und setzte sie auf die Erde und zog eine kleine Flöte hervor, auf der begann sie zu spielen, und da tanzten die drei roten Ferkelchen und wedelten mit den Schwänzen, daß es eine wahre Freude war, ihnen zuzuschauen.
»Siehst du, mein lieber Junge«, sagte die Frau, »die will ich dir alle drei für deine alte, langweilige Kuh geben und die Flöte noch obendrein. Das ist doch gewiß ein guter Tausch, mit dem du zufrieden sein kannst.« Das schien dem Jungen auch, und so tauschte er. Er zog seine Jacke aus und legte die drei Ferkelchen hinein; es wäre ja Sünde,

sie den ganzen Weg nach Hause gehen zu lassen. Die Flöte steckte er in seine Mütze, und dann lief er nach Hause, so schnell er konnte, und wies seiner Großmutter seelenvergnügt, was er für die Kuh bekommen hatte.
Sie begann zu weinen und zu jammern, und es half nichts, daß er die Ferkel vor ihr tanzen ließ. Sie sagte, der Junge sei toll und er richte sie, die arme alte Frau, zugrunde. Aber er sagte, sie solle sich nicht darüber betrüben, es sei ein sehr guter Handel, den er gemacht habe; darauf könne sie sich verlassen.
Droben auf dem großen Edelhof wohnte ein reicher Gutsherr mit seiner Frau, und sie hatten ein einziges Kind, eine über die Maßen schöne Tochter. Sie stand in demselben Alter mit dem Jungen; sie zählte erst fünfzehn Jahre, aber sie war schon eine feine Dame. Da der Junge wußte, daß der Gutsherr und seine Frau auf mehrere Tage zum Besuch verreist waren und die Tochter allein zu Hause war, nahm er am anderen Tage seine Ferkel, ging vor ihr Fenster und dann blies er auf seiner Flöte und ließ die Ferkel tanzen. Das Fräulein kam ans Fenster und sah zu, und die Ferkelchen gefielen ihr sehr wohl, und da kam sie zu ihm heraus und sagte, sie möchte so gern eines davon haben: wieviel es kosten solle. Ja, für Geld sei es nicht zu haben; aber er wolle ihr wohl eines davon überlassen, wenn er ihr die Wange streicheln dürfe und sie ihm einige Eßwaren für seine alte Großmutter mit nach Hause geben wolle.
Der Junge war zerlumpt, und seine Hände waren nicht sonderlich rein, so daß es dem Fräulein nicht sehr angenehm war, sich ihre schönen Wangen von ihm streicheln zu lassen. Aber sie war so darauf versessen, das Ferkel zu erhalten, daß sie ihm ihre Wange hinhielt und ihn dieselbe streicheln ließ, und dann gab sie ihm ein ansehnliches Bündel Eßwaren mit heim. Er kam ganz stolz nach Hause und sagte, das alles habe er für das eine Ferkel bekommen. Ja, das sei recht gut, sagte die Großmutter; aber wovon soll-

ten sie leben, wenn dies verzehrt sei? »Kümmere dich darum nicht«, sagte der Junge, »ich werde schon für das Weitere sorgen.«
Am nächsten Morgen ging er mit den beiden anderen Ferkeln wieder vor das Fenster des Fräuleins; er blies die Flöte, und sie tanzten noch viel kunstfertiger als zuvor. Das Fräulein kam herunter, um sich den Tanz anzusehen, sie hatte ihr Ferkel gar nicht zum Tanzen bringen können; daher meinte sie, es würde schon gehen, wenn dasselbe Gesellschaft bekäme und sie noch ein Ferkel erhalten könnte. Sie fragte, ob er ihr nicht eins der beiden verkaufen wolle. Er sagte: Ja, er wolle ihr wohl noch eins überlassen, und er verlange nichts weiter dafür, als daß er ihr einen Kuß geben dürfe.
Er war sonst ein hübscher Junge, wenn er nur etwas sauberer gewesen wäre, aber er war schmutzig und hatte eben Schmalzbrot gegessen, so daß das kleine Fräulein ungern darauf eingehen wollte; aber das Ferkel stach ihr doch sehr in die Augen. »Sei es drum!« sagte sie, und der Junge gab ihr einen derben Schmatz mitten auf den kleinen roten Mund. Er erhielt auch einige Lebensmittel für seine Großmutter mit nach Hause. »Da siehst du«, sagte er, »das habe ich jetzt für das zweite Ferkel bekommen.« Sie sagte, das sei alles recht gut; aber wenn dies verzehrt sei, hätten sie ja wieder nichts. »Darum kümmere dich nicht«, sagte der Junge, »ich werde schon für das Weitere sorgen.«
Am Morgen des dritten Tages ging er wieder vor das Fenster des Fräuleins mit seinem letzten Ferkel. Er blies die Flöte, und das Ferkel hüpfte und sprang um ihn her, als wäre es ganz aus dem Häuschen. Das kleine Edelhofsfräulein kam heraus und schaute zu; sie hatte ihre beiden Ferkel nicht zum Tanzen bringen können. Sie dachte daher, sie müsse auch das dritte und die Flöte dazu haben; denn sie merkte wohl, daß in dieser die Kraft stecke, die kleinen Ferkelbeine in Schwung zu setzen. Sie fragte also den Jun-

gen, ob er ihr nicht das dritte Ferkel und die Flöte dazu verkaufen wolle. O ja, sagte der Junge, sie möge gern beides bekommen, wenn sie nur ihren Kopf in seinen Schoß legen wolle.
Die Kleider des Jungen waren beschmutzt und zerlumpt, und das Fräulein wollte ihr schönes schwarzes Haar ungern verfilzt haben; aber wenn sie ihren Willen haben wollte, so mußte sie auch dem Jungen den seinen tun, und so legte sie denn ihren Kopf in seinen Schoß. Er strich mit den Fingern durch ihr Haar und merkte sich wohl, was er sah: ein goldenes Haar und ein silbernes Haar und ein Haar, das ganz weiß war. Dann erhielt er auch einige Lebensmittel für seine Großmutter, und so kam er ohne Ferkel und ohne Flöte nach Hause. Er zeigte der Großmutter, was er für sein drittes Ferkel bekommen habe. Sie sagte wie gewöhnlich: Wenn dies verzehrt sei, hätten sie gar nichts mehr zu essen. Aber der Junge sagte, dafür werde er schon sorgen.
Der Gutsherr und seine Frau kamen indes nach Hause zurück, ehe der Junge und seine Großmutter alle Lebensmittel verzehrt hatten. Und jetzt kam der Gutsherr auf den Einfall, seine Tochter mit demjenigen verheiraten zu wollen, welcher drei heimliche Merkmale angeben könnte, die sie an sich trüge. Alsbald strömten viele junge Herren von allen Enden herbei. Der eine riet dies, und der andere das; allein niemand wußte das Rechte zu treffen.
Der Junge hatte auch davon reden gehört, und er kam also gleichfalls zum Edelhof. Er lief draußen vor den Fenstern umher und sang: »Ich weiß wohl, was ich sagen will. Ich weiß wohl, was ich sagen will.« Das Fräulein hörte dies, und sie ward sehr ärgerlich darüber. Dann warf sie ihm etwas Geld aus dem Fenster zu und sagte: »Geh deiner Wege, du unartiger Junge!« Er tat das Geld in seine Mütze; aber dann begann er sofort wieder sein altes Lied: »Ich weiß wohl, was ich sagen will. Ich weiß wohl, was ich sa-

gen will.« Das Fräulein war sehr bange, daß sie solch einen armen, zerlumpten Jungen zum Mann bekommen möchte, und sie warf mehr Geld zu ihm hinaus und sagte: »Ach, geh deiner Wege, du böser Junge! Ich kann dein Geschrei nicht länger anhören.« Er tat das Geld in seine Mütze und begann von neuem: »Ich weiß wohl, was ich sagen will. Ich weiß wohl, was ich sagen will.« Sie warf ihm wiederum noch mehr Geld zu und bat ihn, doch seiner Wege zu gehen. Aber er fuhr fort zu singen, wie er es vorhin getan hatte.

Mehrmals hatte er versucht, in den Edelhof hineinzuschlüpfen; aber jedesmal war er von den Dienern zurückgewiesen worden, sie wollten einen so zerlumpten Burschen nicht hereinlassen. Da kam ein junger Edelmann, der auch sein Glück versuchen wollte. Er bemerkte den Jungen und hörte, was er vor sich hinträllerte. Da sagte er zu ihm: »Was weißt du denn?«

»Die heimlichen Merkmale der Tochter des Gutsherrn«, sagte der Junge.

»Teile sie mir mit«, sagte der junge Edelmann, »ich werde dich gut dafür belohnen.«

»Ja, das sollst du erfahren«, sagte der Junge, »wenn du mich mit hineinnehmen willst. Ich kann auf deinen Stiefelstulpen stehen, und du schlägst deinen Mantel um mich. So kann ich mit hineinschlüpfen und mir den Spaß ansehen.«

Das ließ sich gut machen: Der Junge stellte sich auf die Stiefelstulpen des Junkers und duckte sich unter seinen weiten Mantel. Der Junker sah freilich ziemlich wohlbeleibt aus, aber niemand schöpfte Verdacht, und der Junge schlüpfte mit in das Zimmer hinein, wo die Herren noch standen und herumrieten; aber keiner hatte das Rechte getroffen. Da rief der Junge unter dem Mantel: »Das Fräulein hat ein goldenes Haar und ein silbernes Haar und ein weißes Haar auf dem Kopf.«

»Das ist richtig!« sagte der Gutsherr. Da sprang der Junge aus seinem Versteck hervor und sagte, dann müsse er auch das Fräulein haben. Und dann schwenkte er seine rote Mütze, daß alles Geld über die Diele hinrollte.
Dem Gutsherrn war ganz wunderlich zumute. Er konnte doch nicht gut sein Wort brechen; aber einen solchen Schwiegersohn hatte er sich ganz und gar nicht gedacht. Da sagte er, um nur etwas zu sagen: »Aber was für Geld ist das?«
»Es ist das Geld, welches das Fräulein mir gegeben hat, damit ich schweige«, sagte der Junge.
»Wie«, sagte der Gutsherr, »dann heraus mit der ganzen Geschichte!«
Der Junge begann also mit dem Anfang: mit der Kuh und den drei roten Ferkelchen, und von dem ersten Ferkelchen, das er der Tochter des Gutsherrn verkauft, und was er dafür erhalten, und dann von dem zweiten Ferkel, und was er dafür erhalten. Und als der Gutsherr hörte, daß er einen Kuß dafür erhalten hätte, wollte er nichts weiter von der Geschichte hören, sondern er wandte sich zu seiner Tochter und sagte: »Ja, wenn du ihn geküßt hast, sollst du ihn auch haben!« Und so geschah es: Die beiden wurden verheiratet, und sie blieben all ihre Lebenszeit gut Freund miteinander.

# Der treue Svend

Es waren einmal ein Vater und eine Mutter, die einen Sohn hatten, welcher Svend hieß und in die Welt hinaus sollte, um sich sein Brot zu verdienen. Der Vater gab ihm die Ermahnung mit, er möge immer mit den Lachenden lachen und mit den Weinenden weinen, mit den Fröhlichen fröhlich und mit den Betrübten betrübt sein. Und die Mutter fügte hinzu, er möge nie an einer Kirche vorübergehen, ohne dort einzutreten und den Segen mit auf den Weg zu nehmen.

Svend diente nicht lange nachher auf einem Edelhof, wo seine Herrschaft so gut mit ihm zufrieden war, daß er von dem einen Posten zum anderen aufstieg und bald ihr vertrautester Diener war. Darüber wurden seine Mitdiener neidisch, und besonders war einer da, welcher nie eine Gelegenheit vorübergehen ließ, wenn er ihn verleumden konnte. Er bat einmal den Herrn, darauf zu achten, daß, wenn die gnädige Frau lache, Svend mitlache; wenn sie weine, so weine Svend ebenfalls; wenn sie fröhlich sei, sei Svend ebenfalls froh; und wenn sie betrübt sei, lasse er den Kopf hängen.

Das war ganz richtig. Der Herr bemerkte es, und er begann sowohl von Svend wie von seiner Frau Arges zu denken. Er wurde immer mißtrauischer und ergrimmter gegen seinen vertrauten Diener, und endlich beschloß er, sich seiner auf die Art zu entledigen, daß er ihn mit einem Auftrag zu einer Ziegelbrennerei sende, die er besaß, und wo er zuvor Befehl gegeben hatte, daß man den ersten, der mit einem Auftrag von ihm käme, ergreifen und ihn in den glühenden Ofen werfen solle.

Svend brach sogleich auf, als ihm aufgetragen wurde, etwas in der Ziegelbrennerei zu bestellen; allein unterwegs kam er an einer Kirche vorbei, und er vergaß nicht, zu tun, was seine Mutter ihn geheißen hatte: Er ging hinein, um auch bei diesem Gang den Segen mit auf den Weg zu nehmen. Der böse Diener, welcher Svend bei ihrem Herrn verleumdet hatte, machte sich gleich nachher auf den Weg, denn er wollte sich überzeugen, daß Svend wirklich in den Ofen gewandert sei. Er trat nicht in die Kirche ein, so daß er zuerst zu der Ziegelbrennerei kam und auf der Stelle ergriffen und in den glühenden Ofen geworfen ward. Aber Svend, der sich ein wenig in der Kirche aufgehalten hatte, kam erst später zum Ziegelofen, richtete seinen Auftrag aus und kehrte dann unversehrt zum Hof zurück, ohne eine Ahnung von dem zu haben, was vorgefallen und welchem Geschick er entronnen war. Sein Herr war sehr erstaunt, ihn wiederzusehen, und fragte ihn aus, ob er sogleich zum Ziegelofen gegangen sei. Svend bekannte, daß er unterwegs in eine Kirche getreten sei, um den Segen mit auf den Weg zu nehmen, wie er seiner Mutter versprochen habe; und zugleich erzählte er die ganze Ermahnung, welche er daheim von Vater und Mutter mit auf die Wanderschaft bekommen habe. Da begriff der Herr, daß Svend ein treuer und braver Diener sei und daß der Verleumder nur den verdienten Lohn bekommen habe.

Von der Zeit an nannte sein Herr ihn niemals anders als den treuen Svend, und er überzeugte sich jeden Tag mehr und mehr, daß er sich in allem ganz auf ihn verlassen könne. Da geschah es eines Tages, daß ein fremder Gutsherr zum Besuch auf den Hof kam und das Gespräch sich auf Dienertreue lenkte. Der fremde Gutsherr sagte, es gäbe keinen, auf den man sich ganz verlassen könne. Jeder sei ein Spitzbube in seinem Gewerbe, und keiner bleibe länger bei der Wahrheit, als er seinen Vorteil darin sehe. Aber der Gastgeber sagte, er habe einen Diener, seinen treuen Svend, der habe nie eine Lüge gesagt und werde es auch nicht tun, möge die Wahrheit ihm nun Nutzen oder Schaden bringen. Der fremde Gutsherr meinte, er werde ihn schon dazu bewegen, und sie gingen eine Wette darüber ein, und jeder von ihnen setzte seinen Edelhof aufs Spiel.

Dann wurde Svend hereingerufen und erhielt den Auftrag, der Frau des fremden Gutsherrn einen Brief zu überbringen. Er erhielt einen der besten Anzüge seines Herrn und dessen bestes Pferd aus dem Stall, und dann ritt er fort und sollte an demselben Abend wieder heimkommen. In dem Brief, den der fremde Gutsherr ihm für seine Frau mitgegeben hatte, war genau vorgeschrieben, wie man ihn aufnehmen sollte. Er wurde daher wie ein feiner Herr aufgenommen. Das Pferd wurde in den Stall geführt, und er mußte sich mit der gnädigen Frau obenan zu Tische setzen, und sie stieß mit ihm an und brachte Gesundheiten aus; und es waren andere zugegen, die auch mit ihm tranken, und sie ließen nicht ab, bis sie ihn betrunken gemacht hatten. Dann ließen sie Karten bringen, und er mußte mitspielen, und wie es nun zugegangen sein mochte oder nicht, sie sagten, er habe alles verspielt, was er bei sich gehabt, nicht nur sein Geld, sondern auch die schönen Kleider, die er anhabe, und das beste Pferd seines Herrn, auf dem er hergeritten sei. Dann zogen sie ihm die Kleider aus und legten ihn in ein Bett, und erst spät am anderen Tage hatte er seinen Rausch ausgeschlafen.

Die Kleider, in denen er hergekommen, hatte er ja verspielt und das Pferd obendrein. Man gab ihm also ein paar elende Lumpen, die er anziehen mußte, und einen Stock in die Hand und setzte ihn vor die Tür. In diesem kläglichen Aufzuge mußte er sich auf den Heimweg begeben, und er mochte seine Beine gebrauchen, so gut er wollte, er konnte doch vor Abend nicht nach Hause gelangen.

Der treue Svend war an diesem Tag sehr übel mit sich zufrieden, und wie er so des Weges dahinstolperte, meinte er, es sei ihm doch ganz unmöglich, dem Herrn zu erzählen, wie er sich benommen habe. Es wird schlimm, dachte er, wenn ich nach Hause komme. Ich kann mir schon denken, was der Herr mich fragen wird; aber was ich dann antworten soll, ist nicht so leicht zu sagen. Als er jetzt dem Hof so nahe gekommen war, daß er ihn vor sich liegen sah, wollte er eine Probe machen. Er steckt also seinen Stock in die Erde und hängt seinen alten Pracherhut auf denselben. »Jetzt bist du der Herr«, sagte er. Dann entfernte er sich ein paar Schritte von demselben und sagt zuerst: »Willkommen, treuer Svend!« Mit den Worten, dachte er, würde sein Herr ihn begrüßen.

»Danke, gnädiger Herr!«

Das war ebenso aufrichtig. Dann sagt er: »Aber wie siehst du aus? Wo sind Pferd und Kleider?«

»Ja, gnädiger Herr, die hab ich verloren. Draußen im Wald wurde ich von Räubern überfallen, und sie plünderten mich aus und nahmen mir Pferd und Kleider ab, und ich rettete nichts als das nackte Leben.«

Es schien ihm, als schüttle der Hut dazu den Kopf, mochte ihn nun der Wind bewegen oder was es sonst war. Die Erklärung tauge nichts, merkte er wohl. Und sage ich das, dachte er, so schickt der Herr Leute nach allen Richtungen aus, um nach den Räubern zu suchen. Aber es sind keine zu finden, und kein Mensch hat sie gesehen. Dann stehe ich als ein Lügner da.

Dann entfernte er sich wieder ein paar Schritte von dem Stock und begann von neuem: »Willkommen, treuer Svend!«

»Danke, gnädiger Herr!«

»Wie siehst du aus? Wo sind Pferd und Kleider?«

»Ich hatte mich verirrt und kam in ein Moor, und dort versank das Pferd im Sumpf, so daß ich abspringen mußte und nichts retten konnte.«

Nein, es schien ihm wieder, als schüttle der Hut mit dem Kopf, und er dachte bei sich selber: Wenn ich das sagte, so würden sie hingehen und nach dem Pferd suchen, und irgend etwas von den Kleidern müßte doch auch zu finden sein. Nein, das geht auch nicht.
Dann trat er wieder ein paar Schritte von dem Stock zurück, wandte sich zu demselben um und begann wie vorhin: »Willkommen, treuer Svend!«
»Danke, gnädiger Herr!«
»Aber wie siehst du aus? Wo sind Pferd und Kleider?«

»Schwül war's, und der Met so lieblich floß,
Drum verlor ich Kleider und rotes Roß.«

Da schien ihm der Hut zuzunicken. »Ja, so war es«, sagte er, »und so muß es sein.« Dann setzte er den alten Hut wieder auf sein Haupt und nahm den Stock in die Hand und schritt geradeswegs zum Hof. Er ging zum Herrn hinauf, und der fremde Gutsherr war ebenfalls dort. Aber sein Herr begann nicht damit, ihn willkommen zu heißen, und er nannte ihn auch nicht »treuer Svend«; er fuhr ihn sehr barsch an: »Plagt dich der Teufel, Svend? Hast du mein Pferd und meine guten Kleider verlottert?«
»Ja«, sagte der treue Svend,

»Schwül war's, und der Met so lieblich floß,
Drum verlor ich Kleider und rotes Roß.«

Und er erzählte weiter, wie alles gekommen sei: Er habe sich betrunken und alles verspielt.
»Du hast doch das Spiel gewonnen, treuer Svend!« sagte sein Herr, »denn jetzt kannst du den Edelhof in Besitz nehmen, auf dem du gestern zu Gast warst; er soll dir fortan gehören.« Und so geschah es auch, daß der treue Svend Gutsherr wurde, und zwar, weil er immer bei der Wahrheit geblieben war.

# Nachwort

Skandinavien ist geographisch gesehen kein fest umrissener Begriff. Kernlande sind sicherlich Dänemark, Schweden und Norwegen, und anthropologisch gehören auch Island und kleinere Inseln wie die Färöerinseln dazu. Die Gemeinsamkeit dieser Länder manifestiert sich auch in ihrer germanischen Sprache und in ihrer Kultur, die im Laufe der Geschichte aus diesem Gebiet eine gewisse Einheit geschaffen hat. Ein eigener Zweig der Geisteswissenschaft, die Skandinavistik, auch Nordistik genannt, bezeugt die kulturelle und zivilisatorische Einheit dieses Raumes. Zuweilen wird auch noch Finnland zur skandinavischen Halbinsel gerechnet, obgleich dieses Land eine Sonderstellung einnimmt. Seine Sprache, das Finnisch-Ugrische, mit dem Ungarischen verwandt, und auch seine ganze Kultur haben so gut wie nichts mit den drei klassischen skandinavischen Ländern gemein. Auch aufgrund der Fülle des nordischen Märchenschatzes beschränkt sich der vorliegende Band auf Norwegen, Schweden und Dänemark.

Reich und alt ist das Märchenerbe der eigentlichen skandinavischen Völker. Diese Länder sind ein klassischer Boden für Sagen, Märchen und Lieder, wie schon Jakob Grimm festgestellt hat. Noch bis in die Mitte des 19. Jahrhunderts hat sich diese blühende Fülle der Volksüberlieferung lebendig erhalten. Beim Spinnen, Wollekämmen, Flachsschwingen, Tanz und sogar bei der Leichenwache versammelte sich das ganze Dorf, und die alten Geschichten und Märchen, von Generation zu Generation vererbt, gingen von Mund zu Mund, und dies vor allem in den unwirtlichen Zeiten des Winters. Es waren dies oft unheimliche Märchen und Sagen, Geschichten von Trollen und Zwergen. Aber auch fröhliche Stücke und Schwänke machten die Runde. Viele der Märchenmotive entstammen noch der altnordischen Kultur, wie sie etwa aus den Liedern der *Edda* sichtbar wird. Anderes Märchengut aus dem keltischen Bereich ist durch die Wikingerzüge im hohen Norden bekannt und heimisch geworden; manches ist auch aus Byzanz auf dem Umweg über Rußland herübergekommen. Und auch die höfische Dichtung des Mittelalters bereicherte den Norden um viele Motive und Gestalten. Zugang hatte man durch die damalige Weltsprache Latein auch zu den Quellen derjenigen Märchen, aus denen sich das ganze Abendland speiste (*Gesta Romanorum, Disciplina Clericalis* und andere Sammelwerke von Märchen und Novellen). Zur Popularisierung einiger Märchen trug auch die Kirche bei, vor allem in den Predigtmärlein, die die Moral nicht trocken vortrugen, sondern durch Exempel eingängiger machten. Wie in Deutschland, so setzte auch im hohen Norden im Zuge der Romantik ein Sammeln und Aufzeichnen des alten Volksgutes ein. So sind uns sehr viele alte Märchen schriftlich erhalten geblieben, die früher allein dem Gedächtnis anvertraut waren.

Als die Nationalromantik und somit das Interesse an der volkstümlichen Kultur während der ersten Hälfte des vorigen Jahrhunderts Skandinavien erreichte, war die politische Situation im Norden völlig anders als heute. Schweden und Dänemark waren die einzigen selbständigen Staaten in Skandinavien. Island war Teil des dänischen Reiches, Norwegen war mit Schweden in einer aufgezwungenen Union vereint, und Finnland war dem russischen Imperium einverleibt. Die Dänen fühlten sich von Preußen bedroht (schleswig-holsteinische Frage), und die Stimmung in Schweden war deutlich antirussisch. So war

der Nährboden für Äußerungen der nationalen Eigenart sehr günstig, und es erwachte allenthalben in Skandinavien der Wunsch, die Schätze der einheimischen Volkskultur und Volksdichtung zu sammeln. Höhepunkt des Märchensammelns in den nordischen Ländern ist die Ära zwischen 1840 und der Jahrhundertwende. In dieser Zeit entstanden die klassischen Sammlungen, aus denen dieser Band seine Märchen schöpft.
Angeregt durch die Brüder Grimm begannen in *Norwegen* die beiden Freunde Peter Christian Asbjörnsen (1812–1885) und Jörgen Moë (1813–1882), die Märchen ihres Landes zu sammeln. Ihre Gewährsleute und Erzähler sind echte, tief in ihrem Land verwurzelte Naturen: Vogelschützen, Matrosen, Soldaten, Bauersleute, Pfarrer. So wirken diese Märchen in ihrem Erzählstil frisch und ungekünstelt.
Die echtesten *norwegischen* Märchen sind Geistermärchen, die in ihrer Wildheit und Derbheit noch natürlich geblieben sind. Trolle, Teufel, Huldren und Hexen geistern in diesen Geschichten herum, vom unheimlichen Gottesdienst der Toten ist die Rede. Die dunkelsten Nächte im hohen Norden sind die Julzeitnächte; da fahren die Hexen aus, und der heidnische Zauber behält seine Bannkraft. Aber auch viele in ganz Europa verwandte Motive haben sich im Norweger Märchenschatz erhalten: der dankbare Tote, der starke Hans, der Meisterdieb, magische Flucht, Glasberg, Schlösser jenseits der Welt u. a. Die einfachen Menschen, die diese Märchen erzählten und hörten, standen dem höfischen Leben fern. Und so entspricht der König der Märchen und sein Hof auch eher der Vorstellung eines Bauern in den abgelegenen norwegischen Tälern. Der König wird als begüterter Bauer dargestellt, und sein Schloß ist nicht mehr als ein größeres Herrengut.
Am typischsten für das norwegische Märchen sind aller-

dings *der* Aschenbrödel und die Trolle. Der Aschenbrödel, auch Aschenper genannt, ist eine Art norwegischer Aladin. Als jüngster von meist drei Brüdern gilt er als der dümmste und faulste. Seine Jugendjahre hat er meist untätig dahingebracht, das Feuer angezündet und die Asche geschürt. Er sitzt wie ein männliches Aschenputtel am Herd, und langsam reift in ihm der Wunsch heran, eine fremde Welt zu erforschen und zu erobern. Während die beiden älteren Brüder meist durch die Welt stolzieren, ihres Erfolges gewiß, entdecken sie nichts von dem, was das Glück bedeutet. Aschenbrödel allerdings gelingt es durch seine Beharrlichkeit und seine Güte Mensch und Tier gegenüber, seinen Anteil am Glück zu erhaschen. Und im Märchen heißt das oft, daß er die Königstochter, um die viele Stolzere als er freien, zur Gemahlin bekommt.

Im norwegischen Märchen ist dabei der große Widersacher der Troll, ein Unhold, der für ganz Skandinavien typisch ist und den man sonst nirgends in Märchen und Mythen antrifft. Die Trolle, die mal als Riesen, mal in gnomenhafter Gestalt auftauchen, sind mit blinden, gefährlichen Naturkräften verbunden, sie verkörpern das Feindselige in der Natur. Man stellt sie sich auch als unbeholfene, oft mehrköpfige Wesen vor, deren Verstand nicht weit reicht, obgleich sie zaubern können und sehr stark sind. Wie in der nordischen Mythologie sind sie Hüter goldener, silberner und anderer kostbarer Schätze. Die Trolle bewirken ihren Schadenzauber, ihre Entrückungen und Tanzfeste vor allem nachts, das Tageslicht raubt ihnen alle Kraft und läßt sie mitunter zerbersten. Trolle bevölkern Berge, Wälder und die Meere und übernehmen oft den Widerpart, den in anderen Kulturen der Drache hat. Auch Trollweiber, die nicht unerotisch sind, sind schon in der altnordischen Literatur erwähnt. Die Märchen zeigen, daß diese plumpen Unholde dem jungen Helden, in Norwegen meist dem Aschenbrödel, an Klugheit weit unterle-

gen sind und von ihm mit Hilfe zahlreicher guter Geister (dankbare Tiere, Naturkräfte) überwunden werden.
Neben den Zaubermärchen gehören auch Tiermärchen, Geschichten aus dem Alltag und Schwänke zum reichhaltigen Repertoire der norwegischen Märchenwelt. Sie vermitteln eine Menge Lokalkolorit aus dem Bauernmilieu, von der Seefahrt, von den dunklen Fjorden, von der Abgelegenheit jenes Volkes, das zwar ruhig und wortkarg ist, sich aber auch oft gewitzt und launig gibt.
Die Veröffentlichung der norwegischen Märchen durch Asbjörnsen und Moë hatte auch auf das nordische Nationalbewußtsein eine starke Wirkung. Es war für das Selbstbewußtsein der Nation von großer Bedeutung, daß das Volk während der dunklen Jahre der dänischen Oberherrschaft imstande war, durch die Fülle der Märchenwelt seine Eigenständigkeit zu bewahren. Auch der Einfluß der Märchen auf die Literatur war groß. Erwähnt sei nur Ibsens großes tragisches Drama »Peer Gynt«. Der Held Peer Gynt faßt sich selbst als Märchenheld auf: Er glaubt, das Glück ließe sich auf einfachem Weg erringen. Das ist seine Tragödie.
Auch in den Märchen aus *Schweden* wimmelt es von Unholden wie Trollen, Teufeln und Riesen. Die Riesen, die als Baumeister, aber auch als Zerstörer auftreten, gelten häufig als tumbe Wesen, die man zum Narren halten kann. Auch die alten Helden aus der eddischen Welt steigen in die Riesenwelt auf, werden dort meist als gutmütige Wesen geschildert. Ambivalent hingegen ist die Rolle des Trolls, der hilfreich und feindlich sein kann. Hinzu treten Schwänke, die vor allem die List der Bauern hervorheben. Merkwürdig auch die große Zahl der Pfarrer-Schwänke, wobei der Pfarrer als dumm und geizig gilt. Charakteristisch ist auch das Derbe und Ungeschlachte, das sich, urwüchsig wie es ist, mit dem Prachtvollen und Zauberhaften paart.
Die Motive des schwedischen Märchens sind sehr vielfältig

und kommen neben Skandinavien in ganz Europa vor: Die Verbindungen reichen nach Norddeutschland, Flandern, Finnland, ins Baltikum, nach Rußland und andere slawische Gebiete. Zu den Quellen gehören auch Werke der isländischen Sagaliteratur und Märchen aus den *Gesta Danorum* des dänischen Historikers Saxo Grammaticus. Das Ganze widerspiegelt denn auch das Lokalkolorit der kargen schwedischen Landschaft mit ihren einsamen Wäldern und unendlichen Seen. Oft sind es arme Kätnersöhne, die aus ihren armseligen Hütten wegziehen und als Helden gegen Trolle und andere Waldgeister die Hand der schönen Prinzessin gewinnen.

In Schweden waren es Gunnar Olof Hyltén-Cavallius (1818–1889) und sein englischer Freund George Stephens (1813–1895), die um 1840 systematisch mit dem Sammeln von Märchen begannen. Bezeichnend ist die Widmung an die Brüder Grimm, mit der die beiden ihre Märchenausgaben einleiten, so wie die Norweger Asbjörnsen und Moë es auch schon getan hatten. Ursprünglich war die Sprache der Texte von Cavallius wenig volkstümlich, weil er bemüht war, altertümliche Wendungen einzufügen, um dem Ganzen ein mittelalterliches oder gar altnordisches Gepräge zu geben. Diese sprachlichen Übertreibungen wurden in späteren Ausgaben aber ausgemerzt oder zumindest gelindert.

Die Märchen aus *Dänemark* führen uns wieder auf ein vertrautes Gebiet; in ihnen meint man die Stimme der Grimmschen Märchen zu hören, gepaart mit der Schilderung der düsteren Nordnacht. Unter den dänischen Märchen sind viele Novellen und Schwänke zu finden; auch die vom geizigen Pfarrer sind hier sehr beliebt. Hinzu kommen auch Schwankmärchen von Bauern und deren Grobheit, vom geprellten Teufel, der auch in Dänemark gutmütig ist. Die Märchen sind wirklichkeitsfroh und werden oft erzählt mit einer wahrheitsgetreuen Wiedergabe des ländlichen und bäuerlichen und des Herrenhoflebens.

Besonders alte dänische Märchen sind uns in den *Gesta Danorum* überliefert, einer um 1200 n. Chr. von dem Historiker Saxo Grammaticus verfaßten Geschichte Dänemarks. Die *Gesta Danorum* verstehen sich als ein Kompendium der dänischen Geschichte, in deren erstem Teil Saxo die heidnische Epoche von König Dan ab, dem Gründer Dänemarks, bis hin zu König Gorm dem Alten behandelt. Gerade in dieser Vorgeschichte sind viele Märchen enthalten, u. a. auch die Geschichte von Hamlet, die Shakespeare als Vorlage für sein gleichnamiges Drama nahm.
Bewußt habe ich es unterlassen, ein Märchen von Hans Christian Andersen (1805–1875) in diese Sammlung aufzunehmen, auch wenn dieser Schriftsteller untrennbar mit dem dänischen Märchen verbunden ist. Das würde den kleinen Rahmen dieser Märchensammlung sprengen. Es ist nicht so, daß Andersen nur Kunstmärchen geschrieben hätte. Bei vielen seiner Stoffe greift er bewußt auf die dänische Tradition der Volksmärchen zurück, benutzt sie als Quelle und weitet sie dichterisch aus (z. B. Das Feuerzeug, Der kleine und große Klaus, Der Reisekamerad, Die wilden Schwäne, Der Schweinehirt).
Eine klassische Sammlung echter dänischer Volksmärchen brachte um die Mitte des vorigen Jahrhunderts Svend Grundtvig (1824–1883) heraus. Dort findet man neben echten Zaubermärchen auch Schwänke, Lieder und Reime.
Die Märchen des vorliegenden Bandes basieren auf den klassischen Sammlungen des 19. Jahrhunderts, die für die skandinavischen Länder in etwa den Stellenwert haben, den die Brüder Grimm mit ihrer Sammlung in Deutschland einnehmen.

Losheim am See, im Januar 1996 *Erich Ackermann*

# Quellenverzeichnis

*Märchen aus Norwegen*

*Per Gynt*
aus: Peter Christian Asbjörnsen und Jörgen Moë, Nordische Volks- und Hausmärchen, übersetzt von Pauline Klaiber, München 1909
*Peter und Paul und Esben Aschenbrödel*
aus: Peter Christian Asbjörnsen und Jörgen Moë, Norwegische Märchen, übersetzt von Friedrich Bresemann, Berlin 1846
*Die Mühle, die auf dem Meeresgrund mahlt*
aus: Asbjörnsen/Moë, übersetzt von P. Klaiber
*Von Aschenbrödel, welcher die silbernen Enten, die Bettdecke und die goldne Harfe des Trollen stahl*
aus: Asbjörnsen/Moë, übersetzt von F. Bresemann
*Von dem Burschen, der zum Nordwind ging und sein Mehl zurückverlangte*
aus: Asbjörnsen/Moë, übersetzt von P. Klaiber
*Der Bursche, der sich in einen Löwen, einen Falken und eine Ameise verwandelte*
aus: Asbjörnsen/Moë, übersetzt von P. Klaiber
*Die Puppe im Gras*
aus: Asbjörnsen/Moë, übersetzt von F. Bresemann
*Aschenbrödel, der mit dem Troll um die Wette aß*
aus: Asbjörnsen/Moë, übersetzt von P. Klaiber
*Die drei Prinzessinnen aus Witenland*
aus: Asbjörnsen/Moë, übersetzt von F. Bresemann
*Aase, das kleine Gänsemädchen*
aus: Asbjörnsen/Moë, übersetzt von P. Klaiber
*Der weiße Bär König Valemon*
aus: Asbjörnsen/Moë, übersetzt von P. Klaiber
*Der Pfarrer und der Küster*
aus: Asbjörnsen/Moë, übersetzt von P. Klaiber

*Von den Burschen, die die Trolle im Hedalwalde trafen*
aus: Asbjörnsen/Moë, übersetzt von P. Klaiber
*Der Bursche, der beim König diente*
aus: Joseph Calasanz Poestion, Lappländische Märchen, Volkssagen, Rätsel und Sprichwörter, Wien 1886

*Märchen aus Schweden*

*Die drei Großmütterchen*
aus: Gunnar Olof Hyltén-Cavallius und George Stephens, Schwedische Volkssagen und Märchen, übersetzt von Carl Oberleitner, Wien 1848
*Das Schloß, das auf Goldpfählen stand*
ebenda
*Der Knabe, der das Kind des Riesen in den Brunnen fallen ließ*
ebenda
*Das schöne Hirtenmädchen*
ebenda
*Das Goldpferd, die Mondlampe und die Jungfrau im Zauberkäfig*
ebenda
*Silfwerhwit und Lillwacker*
ebenda
*Das Mädchen, das Gold aus Lehm und Langstroh spinnen konnte*
ebenda
*Die kleine Rosa und die lange Leda*
ebenda

*Märchen aus Dänemark*

*Die Prinzessin im Hügel*
aus: Saxo Grammaticus, Gesta Danorum, hrsg. von Alfred Holder, Straßburg 1886. Aus dem Lateinischen übertragen und bearbeitet von Erich Ackermann
*Der Salbyer Rabe*
aus: Svend Grundtvig, Dänische Volksmärchen, übersetzt von Adolf Strodtmann, Leipzig 1879
*In des Wolfes Bau und Adlers Klau'*
aus: Svend Grundtvig, Dänische Volksmärchen, übersetzt von Willibald Leo, Leipzig 1878

*Hans und Grete*
aus: Grundtvig, übersetzt von W. Leo
*Das Siebengestirn*
ebenda
*Einer, der's faustdick hinter dem Ohr hat*
ebenda
*Die lustigen Weiber*
ebenda
*Der filzige Lars*
aus: Grundtvig, übersetzt von A. Strodtmann
*Der Lohn guter Taten*
ebenda
*Drei rote Ferkelchen*
ebenda
*Der treue Svend*
ebenda

# Literatur in Auswahl


*Baumgartner,* Walter, Die norwegische Literatur, in: Kindlers Neues Literatur Lexikon, hrsg. von Walter Jens, 20 Bände, München 1988–1992, Bd. 20

*Bolte,* Johannes und *Polivka,* Georg, Anmerkungen zu den Kinder- und Hausmärchen der Brüder Grimm, 5 Bände, Leipzig 1913–1931

*Butt,* Wolfgang, Die dänische Literatur, in: Kindlers Neues Literatur Lexikon, a. a. O. Bd. 20

*Butt,* Wolfgang, Die schwedische Literatur, in: Kindlers Neues Literatur Lexikon, a. a. O. Bd. 20

*Diederichs,* Ulf, Who's who im Märchen, München 1995

*Hartmann,* Elisabeth, Die Trollvorstellungen in den Sagen und Märchen der skandinavischen Völker, Stuttgart/Berlin 1936

*Liungman,* Waldemar, Die schwedischen Volksmärchen. Herkunft und Geschichte, Berlin 1961

*Lüthi,* Max, Das europäische Volksmärchen, Berlin 1947

*Petzoldt,* Leander, Kleines Lexikon der Dämonen und Elementargeister, München 1990

*Röhrich,* Lutz, Märchen und Wirklichkeit, Wiesbaden 1956

*Scherf,* Walter, Lexikon der Zaubermärchen, Stuttgart 1982

*Swahn,* Jan-Öjvind, Märchenforschung in Skandinavien, in: Diether Röth/Walter Kahn (Hrsg.), Märchen und Märchenforschung in Europa, Frankfurt am Main 1993

*Thompson,* Stith, The folktale, New York 1946

*Von der Leyen,* Friedrich, Die Welt der Märchen, Düsseldorf 1954

# Märchen der Welt

## Ländermärchen

**Afrikanische Märchen**
Herausgegeben von Friedrich Becker
*Band 2890*

**Märchen aus Andalusien**
Herausgegeben von Frederik Hetmann
*Band 12556*

**Arabische Märchen**
Herausgegeben von U. Assaf-Nowak
*Band 2892*

**Märchen der australischen Ureinwohner**
Herausgegeben von Herbert Boltz
*Band 13367*

**Balkan-Märchen**
Herausgegeben von Leander Petzoldt
*Band 12744*

**Märchen aus dem Baltikum**
Herausgegeben von Jochen D. Range
Band 13295

**Märchen der Bretagne**
Herausgegeben von Erich Ackermann
*Band 2894*

**Chinesische Märchen**
Herausgegeben von Josef Guter
*Band 2895*

**Märchen aus Elsaß und Lothringen**
Herausgegeben von Marlies Hörger
*Band 10651*

**Märchen aus England**
Herausgegeben von Frederik Hetmann
*Band 10686*

**Französische Märchen**
Herausgegeben von Marlies Hörger
*Band 10465*

**Märchen aus Griechenland**
Herausgegeben von Constance Ott-Koptschalijski
*Band 11527*

Fischer Taschenbuch Verlag

fi 144 / 19 a

# Märchen der Welt

## Ländermärchen

**Indische Märchen**
Herausgegeben von
Johannes Hertel
*Band 2896*

**Irische Märchen**
Herausgegeben von
Frederik Hetmann
*Band 2897*

**Die schönsten Märchen und Sagen aus Irland**
Herausgegeben von
Fredrik Hetmann
*Band 13370*

**Märchen aus Island**
Herausgegeben von
Ursula Mackert
*Band 10684*

**Märchen aus Italien**
Herausgegeben von
Silvia Studer-Frangi
*Band 10946*

**Märchen aus Japan**
Herausgegeben von
Woon-Jung Chei
*Band 12974*

**Märchen der Kalmücken**
Herausgegeben von
Jelena Dshambinowa
*Band 11676*

**Keltische Märchen**
Herausgegeben von
Frederik Hetmann
*Band 2899*

**Märchen aus Litauen**
Herausgegeben von
Jochen D. Range
*Band 11798*

**Märchen aus Mallorca**
Herausgegeben von
Alexander Märker
*Band 11129*

**Märchen aus Österreich**
Herausgegeben von
Leander Petzoldt
*Band 11064*

**Märchen aus Persien**
Herausgegeben
von Inge Hoepfner
*Band 2900*

## Fischer Taschenbuch Verlag

fi 144 / 16 b

# Märchen der Welt

Ländermärchen

**Märchen der Provence**
Herausgegeben von Marlies Hörger
*Band 10656*

**Russische Zaubermärchen**
Herausgegeben von Sigrid Früh und Paul Walch
*Band 12557*

**Märchen aus Rußland**
Herausgegeben von Alexei N. Tolstoi
*Band 2901*

**Märchen aus Schottland**
Herausgegeben von Frederik Hetmann
*Band 11391*

**Märchen aus der Schweiz**
Herausgegeben von Sigrid Früh und Götz E. Hübner
*Band 11939*

**Märchen aus Skandinavien**
Herausgegeben von Erich Ackermann
Band 13150

**Märchen aus Südamerika**
Herausgegeben von Felix Karlinger
*Band 10685*

**Märchen aus Tibet**
Herausgegeben von Herbert Bräutigam
*Band 2902*

**Türkische Märchen**
Herausgegeben von Adelheid Uzunoglu-Ocherbauer
*Band 2903*

**Märchen aus Ungarn**
Herausgegeben von Leander Petzoldt
*Band 12063*

**Venezianische Märchen**
Herausgegeben von Herbert Boltz
*Band 13017*

# Märchen

Herausgegeben von Erich Ackermann

*Gruselmärchen*
Band 12751

*Märchen der Antike*
Band 2891

*Märchen der Bretagne*
Band 2894

*Märchen von Riesen*
Band 11674

*Märchen aus Skandinavien*
Band 13150

*Märchen von Zwergen*
Band 12472

*Märchen und Geschichten zur Weihnachtszeit*
Band 2874

*Märchen und Geschichten zur Winterzeit*
Band 11446

Fischer Taschenbuch Verlag

fi 142 / 7